마법사 무림기행

魔法師 武林紀行

김도형 퓨전 판타지 소설
FUSION FANTASTIC STORY

마법사 무림기행 1

김도형 퓨전 판타지 소설

초판 1쇄 찍은 날 § 2012년 2월 8일
초판 1쇄 펴낸 날 § 2012년 2월 15일

지은이 § 김도형
펴낸이 § 서경석

편집부장 § 권태완
편집책임 § 주소영

펴낸곳 § 도서출판 청어람
등록번호 § 제1081-1-89호
등록일자 § 1999. 5. 31
어람번호 § 제1-1330호

주소 § 경기도 부천시 원미구 심곡2동 163-2 서경B/D 3F (우) 420—822
전화 § 032-656-4452 팩스 § 032-656-4453
http://www.chungeoram.com
E-mail § chungeoram@chungeoram.com

ⓒ 김도형, 2012

ISBN 978-89-251-2769-9 04810
ISBN 978-89-251-2768-2 (세트)

마법사 무림기행

魔法師 武林紀行

FUSION FANTASTIC STORY

김도형 퓨전 판타지 소설

1

청어람

CONTENTS

"제기랄."

입에서 욕이 튀어나오기 시작했다. 브린은 달리며 주변을 돌아보았다. 자신과 같이 도망치던 동료들은 오래전부터 보이지 않는다. 아마 베르나 제국 추격군의 좋은 먹잇감이 되었을 것이다. 브린은 마법사다. 물론 왕궁이나 고위 귀족의 마법사단에 속한 신분이 고귀한 귀족 마법사는 아니다.

브린은 브루노 학파 소속의 용병 마법사다. 하지만 용병 마법사라고 해서 검 하나 달랑 차고 화살받이가 되기 위해 전장에 내몰리는 하급 용병들과는 출신이 다르다고 할 수 있다.

마법사는 용병 마법사든 아니든 귀한 존재다. 하지만 브린은 지금 그 귀하다는 단어 자체를 쓸 수 없을 정도로 망가진 채 자신의 비루한 목숨을 위해 미친 듯이 달리고 있었다.

마법사는 준비된 존재이고 언제나 계산하에 움직인다. 그러나 지금은 계산을 할 여유조차 없다. 마나는 고갈된 지 오래고 체력은 한계를 드러내고 있다. 목이 말라 침을 삼켜보았지만 침마저 말라 목 안이 따끔거리며 아파온다. 그러나 목의 따끔거림은 다리에 난 깊은 검상에 비하면 아무것도 아니다. 언제부터인지 다리의 상처에서 통증이 사라져 가고 있다.

'죽음이 가까워진 것인가? 이제는 포기하고 싶어진다. 언제부터 잘못된 것일까?

브린은 숨이 턱까지 차올라 더 이상 달릴 수가 없었다. 이대로는 달리다가 심장이 터져 버릴 것 같았다. 브린은 아주 잠깐이라도 숨을 고르기 위해 습하고 어두운 나무 그림자 속으로 몸을 숨겼다. 브린은 지친 몸을 습한 나뭇등걸에 기대며 어제 있었던 저주받을 전투를 회상했다.

아군과 적군은 좁은 협곡을 사이에 두고 양끝에 대치하고 있었다. 전투가 시작되기 전 평소처럼 양 진영에서 마법사들이 앞으로 나와 도열했다. 개전 초 장거리 마법 공격은 군의 사기를 결정하는 중요한 요소 중 하나다.

브린도 다른 마법사들과 줄을 맞추어 앞으로 나섰다. 하지만 아침부터 왠지 기분이 찜찜해 정신을 집중할 수가 없었다.

'분명 무언가 있는 것 같은데…….'

기분 탓일 수도 있었다. 하지만 이 예감 때문에 브린은 전장에서 여러 번 위험을 모면할 기회를 얻어왔었다. 그래서 기분 탓을 하며 마냥 무시할 수만도 없는 일이었다. 브린이 고민하고 있는 사이 적군 마법사들이 앞으로 나와 도열하는 모습이 보였다.

"준비~!"

마법 장교가 말을 달리며 도열해 있는 아군 마법사들에게 명령을 내리기 시작했다. 모든 준비가 끝나자 저 멀리서 개전을 알리는 뿔 나팔 소리가 전장에 울려 퍼졌다.

뿌우우~!

엄청난 함성과 함께 궁병대와 방패병들이 앞으로 걸어나갔다. 보병이 진격을 시작하자 마법사들이 수인을 맺으며 주문을 외우기 시작했다. 전투가 시작된 것이다.

하지만 브린은 찜찜한 느낌에 정신을 집중하여 마법을 시현할 수가 없었다.

그런 브린의 눈에 이상한 점이 띄었다. 적군 마법사들은 평소처럼 수인을 맺으며 마법 발현을 준비하는 모습을 보여주고 있었지만 이상하게도 그들 쪽에서 마법 발현 전 느껴져야 하는 마나의 흐름이 전혀 느껴지지 않고 있는 것이었다.

‘······!’

이상한 행동을 보여주고 있는 적군 마법사들을 노려보고 있던 브린의 감각에 엄청난 마나의 흐름이 느껴진 것은 바로 그때였다. 그 흐름은 적진이 아닌 브린의 바로 옆에서 전해져 오고 있었다. 불길한 느낌에 브린은 옆을 돌아보았다.

콰과과과!

브린의 옆에서 파이어 볼을 만들어내던 마법사의 모습이 보였다. 하지만 그의 파이어 볼은 이미 파이어 볼이라 부를 수 없을 정도로 부풀어 올라 있었다.

“크으으으윽!”

기괴한 크기의 파이어 볼을 만들어내던 마법사가 심장을 부여잡으며 옆으로 쓰러졌다. 마법사의 안색이 창백하고 입과 귀에서 피를 흘리고 있는 것이 전형적인 마나 드레인(마법 발현 중 마법에 마나가 모자라 마법사 체내의 마나를 강제로 빼앗기는 현상)의 모습이 분명했다.

‘······!’

브린은 대열을 이탈해 후방으로 뛰기 시작했다.

“거기 마법사, 멈춰! 멈추지 않으면 군법에 의하여 즉결 처형하겠다!”

멀리서 브린을 발견한 마법 장교의 외침이 들려왔지만 브린은 그의 말을 무시하고 뛰는 것을 멈추지 않았다. 아니, 오히려 젖 먹던 힘까지 짜내며 뛰기 시작했다. 뛰고 있는 브린의 뇌리에는 오래전 책에서 읽은 내용이 떠오르고 있었다.

마나 버스트 홀(Mana Burst Hole) 주변에서 마법을 시현하는 것은 기름 바다 위에서 불장난을 하는 어린아이와 같다. 마나 버스트 홀은 보통 직경 1.5m의 미스릴 원판 위에 은 세공으로 만들어지는데 마법진이 활성화되기 전에는 아무런 이상을 감지할 수 없기에 더욱 위험하다.

그러나 일단 마법진 주위에서 인위적인 마나의 변형이 생겨나면 그것을 매개로 마법진이 발현되며, 한번 발현된 마법진은 주변의 모든 마나를 빨아들인다. 그 빨아들여진 마나는 마법진 중앙에서 하늘로 솟구치며 거대한 마나 폭풍을 만들어낸다. 마나 폭풍은 수일 동안 지속되며 주변의 모든 것을 파괴한다. 마나 폭풍이 사라진 후에도 그 주위에서는 오랜 시간 동안 마법을 사용할 수가 없다. 대기의 모든 마나가 하늘로 날아가 버렸기 때문이다.

엄청난 위력의 마나 버스트 홀이지만 그것이 역사에 등장한 것은 매우 짧은 순간이었다. 마나에 민감한 드래곤에게 있어서 마나 버스트 홀은 신경을 긁는 무기가 아닐 수 없었다. 벌레처럼 여기던 인간들이 자신들에게 위해를 가할 수 있는 무기를 가지고 있다는 사실에 드래곤들은 분노했고 그 분노로 인해 드래곤과 인간의 전쟁이 시작되었다. 하지만 이종족의 대군을 앞세운 드래곤의 군대 앞에 인간들의 왕국은 분열했고 마나 버스트 홀을 완성하여 드래곤들의 분노를 샀던 바스카 제국의 멸망을 외면했다. 다행히 바스카 제국을 멸망시킨 후 드래곤들은 순순히 물러났고, 인류는 그렇게 배신과 외면으로 살아남을 수 있었다.

달리고 있는 브린은 지금 전장을 휘감고 있는 엄청난 마나의 기운이 바로 마나 버스트 홀임을 직감했다. 역사는 돌고 도는 것일까. 베르나 제국은 전장에서 마나 버스트 홀을 사용했다. 그것은 드래곤에 의한 인류의 멸망을 의미할 수도 있는 일이었다. 하지만 브린에게 있어 인류의 멸망보다 당장 자신의 목숨을 보전하는 것이 먼저였다.

슈우우웅! 콰과과광!

브린이 죽을힘을 다해 달리고 있는 사이 거대해진 마나 폭풍은 브린의 바로 등 뒤에까지 다가와 있었다. 브린은 이대로 계속 달린다 하여도 마나 폭풍을 피할 수 없다는 사실을 잘 알고 있었다. 헤이스트 마법이라도 사용할 수 있다면 마나 폭풍을 피해 도망칠 자신이 있지만 마나 버스트 홀 주변에서 마나를 사용한다는 것은 체내의 모든 마나가 순식간에 빨려 나가 죽는다는 것을 의미했다.

하지만 마법을 사용하든 안 하든 죽는다는 결론은 똑같았다. 그러나 마법을 사용하는 쪽이 조금 더 삶의 가망성이 높아 보였다. 브린은 달리는 와중에 뒤를 향해 1서클의 타이니 쉴드 마법을 펼쳐 내었다.

"Tiny Shild!"

지잉~

생애 최초로 무빙 캐스팅(Moving Casting)을 완성했다는 기쁨도 잠시, 브린은 체내의 모든 마나가 순식간에 빨려 나가는 느낌에 절망하지 않을 수 없었다.

쿠앙!

하지만 절망도 잠시, 강한 충격이 브린의 쉴드를 때리는 것이 느껴졌다. 마나 폭풍의 강한 충격은 4서클 마스터인 브린의 모든 마나가 들어간 타이니 쉴드 마법을 종이처럼 가볍게 찢어버렸다.

"으아아아아!"

브린은 그 충격의 여파로 수십 미터 밖으로 튕겨져 날아가 버렸다. 땅과 하늘이 뒤바뀐 가운데 브린은 살았다는 생각에 환호했다.

"하하하하! 살았다! 살았어?"

콰!

하지만 환희도 잠시, 중력에 의하여 땅에 곤두박질쳐진 브린은 정신을 잃고 말았다.

"으아악~ 살려줘! 크아아악!"

히이이힝!

정신을 잃었던 브린은 주변의 시끄러운 소음에 정신을 차려야만 했다. 정신을 차린 브린의 눈에 들어온 주변 상황은 아비귀환 그 자체였다. 후방에서 들이닥친 적의 경기병대는 아군을 휘저으며 닥치는 대로 살육을 즐기고 있었으며 협곡 한쪽을 틀어막은 마나 폭풍은 그 세가 점점 더 거세어져 가고 있었다. 낮게 깔린 구름 때문에 하늘은 어두웠고 바람은 미친 듯이 불었으며 구름 사이로 떨어지는 벼락이 전장의 혼란을 더욱 가중시키고 있었다.

불행 중 다행인 점은 브린이 정신을 잃은 시간이 길지 않아 그에게 아직 살아 나갈 수 있는 기회가 주어져 있다는 것이다.

"크으으윽!!"

몸을 일으키던 브린의 입에서 신음 소리가 흘러나왔다. 마치 온몸의 뼈가 가루가 된 것 같은 통증에 브린은 정신을 차릴 수가 없었다. 하지만 아픔 때문에 목숨을 포기할 수는 없었다. 브린은 살고자 하는 강한 의지로 몸을 일으켜 세웠다.

히이이잉!

그때 멀리서 마법사를 발견한 적 기병 하나가 브린을 향해 달려오기 시작했다. 브린은 다급한 마음에 몸을 보호하기 위해 마나를 일으켜 보았다.

'크으으으.'

하지만 마나는 모여지지 않았고, 심장에서 극심한 통증이 일어났다. 마나 버스트 홀 때문에 마나 서클이 깨진 것 같았다.

슈강!

브린이 통증 때문에 몸을 가누지 못하고 있을 때 달려온 적 기병이 커다란 장검을 휘두르며 브린의 옆을 스쳐 갔다.

"크아아아악!"

브린은 기병의 장검을 피하기 위해 몸을 비틀었다. 하지만 기력이 쇠한 몸은 말을 듣지 않았고, 기병의 칼을 완전히 피하지 못한 브린의 왼쪽 허벅지가 갈라지며 피가 튀었다. 매우 깊은 상처였다. 하지만 브린은 피가 철철 흐르는 상처를 돌볼 틈이 없었다. 브린을 스친 기병이 자신을 끝내기 위해 곧바로 방향을 선회하는 모습이 보였기 때문이다. 브린은 몸을 일으키지 못하고 불편한 다리를 질질 끌며 바닥을 기어 자리를 벗어났다.

'……?'

돌아선 기병은 브린이 보이지 않자 곧바로 눈에 보이는 다른 먹이를 찾아 달려갔고, 덕분에 브린은 숲 속으로 몸을 피할 수가 있었다. 그다음의 기억은 쫓고 쫓기는 도주와 추격의 연속이었다. 어떻게 여기까지 왔는지도 기억나지 않았다. 단지 살기 위해 죽을힘을 다해 본능으로 달렸을 뿐이다.

"이봐, 이쪽에 사람의 흔적이 있다. 이쪽으로 와봐."

회상에 젖어 있던 브린의 귀에 추격병들의 말소리가 들려왔다. 브린은 다급한 마음에 서둘러 몸을 일으켰다.

"크으윽!"

몸을 움직이자 입 밖으로 신음 소리가 새어 나왔다. 움직이기에는 몸의 상태가 너무 좋지 못했다. 그러나 걸음을 멈출 수는 없는 일이었다. 이대로 적들에게 잡히면 심한 고문을 당할 것이 분명했고, 그 고문의 끝에 처참한 죽음이 기다리고 있을 것이기 때문이다. 브린은 아픈 몸을 이끌고 더욱 깊은 숲 속으로 도망쳐 들어갔다.

한참을 깊은 숲 속으로 도망쳐 들어가던 브린의 입에서 거친 욕이 다시 튀어 나왔다.

"제기랄!"

등 뒤로 추격대의 소리가 가깝게 들려오고 있었으며, 앞은 끝이 보이지 않는 절벽이 가로막고 있는 것이다. 조금의 마나라도 있다면 낙하 속도를 줄이는 페더 폴 마법을 사용해 절벽 아래로 뛰어내려 위기를 모면할 수도 있겠지만 서클이 깨져 마나를 모을 수 없는 지금은 불가능한 이야기일 뿐이다. 살아날 길이 전혀 보이지 않았다. 절망이라는 놈이 브린을 짓누르기 시작했다.

사사사삭.

브린이 절벽 위에서 갈팡질팡하고 있는 사이 수풀을 헤치며 추격병들이 튀어나왔다. 그중 제일 먼저 브린을 발견한 병사가 큰 소리로 외쳤다.

"이거 월척인데? 마법사야!"

뒤이어 숲 속에서 계급이 제법 높아 보이는 병사가 나오며 앞선 병사에게 주의를 주었다.

"조심해! 마법사는 위험한 존재야!"

그 뒤로도 두 명의 병사가 더 나타났다. 처음 브린을 발견한 병사가 말했다.

"마나는 고사하고 체력과 정신력도 고갈된 것 같은데요. 저 녀석 잡아가면 장교 급을 포획하는 것과 같은 대우를 해주겠죠?"

계급이 제일 높아 보이는 병사가 대답했다.

"아마 일반 잡병을 잡아가는 것과는 다르겠지."

마지막으로 숲을 헤치고 나왔던 병사가 말을 이었다.

"이 짓도 지겨운데 빨리 잡아 본대로 복귀합시다."

네 명의 병사가 브린을 포위했고, 선임으로 보이는 병사가 앞으로 나섰다.

"이봐, 마법사, 침략군 알리노 왕국의 모든 군단이 무너졌다. 더 이상의 저항은 무의미하다. 반항하지 않고 순순히 따라간다면 험하게 다루지는 않으마.”

　병사의 말에 브린은 절망을 느꼈다. 절망의 순간 브린은 목에 걸린 붉은 목걸이를 내려다보았다. 브린의 마지막 희망이었다. 브린의 눈빛을 따라 목걸이를 발견한 병사가 다급한 음성으로 외쳤다.

　“이놈이 마법 아티펙트를 가지고 있다! 모두 조심해!”

　선임 병사의 외침에 다급해진 브린은 서둘러 왼손으로 목걸이를 틀어쥐었다. 그리고 입을 열어 빠르게 주문을 외우려 했다. 하지만 브린의 입보다 선임 병사의 검이 한발 빨랐다. 선임 병사는 외침과 동시에 검을 뽑아 목걸이를 쥐고 있는 브린의 왼손을 향해 휘둘렀다. 브린은 순간적으로 몸을 비틀며 그의 검을 피했다.

　서걱!

　그러나 브린의 지친 몸은 제대로 움직여 주지 않았고, 병사의 검은 브린의 왼 손목을 깔끔하게 절단시켜 버렸다. 절단된 왼손이 하늘로 치솟아올랐다. 솟아오른 왼손에는 붉은 목걸이가 움켜쥐어져 있었다. 극심한 통증이 잘려 나간 부위로부터 밀려왔다.

　“크아아악!!”

　하지만 그 극심한 통증은 브린의 살고자 하는 의욕을 더욱 강하게 만들었다. 브린은 이를 악물고 잘려 나간 왼손을 향해 몸을 날렸다.

바닥으로 떨어지는 왼손을 낚아챈 브린이 바닥에 몸을 굴렸다. 굴리던 몸을 세운 브린이 꼭 말아 쥔 왼손을 펴고 그 안에 있는 붉은 목걸이를 빼내기 위해 안간힘을 쓰기 시작했다. 하지만 둘 중 하나만 남은 오른손만으로 단단히 말아 쥔 왼손을 펴는 것은 생각만큼 쉬운 일이 아니었다.

슈아아앙!

브린이 왼손에서 붉은 목걸이를 꺼내기 위해 안간힘을 쓰고 있는 그 순간 손을 잘라 버렸던 병사의 검이 이번에는 브린의 목을 노리며 떨어져 내리기 시작했다.

브린에게는 시간이 없었다. 만일 더 이상 시간을 끈다면 손목이 아닌 목이 잘릴 위기에 직면할 것이다. 다급해진 브린은 오른손으로 잘린 왼손을 감싸 쥔 채 큰 목소리로 주문을 외쳤다.

"홈마 브린스 카놀라카 이마후!!"

슈우우!

주문이 완성된 순간 세상의 시간이 멈추었다. 멈춰진 세상에서 병사의 검은 브린의 목 바로 옆에 위치해 있었다. 주문이 조금만 늦었어도 두 번 다시 주문을 외울 수 없을 뻔한 위험했던 순간이다. 브린은 안도의 한숨을 내쉬며 몸을 일으켜 세우려 했다.

‘······.’

하지만 브린의 몸은 움직여지지가 않았다. 브린의 몸을 포함한 세상의 모든 것이 멈춘 것이다. 멈춰진 세상에서는 공기의 흐름, 소리, 냄새 그 어떤 감각도 느껴지지 않았다.

‘······!’

단지 브린의 의식만이 시간의 멈춤에서 벗어나 깨어 있을 따름이었다. 하지만 의식만이 살아 있을 뿐 브린은 아무것도 할 수가 없었다. 심지어 시선조차도 딴 곳으로 돌리지 못한 채 고정되어 자신의 목에 칼을 대고 있는 적 병사의 일그러진 얼굴을 한없이 바라보고만 있을 따름이었다.

‘무, 무언가 잘못된 게 분명하다.’

당황하고 있는 브린의 뇌리에 붉은 목걸이를 샀을 당시의 상황이 떠올랐다.

지금으로부터 약 3개월 전 브린이 속해 있던 정찰조가 임무 중 엄청난 실력의 적 기사를 만나 전원이 몰살당한 사건이 있었다. 그리고 그때 브린도 적 기사가 휘두른 장검에 가슴이 갈라지는 중상을 입고 쓰러졌다. 불행 중 다행으로 너무나 큰 상처 덕분에 적 기사는 브린이 즉사했다고 믿었고, 확인 사살을 하지 않은 채 떠나갔다. 덕분에 숨을 죽이고 있던 브린은 그 기사가 사라진 뒤 일어나 힐링 마법으로 갈라진 가슴을 응급조치해 가며 본대로 복귀한 일이 있었다. 본대로 복귀한 후에도 상처가 너무 깊어 브린은 한 달 이상 병상에 누워 요양을 해야만 했다.

그 사건이 있은 후부터 브린은 악몽에 시달려야만 했다. 그 악몽에는 브린의 가슴을 갈라 버렸던 기사가 나왔다. 기사는 집요하게 브린을 쫓아왔고, 브린은 기사에게서 도망칠 수가 없었다. 그리고 악몽의 마지막 부분에서 기사는 언제나 웃는 얼굴로 브린의 목을 깔끔하게 잘라 버렸다. 무서웠다. 소리를 질러보려 했지만 아무런 소리도 입밖으로 새어 나오지 않았다.

브린의 잘려진 머리는 허공을 부유하며 세상을 거꾸로 보여주었고, 그 거꾸로 보이는 세상에서 목이 없는 브린의 시체는 앞으로 무너져 내렸다. 그런데 한 가지 이상한 점은 쓰러지는 브린의 왼손에는 언제나 이상한 모양의 붉은 목걸이가 움켜쥐 있다는 사실이었다. 브린이 그때까지 전혀 본 적이 없던 물건이었다.

악몽에 시달리며 날로 초췌해져 가던 브린은 머리를 식힐 겸 후방 상업 지역으로 휴가를 나왔다. 그리고 그곳에서 꿈에서 보았던 붉은 목걸이를 파는 괴상한 노인을 만나게 된다.

브린은 알 수 없는 힘에 이끌려 전 재산을 털어 그 붉은 목걸이를 사게 된다. 그리고 그 괴상한 노인은 기분 나쁜 웃음을 흘리며 목걸이의 사용법을 알려주었다.

"크크크, 목걸이를 사용한 후에는 절대 되돌릴 수 없으니 사용함에 신중을 기해야 하네. 이 목걸이는 생명의 목걸이지만, 시간의 목걸이라고도 불리네. 목걸이를 사용한다면 목걸이가 자네를 악운의 시간에서 행운의 시간으로 옮겨 줄 것일세. 그것이 미래일지 과거일지는 알 수가 없지. 사용법은 목걸이를 이렇게 왼손에 쥐고 주문을 외우면 되네. 주문은……."

시간이 얼마나 흘렀을까. 노인과의 대화를 떠올리고 있던 브린의 감각에 주변 공기의 흐름이 느껴지기 시작했다. 공기의 느낌을 시작으로 냄새, 소리, 그리고 통증이 서서히 돌아오기 시작했다. 그리고 브린이 목에 닿아 있던 적 병사의 검에서 예기가 느껴진다고 생각한 순간 병사의 검이 브린의 목을 깔끔하게 가르고 지나갔다.

스걱.

'……!'

브린의 머리가 몸에서 분리되며 하늘로 솟구쳐 올랐다. 세상이 거꾸로 보였다. 그리고 그 거꾸로 보이는 세상에 목이 잘린 브린의 시체가 피분수를 뿜어내며 서서히 앞으로 쓰러지고 있었다. 모든 것이 비현실적으로 보였다. 하지만 너무나도 익숙한 광경이었다. 악몽에서 수없이 보아왔던 장면이 눈앞에 펼쳐지고 있었던 것이다. 단지 악몽과 다른 점은 자신의 목을 잘라 버린 사람이 기사가 아니라 병사라는 점이었다. 브린은 꿈에서처럼 소리를 질러보았다. 하지만 목이 잘린 자가 어떻게 소리를 지를 수 있다는 말인가?

통통통통, 데구루루.

공중을 날던 브린의 머리가 중력에 의하여 땅으로 떨어졌고, 데굴데굴 구르며 빙빙 도는 세상을 보여주었다. 잠시 후 머리가 멈추었을 때 브린은 보았다. 자신의 목을 잘라 버린 병사가 인상을 찌푸린 채 검에 묻은 피를 브린의 옷에 닦고 있는 모습을, 그리고 그 옆 병사가 브린의 옷에 새겨진 브루노 학파의 문장을 칼로 잘라내고 있는 모습을, 또 다른 병사가 자신의 머리를 가지러 자신의 시야로 다가오고 있는 모습을, 뒤쪽에서 나무에 기대어 토악질을 하고 있는 어린 병사의 모습을······.

너무 무서워 소리 지르고 싶었지만, 입 밖으로 아무런 소리도 새어 나오지 않았다. 의식이 점점 멀어지며 세상이 암흑으로 변해갔다.

제1장

일장춘몽
(一場春夢)

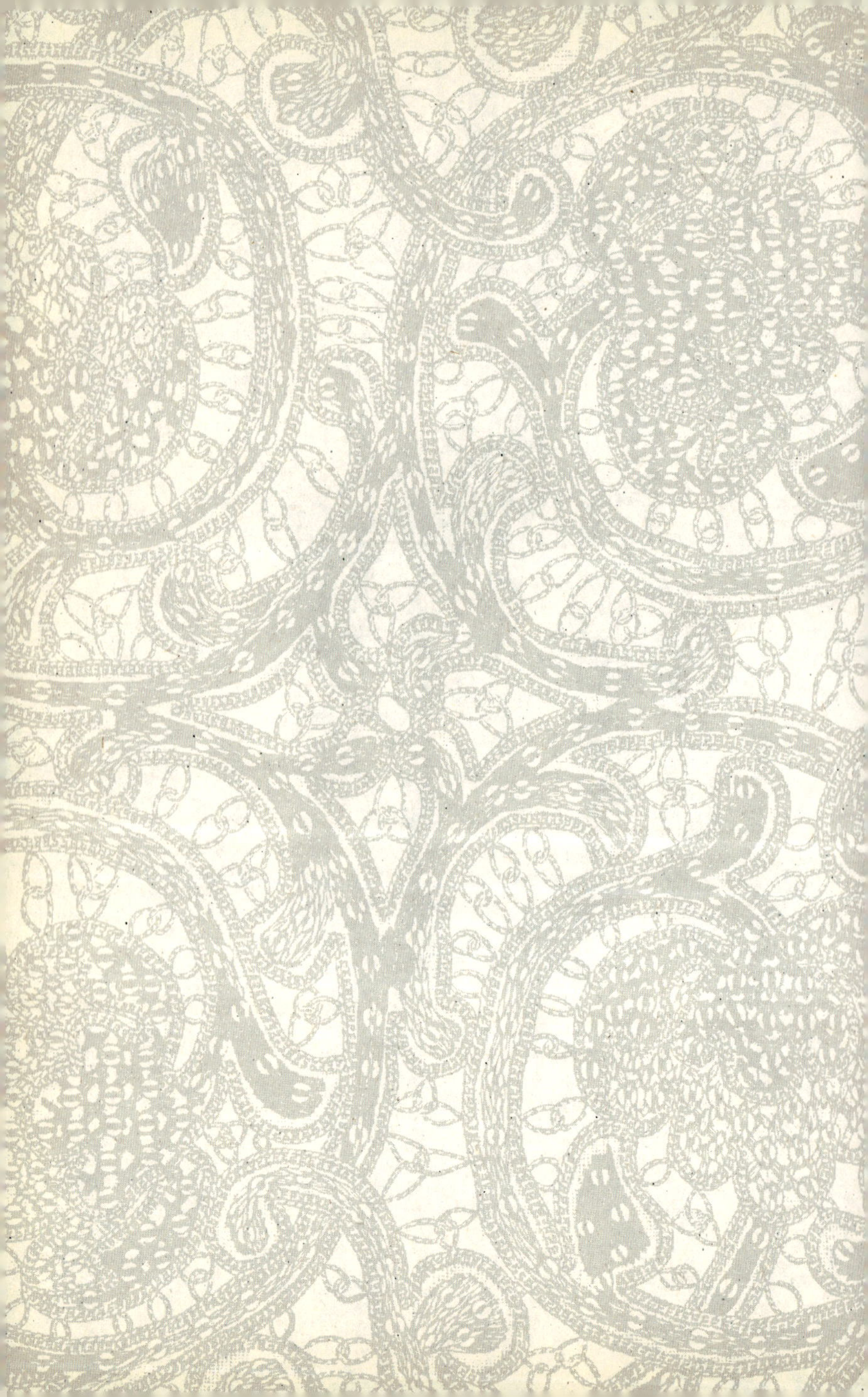

"으아아악!!"

고함을 지르며 악몽에서 깨어난 브린의 몸은 식은땀으로 흥건히 젖어 있었다.

'어떻게 된 거지? 꿈이었나?'

꿈치고는 너무나 선명했다. 절대 꿈일 리가 없다. 그 선명한 고통과 공포의 느낌, 절대 꿈일 리가 없다. 브린은 목 주위를 만져 보았다. 식은땀이 흥건했지만 다행히 목은 제자리에 붙어 있었다.

'휴, 살아 있군. 하지만 꿈이라고 하기에는 너무 사실적이

었는데…….'

브린은 목에 매어져 있던 붉은 목걸이를 손으로 더듬어 찾아보았다. 하지만 어디에도 붉은 목걸이는 없었다.

'목걸이가 어디 갔지? 목걸이를 산 이후 한 번도 몸에서 떼어놓은 적이 없는데…….'

브린은 무언가 잘못되었음을 느꼈다.

'뭐야? 그럼 목걸이를 샀던 순간도 꿈의 일부였다는 말인가? 도대체 어디서부터가 꿈이고 어디서부터가 현실인 거야?'

브린은 목걸이를 찾기 위해 풀어 헤친 앞섶에서 이상한 점을 발견할 수 있었다. 브린은 급히 웃옷을 벗어 던져 버리고 자신의 가슴을 만져 보았다.

브린은 웃옷을 벗어버린 자신의 몸이 생소함을 느끼고 의아해했다. 브린은 전투 마법사답게 검과 체술에도 조예가 있었다. 그렇기 때문에 다른 학파의 마법사와는 달리 잘 발달된 근육이 몸에 붙어 있었다. 그런데 갈비뼈가 다 드러나 보일 정도로 끔찍하게 말라 있는 이 몸은 무엇이란 말인가? 팔을 들어 보자 뼈만 남은 앙상한 팔목이 눈에 들어왔다.

"이게 뭐지? 꿈인가? 이게 내 몸이란 말인가?"

살을 꼬집어보자 통증이 느껴졌다. 꿈은 아니라는 말이다.

"그러고 보니 이틀을 굶었네. 오늘은 어떻게든 먹을 것을 찾아야 할 텐데…….”

　‘뭐, 뭐지? 이건 누구의 기억이지?

　브린의 머릿속에 다른 기억이 떠오르기 시작했다. 한 거지
소년의 기억이었다. 소년은 아주 어린 나이에 부모를 잃었다.
그리고 나머지 기억은 굶어 죽지 않기 위한 처절한 삶의 모습
뿐이었다.

　“이게 뭐지? 이, 이건 누구지? 뭐가 진짜인 거야? 내가 브린
의 삶을 꿈으로 꾼 건가?”

　아니, 그럴 수는 없다. 브린은 40대의 용병 마법사였고, 그
의 40년간의 삶이 생생히 기억 속에 살아 있다. 또한 마지막
순간에 손이 잘릴 때와 목이 잘릴 때의 고통은 진짜였다. 꿈
일 수는 없었다. 오히려 지금이 꿈이라면 꿈일 수 있을 것이
다. 그렇다면 이 열네 살의 정명이라는 아이의 기억은 또 뭐
란 말인가? 정명의 기억 또한 너무 또렷하여 부정할 수가 없
었다.

　특히 어느 괴한들에 의해 집안이 몰살당할 때의 기억과 아
버지의 죽음을 마루 밑에 숨어서 목도했을 때의 충격, 불타는
집에서 도망 나오며 서럽게 울던 기억, 구걸을 하면서 근근이
버텨온 기억, 다른 거지들이 자신을 죽기 직전까지 몽둥이로
매질했던 기억, 거지들에게 맞아 왼쪽 다리가 부러졌고 부목
을 대지 않고 뒤틀린 채로 다리가 아물어 아직도 휘어져 있는

기억.

브린은 비틀어진 왼쪽 다리가 생각나자 덮고 있던 거적을 거칠게 들춰내었다. 그곳에는 정명의 뒤틀린 다리가 있었다. 왼쪽 다리는 정강이 부분이 밖으로 기괴하게 뒤틀려 있었다. 입 밖으로 거친 욕이 튀어나왔다.

"제기랄!"

기억이 어디서 어떻게 뒤엉켰는지 알 수는 없지만 현실은 병신 거지인 정명의 것이라는 것을 부인할 수 없다. 그렇다면 자신은 정명이고 브린의 인생은 단지 일장춘몽의 꿈이었을까? 아니다! 그럴 리가 없다. 정명과 브린의 자아가 충돌하는 가운데 브린의 기억과 의지가 더욱 뚜렷한 것으로 봐서 지금 자신은 정명이 아닌 브린이 확실했다. 아직도 생생한 기억들이 자신을 브루노 학파 4서클 용병 마법사라고 외치고 있다.

그러나 머릿속의 기억은 어떨지 몰라도 모든 현실은 정명이라는 아이의 것이었다. 앙상한 몸과 배고픈 현실, 병신이 되어버린 육체, 미래가 없는 삶 모든 것이 정명의 것이다. 브린은 알 수 없는 혼란 속에 정신을 잃고 말았다.

브린이 다시 눈을 뜬 것은 하루가 지난 다음날 정오였다. 이미 해가 중천에 떠 있었고, 달라진 것은 아무것도 없었다.

모든 현실이 혼절하기 전 모습 그대로 있었다. 브린은 가만히 누워 폐사당의 천장을 올려다보았다.

이 복잡한 상황을 설명할 수 있는 것은 붉은 목걸이뿐이다. 잘려 나간 왼손을 오른손으로 쥐고 주문을 외웠기 때문일까? 무엇이 잘못된 것일까? 추측만이 있을 뿐 정확하게 알 수 있는 사실은 아무것도 없었다. 단 한 가지 확실한 것은 노인이 말하길, 목걸이를 사용하고 나면 다시 되돌릴 수 없다고 했는데 지금의 상황이 정녕 그러했다.

브린은 눈을 감고 정명이라는 소년의 기억을 더듬어보았다. 기운이 없는 것은 이틀 전, 아니, 혼절한 채 하루를 더 보냈으니 삼 일 전 길에서 주운 썩은 떡 덩어리 하나를 먹은 게 전부이기 때문일 것이다.

브린은 정명의 기억을 더듬어 현재의 천하 정세를 살펴보았다. 지금은 몽고족이 중원 천하를 장악한 원나라 시대다. 황제는 토곤테무르였고, 몇 년 전 황하가 범람해 수없이 많은 이재민이 발생했다. 황실은 이재민을 수수방관했고, 이에 각지에서 민란이 끊이지 않고 일어났다. 몽고족은 민란을 피의 숙청으로 다스렸기에 원 황실에 대한 원성이 하늘을 찌르고 있었다. 민심을 잃은 황실은 지방에까지 권력을 미치지 못하였고, 난세를 틈타 각지에서 군웅들이 들고일어나 천하의 패권을 놓고 다투는 난세였다.

길에서 주워들은 소문으로 화남 지역에 주원장이라는 장군이 있어 북경을 공격하여 원을 크게 패하게 했다고 들려오고 있다. 황제가 바뀌었는지는 알 수 없지만, 몽고가 북으로 물러갔다는 소문을 얼핏 들은 것도 같다. 그러나 각지에는 아직도 세력이 큰 군웅들이 많이 있으며 그중 유명한 이는 남경의 진우량, 소주의 장사성, 무창의 서수휘 등이었다. 하루도 전쟁이 없는 날이 없을 정도로 온 나라가 전쟁에 신음하고 있었다. 수없이 많은 전쟁고아들이 생겨났고 정명도 그중 하나일 뿐이다.

정명의 가족과 집에 대한 기억은 너무 어린 시절이라 지극히 단편적인 기억뿐이었다. 집이 불타고 모든 가솔이 죽임을 당했던 시절은 지금으로부터 육 년 전 정명이 여덟 살 정도 때의 일이다. 정명의 아버지를 사람들이 후치라고 불렀던 것도 같다. 어릴 적 기억이어서 정확하지는 않다.

정명의 집은 남경 근처였던 것 같다. 어린아이가 도시를 떠나 멀리 떠돌 수는 없는 일이니 어린 시절 구걸하던 도시가 남경이었기에 그 근처에 집이 있을 것이라 막연히 추측하고 있을 뿐이다. 그 외에는 너무 어려서 기억나는 것이 거의 없다.

희미한 기억 가운데 가장 오래되고 선명한 기억은 어렸을 적 정명의 아버지가 그를 아주 큰 석굴 안으로 데려갔던 기억이다. 그곳에서 정명은 벽에 음각된 칼춤을 추는 사람들의 그림을 보았다. 어린 나이였지만 참으로 역동적인 그림이라고 생각했다. 너무 어린 시절이라 가는 길을 잃어버렸지만 그 안에서 정명은 오랜 시간 동안 숨 쉬는 법과 앉는 법을 배웠다.

길을 떠돌며 무림인들이 익힌다는 내공심법을 들어본 일이 있지만 정명이 아버지로부터 배운 것이 내공심법인지는 확신이 서지 않는다. 더욱이 배를 곯지 않는 일이 무엇보다 중한 시기에 다른 곳에 신경을 쓸 만한 여유가 없었던 정명은 내공심법의 진위를 확인해 볼 생각조차 해본 적이 없었다.

정명의 성격은 브린이 보기에 너무 내성적이고 병약했다. 무언가를 극복하기 위하여 노력하기보다 그날그날 생을 연장하는 데 모든 초점을 맞추었을 뿐이다. 브린 자신이라면 결코 그렇게 살지 않았으리라. 하지만 다시 한 번 곰곰이 생각해 보니 전쟁통에 혼자가 된 여덟 살배기 꼬마가 할 수 있는 일이 많지 않음을 알 수 있었다. 굶어 죽거나 동사해 죽거나 맞아 죽거나, 죽는 것 외에는 아무리 브린이라도 다른 길이 보이지 않았다. 어쩌면 정명은 주어진 조건에 최선을 다한 것일 수도 있었다.

정명의 기억 가운데 브린이 유일하게 흥미를 느낀 부분은 정명이 동굴에서 익힌 특이한 호흡법이다. 아버지와의 소중한 추억이 깃든 호흡법을 정명은 하루도 거르지 않고 정진해

왔다.

브린은 정명의 호흡법과 함께 길에서 주워들었던 내공이라는 것에 생각이 미쳤다. 브린이 보기에 정명의 호흡법은 내공과 깊은 연관이 있었다. 내공이라는 것을 통해 하늘을 날고 일검에 산을 허문다는 무림인들의 이야기는 허황되긴 했지만 마나를 이용한다면 마법사인 브린에게도 어느 정도 실현 가능한 일이었기 때문이다. 더욱이 정명의 호흡법은 마법사들의 마인드 컨트롤과 흡사했다. 어쩌면 정명의 호흡법은 알려지지 않은 새로운 마나 연공법일지도 몰랐다.

브린은 서둘러 정명이 알고 있는 정좌법으로 자세를 잡았다. 브린은 정신을 가다듬고 정명의 호흡법을 전개했다. 처음 미세하여 느낄 수 없던 기운이 호흡이 길어지며 시간이 지날수록 배꼽 아래 부분에서 뜨겁게 달아올라 왔다.

브린이 이전 몸에서 활용하던 마나와는 느낌이 달랐지만 정명의 몸에서 느끼는 이 기운도 마나의 한 종류임이 분명했다. 브린이 이전의 몸에서 느끼고 활용했던 마나는 좀 더 부드럽고 차가웠다. 마치 여름날 나무 그늘 아래로 불어오는 산들바람처럼, 하지만 정명의 몸을 통해 느끼고 있는 마나는 무겁고 포근했다. 마치 추운 겨울 난로 앞에 앉아 쬐는 장작불의 따스함과 닮아 있었다.

브린은 절망 속에서 작은 희망의 불씨를 발견하였다. 어떤 형태로든 마나를 느낄 수 있는 몸이라면 마법사가 될 수 있다는 말이다. 더욱이 기억 속에 4서클 마법사의 기억이 생생히 살아 있다. 주변 마법 아카데미를 찾아가 마나 감응력을 시험받고 그 학파에 들어가면 될 일이다. 나이가 어리기 때문에 충분한 가능성이 있어 보였다.

그러나 브린은 더 이상 미래를 위한 장밋빛 설계 따위에 신경을 집중할 수가 없었다. 브린은 눈을 뜨고 허름한 사당 안의 천장을 올려다보았다. 브린의 기억과 소년의 기억이 너무나 많은 차이를 보이고 있었던 것이다. 이 거지 소년의 기억 속에 그 흔한 몬스터를 한 번도 본 일이 없다. 기사나 왕국의 이름과 언어도 너무나 생소했다.

결정적으로 소년의 기억 속에 하늘의 태양은 하나이고 달도 하나이다. 브린이 아는 하늘의 태양은 두 개고 달은 세 개다. 더욱이 소년의 기억이 정확하다면 이곳에는 마법사가 없다. 마법도 없다. 단지 무림인이라 불리는 칼을 쓰는 무사들이 있을 뿐이다. 모든 것이 엉망이지만 결론은 하나다. 자신은 완전히 다른 세계에 와 있다는 것이다. 브린은 결론에 대하여 있을 수 없는 일이라며 강한 부정을 해보았다. 하지만 조금만 더 생각해 보면 결론은 결코 부정할 수 없는 진실임을 느낄 수 있었다.

생각이 절망적인 결론에 도달하자 브린은 두 개의 기억 때문에 겪었던 혼란보다 더 큰 혼란을 겪기 시작했다. 자신은 이곳의 존재가 아니다. 자신은 가진 것이 아무것도 없다. 아는 사람도 없고 남겨진 것도 아무것도 없다. 두렵고 막막하다. 이 세계에서 마법이 통용되지 않는다면 자신이 이룰 수 있는 것도 아무것도 없다.

마법사로서의 부와 명예는 없다. 단지 병신 거지 소년의 육체만이 자신이 가진 전부일 뿐이다. 멸시와 조롱을 참아가며 남은 생을 살아갈 수 있을까? 아니다. 자신은 명예로운 마법사였다. 이런 구차한 삶을 위하여 붉은 목걸이의 주문을 외운 것이 아니다.

'크흐흐흐흐.'

브린은 눈을 돌려 주변을 돌아봤다. 목숨을 끊을 만한 물건이 눈에 띄지 않았다. 브린의 두 눈은 이미 풀려 있었고 입에서는 침이 흘렀다. 브린은 실성한 사람처럼 웃으며 자리에서 일어났다. 그리고는 눈을 질끈 감은 채 있는 힘껏 기둥을 향해 머리를 들이밀고 달려들었다. 기둥에 정수리를 박고 죽으려는 것이다.

쿠웅!

하지만 브린의 자살 시도는 성공할 수 없었다. 머리가 기둥에 부딪치기 직전 마음속 깊은 곳에서부터 죽음에 대한 강한 거부감이 일어났다. 브린은 급히 몸을 멈춰 세웠지만 관성에 의하여 머리에 강한 충격이 전해졌다. 죽을 정도는 아니었지만 머리가 띵해져 그대로 땅에 쓰러져 손발을 큰대자로 벌리고 벌러덩 드러누워 버렸다. 어차피 이대로 삼사 일만 더 있으면 죽지 않으려 해도 굶어죽을 것이다. 모든 것을 포기하고 나니 마음이 편안해졌다. 배고프다는 생각 외에 아무런 생각도 들지 않았다.

꼬로로록.

한참 동안 브린은 그 상태로 눈을 감고 누워 있었다. 누워 있는 브린의 뇌리에 정명의 기억들이 떠올랐다. 모진 멸시와 고난을 이기며 생을 이어가는 거지 아이의 구차한 삶이 눈앞에 펼쳐졌다. 절망 가운데 한 점의 빛도 비춰지지 않는다. 하지만 아무리 절망스러운 상황에서도 최소한 소년은 자살 같은 어리석은 짓을 생각하지 않았다. 자살이 그리 쉽게 결정할 수 있는 문제였다면 애당초 붉은 목걸이의 주문을 외우지도 않았으리라.

브린의 인생이 고난의 시간 위에 멈춰 있지만 그 위에 희망이 전혀 비춰지지 않는 것도 아니다. 제일 먼저 거지 소년은 나이가 어리다. 어리다는 것은 무한한 가능성을 가진 장점 중의 하나다. 거기에 사십대 용병 마법사였던 브린의 모든 경험을 기억 가운데 고스란히 가지고 있다. 생각이 긍정적인 방향으로 돌아서자 어쩌면 새로운 삶을 살아갈 또 한 번의 기회가 주어진 것일지도 모른다는 생각이 들었다. .

브린은 크게 한숨을 내쉬고 자리를 털며 일어났다.

'어차피 이렇게 된 거, 처음부터 다시 시작해 보는 거다.'

무엇보다 허기를 채우는 것이 우선이었다. 브린은 힘없는 몸을 이끌고 다 쓰러져 가는 사당의 한쪽 문을 열고 밖으로 나왔다.

삐그덕.

낡은 문이 경첩에서 신음 소리를 내며 활짝 열렸다. 브린의 머리 위로 눈부신 햇살이 내리비쳤다. 갑작스런 햇빛 때문에 현기증이 일었다. 브린은 손으로 햇빛을 가리고 하늘을 올려다보았다.

"휴, 이 전쟁통에 어디 가서 먹을 것을 구한다?

희망을 가슴에 품었지만 상황은 절망적이었다. 지금 이대로 쓰러져 죽는다 해도 자신이 죽었다는 것을 신경 쓰는 이는 아무도 없을 것이다. 지금 같은 혼란의 시기에 한 해 굶어 죽는 아사자만도 수만 명은 족히 될 것이다. 그들 중 대부분이 노인과 어린아이들이다. 지금 굶어 죽는다면 그 불쌍하고 의미없는 삶 중 하나가 될 것이다. 아니, 의미없는 삶은 없다. 단지 허무한 삶이 있을 뿐. 다시 잡은 인생의 기회를 그리 쉽게 꺼뜨릴 수는 없는 일이다. 브린은 이를 악물고 지친 발걸음을 사당 밖으로 옮겼다.

터벅터벅.

브린은 구걸이라도 해야겠다는 생각에 마을 쪽으로 향했다. 그러나 이내 걸음을 멈춰 세울 수밖에 없었다. 그곳에 있는 거지패들이 생각났기 때문이다. 혼란의 시기엔 어느 도시에나 거지들이 포화상태이기 마련이다. 도시에 자리를 잡은 거지들은 새로 들어온 거지들이 보이면 죽도록 패서 마을 밖으로 쫓아내 버린다.

정명은 일 년 전 이맘때쯤 향주에서 구걸을 하다가 그곳 거지패의 눈에 띄어 폭행을 당했다. 형식적으로 겁을 주기 위한 폭행이 아닌 뼈가 부러질 정도의 목숨을 위협하는 폭행이었다. 그때의 폭행 때문에 정명의 왼쪽 다리가 병신이 되어 있는 것이다. 만약 마을에 다시 나타나 구걸을 한다면 이번에는 한쪽 다리로 끝나지 않으리라. 더욱이 다리가 병신이 되는 바람에 멀리 이동할 수도 없는 입장이다. 지금까지처럼 야음을 틈타 도시로 숨어 들어가 쓰레기통을 뒤지는 것이 제일 좋을 것 같았다. 운이 좋다면 신선한 음식 쓰레기로 배를 채울 수도 있었다.

마법사 브린이었다면 거지들이 아무리 많이 덤벼든다 해도 전혀 위협이 되지 않을 것이다. 브린과 같은 4서클 전투 마법사들은 일반적으로 완전무장한 병사 서른 명 정도를 혼자 상대할 수 있다는 게 정설이었다. 거기에 더하여 실력 좋

은 보조 검사 두셋만 뒤를 봐준다면 쉰 명 이상도 상대할 수
있었다. 그러나 지금은 전투마법사 브린이 아닌 거지 소년 정
명의 몸에 빌붙은 가련한 인생일 뿐이다. 현실을 직시해야지
괜히 나서서 객기 부리다가 겨우 얻은 목숨마저 날려 버릴 수
도 있었다.

제2장

호구지책
(糊口之策)

　브린은 도시 외곽으로 난 길을 정처 없이 걷고 또 걸었다. 길에는 그 흔한 잡초 하나 보이지 않았다. 잡초 또한 식량이 되는 이 시기에 풀뿌리 하나조차 길에 남아 있지 않은 것이다. 브린은 한참을 걸어서 향주 옆으로 잔잔히 흐르는 부춘강 어귀에 도착했다.

　부춘강은 향주와 절강을 사이에 두고 흐르는 강으로 그 물결이 잔잔하고 주변에 절경이 많기로 유명한 강이었다. 특히 강의 하류에는 천호도라는 유명한 호수가 있는데, 그 호수 안에는 천육백여 개의 크고 작은 섬이 있어 그 경치가 매우 뛰어나다고 전해진다.

브린은 부춘강의 뛰어난 절경에 넋을 잃고 잔잔히 흐르는 강물을 한없이 바라다보았다.

"콜록콜록!"

강을 바라보던 브린이 갑자기 무릎을 꿇고 마른기침을 하기 시작했다. 계속되는 기침에 기력을 소진한 브린은 옆으로 쓰러졌다. 힘없이 쓰러진 브린의 눈앞에 강물이 유유히 흘러가고 있었다. 죽음만을 기다리고 있는 상황에서도 노을빛을 받아 반짝이며 흐르고 있는 부춘강의 강물이 무척 아름답다는 생각이 들었다. 자신의 인생은 힘든 시련 위에 멈춰 있지만 세상 만물의 이치는 끊임없이 흐르고 있다. 이대로 죽는 것일까? 이 어이없는 상황을 어떤 말로 설명할 수 있을까? 목까지 날아가며 겨우 외운 주문 때문에 이제는 서서히 굶어 죽는 고통을 맛보고 있어야 하다니. 이런 개 같은 경우를 어찌다 말로 설명할 수 있다는 말인가.

브린은 몸을 일으켜 물가로 다가가 물을 마셔보았다.

"쿨럭쿨럭!"

빈속에 들어간 물은 헛구역질을 일으켰다. 물로는 오랜 시간 허기를 달랠 수 없을 테지만 곧 숨이 넘어갈 것 같은 지금 다른 방법이 없었다. 물로 배를 채운 브린은 조용히 앉아 넋을 잃고 강을 바라보았다. 강물 위로 작은 물고기들이 간간이 뛰어오르며 작은 물보라를 만들어내고 있다. 브린은 뛰어오르는 물고기들을 보고 죽음 가운데 생문을 발견했다.

'맞아! 내가 왜 그 생각을 못했을까?

정명이라는 소년은 물고기를 잡을 수 없다. 도구도 없고 물고기를 잡을 수 있는 기술도 없다. 하지만 브린은 다르다. 브린은 산전수전 다 겪은 전투 마법사였다. 물고기를 잡을 방법은 넘치고 넘쳤다. 도구가 문제일 뿐이다. 지금 정명의 수중에는 물고기를 잡을 도구가 하나도 없었다. 하지만 방법이 전혀 없는 것은 아니다.

브린은 기억을 더듬어 과거를 회상했다. 브린이 서클을 겨우 형성한 수습 마법사 시절에 만난 그의 스승은 괴팍한 마법사였다. 마법 연구보다 용병들과 함께 세계를 유랑하는 것을 더욱 좋아했다. 그 때문에 브린은 마법 공부에 몰두해야 될 나이에 스승을 따라 세상을 떠돌아 다녀야만 했다.

그런 브린의 스승에게는 특별한 철학이 하나 있었는데, 그것은 여행 중 음식은 절대 마을에서 준비하는 것이 아니라는 법칙이었다. 모든 식량은 자연에서 얻어야 한다는 이상한 철학 탓에 브린은 어린 시절 사냥, 낚시, 채집 등을 통해 음식을 마련해야만 했다. 당시 자신의 스승을 짠돌이 늙은이라고 부르며 불만을 터뜨리곤 했던 기억이 났다.

하지만 막상 브린이 독립하여 진짜 용병 마법사가 되었을

때, 연구실에서 배운 것보다 자연에서 스승으로부터 배운 것
들이 자신의 목숨을 더욱 많이 살렸음을 깨닫게 되었다. 그
후 브린은 마음속 깊은 곳에서 그 괴짜 스승을 존경해 오고
있었다.

피식.

스승에 대한 추억이 떠오르자 굶어 죽기 직전인데도 실없
는 웃음이 나왔다. 이 순간 다시 한 번 스승의 도움을 받을 수
있을 것 같았다. 브린은 스승에게서 배웠던 마법을 이용한 낚
시 방법을 떠올렸다. 수습 마법사 딱지를 떼고는 사용하지 않
은 방법이다. 하지만 지금처럼 마나가 수습 마법사만큼도 없
는 상황에 자신을 살릴 수 있는 유일한 방법이었다.

스승은 특이한 마법진이 새겨진 조그마한 동전을 지니고
다녔다. 가운데 부분은 동그란 구멍이 나 있었고, 한쪽 면은
지능이 낮은 동물들을 유혹하는 참이라는 정신계 마법진이,
다른 쪽에는 약한 전기 충격 마법진 큐브 라이트닝이 새겨져
있었다. 참 마법에 의하여 유혹된 물고기들이 동전을 무는 순
간 큐브 라이트닝에 의하여 정신을 잃게 된다. 마법사는 단지
그 정신 잃은 물고기들을 건져 올리기만 하면 되는 것이었다.

스승이 개발한 그 마법진은 상당히 고차원적인 마법진이
었지만 마법진을 발현하는 방법은 아주 극소량의 마나로도
충분했다. 짠돌이 스승은 자신의 동전을 브린에게 주는 대신

그 동전을 만드는 방법을 알려주어 브린 스스로 동전을 만들도록 했다. 숱한 실패 끝에 브린은 자신의 동전을 만들 수 있었고, 스승과 여행을 하며 동전을 사용해 물고기를 손쉽게 낚아 올렸던 기억이 떠올랐다.

브린은 정명의 기억을 더듬으며 얼른 속옷 속에 손을 집어넣었다. 그곳에서 때가 묻어 더러운 구리 동전 하나가 나왔다. 소년이 가지고 있던 최후의 수단인 것이다. 물론 지금 같은 전쟁통에 구리 동전 하나로 살 수 있는 물건은 아무것도 없었다. 작은 만두 하나를 사려 해도 최소 구리 동전 두 개가 필요했다. 그마저도 원이 망해가는 지금 원 황실이 발행한 동전을 받아줄지도 미지수였다. 그러나 소년은 동전 하나로 인해 언제나 용기를 잃지 않을 수 있었다. 최소한 만두 반쪽은 얻을 수 있는 소년의 마지막 희망이었던 것이다.

브린은 우선 마법 동전을 만들기 전에 마법 발현 실험을 할 필요가 있었다. 만약 마법이 자신의 생각처럼 발현되지 않는다면 최후의 희망인 만두 반쪽 값어치의 구리 동전이 날아가 버리기 때문이다. 마법진을 새기기 위해 구리 동전의 앞뒤를 깨끗하게 갈아야 하는데, 갈아버린 동전은 더 이상 동전으로서의 역할을 할 수 없기 때문이다.

브린은 주변을 둘러보며 안전한 곳을 찾았다. 멀지 않은 곳에 폐가가 보였다. 브린은 조심히 다가가 폐가를 둘러봤지만,

아무도 없음을 알게 되었다. 지금 같은 시기에는 이런 폐가가 넘쳐 난다. 브린은 가장 안쪽에 위치한 건물로 들어가 자리를 잡고 앉았다. 이제부터가 중요했다.

'……'

브린은 몇 시진째 서클도 형성되지 않은 단전의 작은 마나를 회전시키려 갖은 노력을 기울이고 있었다. 마법을 발현하기 위해서는 우선 마나의 띠를 만들어야 했다. 그 마나의 띠를 서클이라고 부르며, 서클의 밀도와 중첩 정도에 따라 마법사의 능력이 결정된다. 브린의 경우 여덟 개의 마나 띠를 심장에 가지고 있던 4서클 마스터였다.

서클은 마법 발현을 위한 준비 단계이다. 본격적인 마법 발현은 그 서클을 회전시키는 데에서 나온다. 서클의 회전력이 서클을 중심으로 소용돌이를 만들어낸다. 그 소용돌이는 주변의 마나를 끌어당긴다. 이처럼 주변의 마나를 끌어당기는 현상을 마나의 공명이라고 부른다.

마나의 공명으로 확보된 주위의 마나를 수식과 각각의 성질에 따라 분리시킨다. 마지막으로 마법을 발현시키기 위해서는 각 마법에 필요한 각각의 속성 마나를 증폭시킨 후 마법사의 강한 의지력을 실어 마법을 발현시킨다. 마법사들이 마법 주문을 외우는 이유는 바로 강한 의지를 마나에 싣기 위해서이다. 마법마다 수식이나 의지력의 차이는 있을지언정 마법 발현의 원리는 모두 같다.

　브린은 몇 시진 동안 마나 공명을 위해 노력하고 있었다. 단전 주위에 마나의 띠를 형성하는 시도는 성공했지만 그 후가 문제였다. 형성된 마나의 띠를 회전시키면 이내 그 띠가 단전으로 다시 흡수되어 사라져 버리는 것이었다.

　'어찌하면 좋다는 말인가?

　브린은 한숨을 내쉬고 생각에 잠겨들었다. 마나 공명이 불가능하다면 다른 방도를 찾아야 했다. 단전의 마나를 심장 쪽으로 끌어당겨 심장에 마나의 띠를 형성할까 생각도 해봤지만, 이곳은 자신의 세계와 다른 곳이다. 이곳 사람들이 마나를 심장이 아닌 단전에 위치시키는 데는 이유가 있을 것이다. 그 이유를 모르고 모험을 감행할 수는 없었다. 더욱이 지금의 건강 상태로 심장이 서클 회전을 버텨줄지도 미지수였다.

　충분한 마나가 모여지지 않은 상태에서 마법을 발현하는 것은 자살 행위나 다름없었다. 모든 마법은 수식에 따라 주어진 마나의 양이 존재한다. 만약 마나의 양이 부족한 상태에서 마법이 발현되면 마나 드레인 현상이 발생해 체내의 선천적인 마나가 마법에 빨려들어 가버린다.

　몇 가지 예외인 마법이 있다. 마나의 양과 무관하게 주어진 마나만으로 마법을 발현시킬 수 있는 마법이 있기는 있다. 그 중 대표적인 것이 1서클 비기너 마법사들이 공명된 마나의 양보다는 마법의 수식과 의지력을 시험받기 위해 빛나는 공을 만들어내는 라이트 마법이었다. 브린은 어쩔 수 없이 모든 중간 과정을 생략하고 모험을 감행하기로 마음먹었다.

하지만 아무리 마나 공명을 통하지 않더라도 체내에서 마법을 발현할 수는 없었다. 마법이 발현될 때 발생되는 마나의 팽창 현상 때문에 몸이 터져 버릴 것이 분명했다. 그래서 단전의 마나를 몸 밖으로 끌어내야만 했다.

브린은 정명이 기억하고 있는 마나 호흡법의 구결을 떠올렸다.

머리의 정수리로 이화(離火:태양)의 기운을 코의 손풍(巽風:바람)의 기운으로 가슴까지 흐르게 하고, 가슴에 머무는 진뢰(震雷:우레, 대기)의 기운을 명치 삼 푼 아래에 나 있는 작은 문 간산(艮山:산, 대륙, 큰문)을 통하여 물이 아래로 흐르듯 배꼽 위의 하완혈까지 내려간다. 하완혈의 기는 감수(坎水:물)가 되어 기해(단전)에 마나를 쌓는다. 기해의 기는 태극(太極)이며 태극과 가장 가까운 건천(乾天:하늘, 절대 양)으로 보관한다.

단전에 응축된 기를 성기와 항문 사이인 회음혈로 보내는데, 회음에 도착한 기는 큰 파도의 기운 태택(兌澤:바다)이 되어 꽁지뼈 아래의 정강혈을 지나 신장이 있는 오수혈에 머문다. 오수혈의 기운은 건(乾:하늘)의 기운에 태(兌:바다)의 기운이 섞여 리(離:태양)의 기운이 되어 있다. 리의 기운으로 태의 기운을 끓여 감(坎:물)과 손(巽:바람)이 섞인 기화(氣化:수중기)가 되게 하고, 그 기화가 자연스레 척추를 타고 올라 뒷목 아래 부분의 아문혈을 채우고 정제되어 새로 들어오는 건천의 기운과 합쳐져 다시 단전으로 내려온다. 정제된 기는 곤지(坤地:절대 음, 땅)의 기운을 머금고 있으며, 정제되지 않은 탁기는 눈썹 사이의 신정혈을 통해 내뱉어진다. 이 흐름을 완성하는 것이 소주천이며, 소주천을 통해 적지만 고도로 응축된 내기를 단전에 얻을 수 있다.

이상의 방법은 정기를 늘리기 위해 탁기를 내보내는 방법이었고, 탁기가 아닌 정기를 뽑아내는 방법은 등 뒤 신장의 오수혈의 정기를 목 뒤 아문혈로 보내지 않고 겨드랑이 뒤쪽의 결곡혈로 보낸다. 결곡혈을 지난 내기는 팔꿈치 안쪽으로 작은 뼈에 의하여 보호되는 운문혈을 통하여 손바닥 바깥쪽의 열결혈을 통해 손바닥 정중앙의 노궁혈로 보내진다. 단전의 정기를 손바닥의 노궁혈로 내보낼 때는 신정혈로 탁기를 내보낼 때와는 다르게 한 번에 모든 혈을 빠르게 통과시켜야만 했다.

브린이 보기에 마법을 사용하기 위해서는 탁기를 내보내는 신정혈이 아닌 단전의 정기 자체를 내보내는 노궁혈을 이용해야 할 듯했다. 자주 사용하지 않던 길이라 그런지 노궁혈까지 길을 뚫는 데 매우 힘든 과정을 거쳐야만 했다. 브린은 강한 집중력으로 몇 시진에 걸친 시도 끝에 대부분의 마나를 소모하고 아주 작은 양의 마나를 노궁혈로 내보낼 수가 있었다.

제3장

반짝이는 은화로
낚시를 즐기는 강태공

브린은 손바닥 위에서 공기 중으로 흩어지려는 마나를 정신력으로 붙들고 마법을 시전하기 위해 시동어를 외쳤다.

"Light!"

순간 눈앞이 멀어버릴 정도로 강렬한 빛이 온 사방을 메웠다. 다행히 정신 집중을 위하여 눈을 감고 있었기에 시력이 멀지 않았지, 만약 눈을 뜨고 마법 시현을 직접 눈으로 보려 했다면 시력을 상실할 수도 있었을 것이다.

브린은 라이트 마법으로부터 고개를 돌려 시력을 보호하고 손바닥 위의 마나를 흩어버렸다. 눈을 감은 채로 고개를 돌렸지만 아직도 그 강한 빛의 여파로 앞이 잘 보이지가 않았다. 기대 이상의 성공이다. 마법이 발현될까를 고심했지만, 그 고심을 무색하게 할 정도로 극소량의 마나로 거의 4서클의 플래쉬 뱀(강한 빛으로 적의 눈을 멀게 만드는 빛나는 공을 소환한다)과 맞먹는 마법을 발현한 것이다. 아마 이곳의 질량이 높은 마나 덕분에 기대 이상의 효과를 본 것일 것이다.

브린은 흥분을 가라앉히고 마법과 마나에 대하여 고찰해보았다. 이곳의 마나는 예전 세계의 마나와 큰 차이를 보이고 있다. 이곳의 마나는 분포도가 매우 낮았다. 자신과 같은 4서클 마스터 마법사였던 자가 집중을 해야만 겨우 마나를 느낄수 있을 정도였기 때문이다. 하지만 이곳의 마나는 분포가 적은 대신 마나의 질량이 굉장히 높아 보였다.

브린은 두 세계의 마나에 대한 고찰 가운데 한 가지 가설을 세워봤다. 이곳의 마나는 양이 적은 대신 질량이 높다. 이전 세계는 분포가 높은 대신 질량이 낮다. 즉, 두 세계는 마나의 질량 차이가 있을지는 몰라도 세계 전체의 총질량으로 따진다면 아마 비슷한 수준의 총질량으로 이루어져 있을 것이다. 브린은 자신이 세운 가설에 고개를 끄덕였다. 일견 타당해 보이는 가설이었다.

이전 세계의 마나는 가벼웠다. 한곳에 머무르지 않고 계속해서 흘러 어디론가 가버린다. 이곳의 마나는 양은 적지만 무겹다. 응집력도 강하고 한곳에 머무는 시간도 길었다. 마나가 질량이 높기에 이전에 비하여 상당히 안정적이었다. 이전 세계처럼 마나 공명을 통해 외부의 마나를 끌어다 마법을 발현하는 것은 불가능할지 몰라도 단전에 응축된 내부의 마나만으로 충분히 강력한 마법을 구현해 낼 수 있다는 말이다.

멈출 수 없는 희열이 온몸을 강타했다. 생각할수록 대단한 발견이다. 마법 실험을 성공적으로 끝낸 브린은 서둘러 동전 위에 마법진을 만들기 시작했다. 브린은 우선 동전을 바닥에 갈아 표면을 매끄럽게 하였다. 그런 다음 달빛에 의지하며 그 매끄러워진 동전 표면 위에 마법진을 그려 넣기 시작했다. 섬세한 작업이었고 목숨이 달린 작업이었다. 마법진을 새기는 작업은 섬세하고 세심한 일이었기에 보통 펜촉에 작은 보석을 박아 사용했다. 그러나 지금 그와 같은 사치를 바랄 수는 없었다. 그래서 벽에 박혀 있는 못 중 제법 날카로운 놈을 하나 골라 그것으로 마법진을 새기고 있었다.

브린은 상상도 할 수 없는 집중력으로 마법진을 빠르게 새겨 나갔다. 이전 세계에서 브린은 최상의 도구를 갖추고도 마법 동전 하나를 만들기 위해서는 이틀 정도를 꼬박 소비해야 했다. 그러나 지금 한 식경이 채 지나기도 전에 못 하나로 마법 동전을 완성해 내고 있었다. 굉장한 집중력이다. 그러고 보니 하루가 넘는 시간 동안 마법 발현을 위한 실험에 정신력을 많이 소모했을 터인데도 정신적 피로를 느낄 수가 없었다.

정명의 마나 호흡법 때문일까? 정명의 마나 호흡법은 정신적 피로를 풀어주는 능력도 있어 보였다. 하지만 지금 브린이 느끼는 비약적인 정신력 상승에 대한 해법이 될 수는 없었다.

브린은 마법진을 새기며 예전 세계에서 리치에 대해 들었던 이야기를 떠올렸다. 리치는 모든 마법사들의 목표이자 꿈이었다. 리치는 인간이 도달할 수 있는 최고점인 9서클에 도달한 마법사들이 자신의 생명을 깨뜨리고 죽음을 넘어 새로운 생명체로 다시 태어나는 존재들이었다. 하지만 한번 죽었다 살아난 그들을 인간이라고 보는 이는 아무도 없었다. 오히려 죽음과 가까운 언데드 종류의 몬스터로 보는 게 일반적이었다.

지상 최강의 생물 드래곤의 경우 12서클로 분류되는 재앙과 같은 대마법을 펼칠 수가 있다. 하지만 그들도 9서클 이상의 마법을 펼칠 때는 한 번에 한 가지 마법만을 펼칠 수 있을 뿐이다.

그러나 리치들은 다르다. 그들은 드래곤보다 두 단계 낮게 분류되는 10서클의 마법을 사용했지만 동시에 시전 가능한 마법의 숫자에 제한이 없었다. 마나가 허용하는 한 한 번에 수십, 수백 개의 마법을 동시해 발현시킬 수 있는 게 리치들이었다. 때문에 오만하기로 유명한 드래곤조차 리치들을 쉬운 상대로 생각하지 않고 있었다. 드래곤이 무한의 마나를 쓰는 존재라면 리치들은 무한의 정신력을 쓰는 존재라고 알려져 있었다.

그들의 정신력이 죽음에서 온다는 일설이 있었다. 만약 그게 사실이라면 죽음에서 살아난 브린의 정신력이 비약적으로 상승한 것에 대한 의문이 풀린다. 하지만 리치를 한 번도 본 적이 없는 브린으로서는 그 또한 하나의 가설일 뿐 사실이라 단정 지을 수는 없었다.

브린이 리치에 대한 이런저런 생각을 하는 동안 어느덧 동전 위에 마법진이 완성되었다. 브린은 웃옷을 벗어 실오라기를 천천히 풀어내기 시작했다. 하지만 워낙에 낡고 해진 옷이라서 너무 쉽게 뜯어졌다. 풀어진 실을 몇 겹으로 꼬아놓으니 제법 튼튼한 끈이 완성되었다. 동전의 중앙에 뚫린 구멍에 끈을 묶어 조심스럽게 매듭을 지었다.

이제 낚시를 할 시간인 것이다. 브린은 강가로 향했다. 브린이 머물던 폐가 옆에 제법 쓸 만한 낚시 장소가 하나 있었다. 예전에 큰 부두로 사용했을 것 같은 선착장이 보였다. 과거 많은 사람들이 이용했을 법한 그 선착장은 이제 바람만이 쉬어가는 황량한 구조물로 변해 있었다.

브린은 너무 삭아 언제 쓰러질지 모를 선착장을 조심스러운 발걸음으로 건넜다.

삐그덕, 삑, 삐그덕, 삑.

발걸음을 옮길 때마다 발밑에서 선착장의 신음 소리가 들려왔다. 오랜만에 방문한 사람의 발걸음을 반기는 것 같은 울림이었다. 브린은 발걸음을 옮겨 선착장의 끝에 가서 앉았다. 자리를 잡고 앉은 브린은 마법 동전 위에 마나를 불어넣었다. 의외로 단전의 마나는 쉽게 움직여 손바닥 위의 노궁혈을 통해 마법 동전에 주입되었다. 처음 노궁혈로 마나를 보냈던 때처럼 많은 힘이 들지는 않았다. 아마 몸속에 마나의 통로가 생기고 나면 그 길을 다시 지나갈 때는 이전에 비하여 비교적 쉬워지는 듯했다.

브린이 동전에 새겨진 마법진을 발현시키자 동전에 은은한 푸른빛이 맺혔다. 아름다운 빛을 내고 있는 동전을 내려다본 브린은 이전에 수없이 보아온 광경인데도 오늘따라 그 빛이 너무나 아름답다는 생각이 들었다.

퐁.

브린은 끈을 늘어뜨려 물속에 동전을 조심히 집어넣었다. 실패냐 성공이냐를 기다리는 잠시의 시간이 마치 천 년처럼 느껴졌다. 사느냐 죽느냐의 경계선상에 발을 디디고 서 있는 브린의 세포 하나하나가 물속의 동전의 움직임에 집중되었다. 천 년과도 같던 몇 초의 시간이 흐른 뒤 물속에서 푸른빛이 한 번 반짝였다. 전기 충격 마법 라이트닝이 발현될 때의 반짝임이 분명했다.

브린은 조심스럽게 끈을 당겨 물속에서 동전을 건져 올렸다. 그 끝에 장정의 팔뚝만 한 물고기가 딸려 올라오고 있었다. 성공이었다. 만일 그 큰 물고기가 라이트닝 마법에 의하여 기절해 있지 않았다면 은화를 뱃속에 넣은 채로 끈을 끊고 멀리 도망쳐 버렸을 것이다. 브린은 물고기를 선착장 한편에 내려놓고 갑자기 큰절을 올리며 말을 이었다.

"천지신명께 이 정명이 감사의 절을 올립니다. 굶어 죽을 날만 받아놓고 근심하던 차에 어선생(魚先生)을 보내시어 살 길을 열어주시니 그 은혜가 난망하여 감사 가운데 기도를 올리옵나이다."

입에서 알 수 없는 기도문이 흘러나오자 브린은 당황하지 않을 수 없었다. 정명의 의식이 너무나 기쁜 나머지 불쑥 튀어나와 감사 기도를 올린 것이다. 정명의 의식은 지금 브린의 의식에 눌려 마치 꿈을 꾸는 듯한 착각에 빠져 있었다. 몽환적인 느낌의 정명의 의식이 물러가자 브린은 긴장하며 정신을 가다듬었다. 의식의 일원화가 이루어지지 않은 지금 방심하면 몸을 빼앗길지도 모른다는 걱정이 일었다.

브린은 정신을 가다듬고 놀란 마음을 진정시켰다. 의식의 일원화는 시간을 가지고 차차 이루어가면 될 일이었다. 브린은 물고기의 입에서 마법 동전을 빼낸 후 그것을 활성화시켜 다시 물속에 집어넣었다.

브린이 낚싯줄을 늘어뜨리고 있을 때 강의 저편으로 해가 떠오르고 있었다. 브린은 낡은 선착장 끝에 홀로 앉아 동이 트는 풍광을 지켜보았다. 해가 떠오르자 잔잔한 부춘강이 금 빛으로 물들며 더욱 세차게 흐르기 시작했다. 간간이 튀어 오르는 물고기들은 그 아래로 작은 물보라를 일으키며 풍광 위에 아름다움을 더하였다.

아름다운 강 위를 스치며 불어온 시원한 바람이 지친 브린의 머리를 매만져 주고 지나갔다. 세상의 아름다움이 브린의 두 눈에 가득 담기었다. 브린은 그 아름다움에 취해 이 세계도 사람이 살 만한 곳일지도 모른다는 생각이 들었다. 브린의 입가에 작은 웃음이 걸렸다.

브린은 낚시를 마치고 폐가로 돌아왔다. 폐가 주변에서 마른 나뭇가지를 모아 불을 지피고 그 불에 잡아온 물고기들을 구웠다. 물고기가 반쯤 익자 기다리지 못하고 그것들을 정신 없이 먹어치웠다.

우적우적, 쩝쩝.

물고기 가시와 머리가 한쪽에 수북이 쌓여갔다. 배가 터질 정도로 물고기를 먹고 나서도 무려 열두 마리의 물고기가 남아 있다. 만일을 생각해 돈이 될 만한 실한 놈들로 남겨두었기에 크기가 크고 생기가 넘쳐흘렀다. 브린은 이것을 팔아 돈을 마련할 생각이었다. 호구지책을 마련한 브린은 기분이 좋아졌다.

"하아암!"

포만감에 젖어 크게 하품을 하고는 한쪽에 몸을 쭈그리고 잠을 청했다.

브린이 눈을 떴을 때는 해가 뉘엿뉘엿 지고 있는 늦은 오후였다. 브린은 기지개를 한번 켜고 일어나 폐가를 돌며 대나무 광주리 하나를 찾아왔다.

"이제 배도 채웠으니 돈을 벌러 도시로 나가볼까나? 하하하!"

기분이 좋아진 브린의 입에서 저절로 웃음소리가 터져 나왔다. 브린은 폐가의 대문을 지나쳐 가벼운 발걸음으로 향주를 향해 나아갔다.

"흥얼~ 흥얼~ 흥얼~"

발을 옮기고 있는 브린의 입가에서 작은 콧노래가 흘러나왔다.

'……!'

브린은 향주의 초입에 서서 얼어붙은 채 발을 떼지 못하고 있었다. 알 수 없는 공포심이 브린의 발목을 잡아끌고 있었던 것이다. 비틀린 왼쪽 다리가 너무나 아파왔다. 육체적인 통증이 아닌 가슴속에서 이는 고통이었다. 정명의 죽을 뻔했던 경험이 브린에게 영향을 주는 것 같았다. 브린은 깊게 심호흡을 하고 마음을 진정시켰다. 마음을 차분히 가라앉힌 브린은 발을 떼어 향주로 들어갔다. 걸음을 옮길 때마다 불편한 왼쪽 다리가 쑤셔왔다. 브린은 이를 악물고 다리를 질질 끌며 나아 갔다. 지금의 고통을 수십 배로 갚아줄 날을 상상하며 걸음을 옮기고 있는 브린의 눈에 살기가 어렸다.

향주는 매우 큰 도시다. 비록 온 나라가 전쟁의 상처에 시름하고 있는 때였지만 향주는 천하에 이름난 대도시답게 사람들의 얼굴에 활력이 넘쳐 보였다. 브린은 향주의 이곳저곳을 둘러보며 물고기를 팔 만한 곳을 찾아보았다. 하지만 장이 서려면 날이 아직도 닷새는 남았기에 물고기를 넘길 만한 마땅한 곳을 물색할 수 없어 답답했다.

브린은 장터에서 발걸음을 돌려 향주에서 가장 유명한 객점인 홍화루로 걸음을 옮겼다. 홍화루는 향주에서 음식이 맛있기로 소문난 객점이다. 홍화루에 도착하자 점심이 한참 지난 늦은 시간인데도 사람들이 북적이는 것이 역시 소문만큼 유명한 객점이라는 생각이 들었다.

브린은 광주리를 고쳐 메고 객점 안으로 발을 들였다. 브린이 들어서는 모습을 본 점소이 하나가 뛰어나와 앞을 가로막았다.

"이런 더러운 그지 새끼가 어디에 함부로 발을 들여! 썩 꺼지지 못해!"

점소이가 브린을 막아선 것은 객점을 보호하기 위한 정당

방위와 같았다. 지금 브린은 낚시 실을 만드느라 윗도리를 써 버려 맨살을 드러내 놓고 있었다. 그리고 아랫도리에는 과연 바지라 부를 수 있는지 심히 의심스러운 천 쪼가리 하나를 대충 걸치고 있었다. 앙상한 몸은 언제 목욕을 했는지 짐작할 수 없을 정도로 진한 땟물이 줄줄 흐르고 있었다. 더욱이 걸음을 옮길 때마다 절뚝거리는 왼쪽 다리는 심하게 비틀려 있어 브린을 보고 있자면 거지 중의 상거지가 틀림없어 보였다.

브린은 점소이의 눈에 비친 자신의 모습을 떠올리고는 서둘러 광주리를 열어 그 안의 물고기를 보여주었다.

"질 좋은 물고기가 있어 이곳에 팔고자 왔습니다."

점소이는 브린의 모습을 위아래로 훑어보며 혀를 차다가 브린이 열어 보인 광주리 안을 보고는 깜짝 놀랐다. 물고기에 대하여 잘 모르는 자신이 보기에도 최상품이라 할 수 있는 물고기들이 가득 들어 있는 것이다. 점소이는 놀란 표정을 지우고 브린을 향해 근엄한 목소리로 입을 열었다.

"커흠! 네놈의 팔자가 딱해 보이니 내 숙수님께 너를 소개시켜 주겠다. 그러나 이 문은 손님들을 위해 만든 문이지 더러운 거지 놈이 지나다니라고 뚫어놓은 구멍이 아니다. 저기 건물 왼편에 있는 작은 사잇길로 들어가면 쪽문 하나가 보일 게다. 그리 가서 기다려라."

브린은 점소이가 말한 곳에 서서 한참을 기다렸다. 시간이 흐른 뒤 아까 보았던 점소이가 뒷문을 열고 나왔다. 그 뒤로 덩치가 산만 한 노인이 따라 나왔다. 키가 어찌나 큰지 태산이 움직이는 듯한 모습에 절로 주눅이 들게 만드는 그런 노인이었다. 노인의 머리는 하얀 데 비하여 특이하게도 수염은 하얀 털이 조금씩 비치는 것을 제하고 대부분 진한 진홍색을 띤 채 하늘로 뻣뻣이 솟아 있었다. 마치 삼국시대의 장비가 환생했다 해도 믿어줄 만한 용모의 노인이었다. 아니, 머리만 검다면 노인인지 의심스러울 정도의 모습을 지닌 사람이었다.

노인 앞에선 점소이가 조심스럽게 입을 열었다.

"장 숙수님, 이놈입니다요. 제법 상품의 물고기들을 가지고 와 내치지 못하고 이리 모시게 된 것입니다요."

"아삼, 네놈이 생선에 대하여 무엇을 안다고 상품이니 하품이니 논하느냐? 만일 쓸데없는 일로 이 장팔님의 귀한 시간을 뺏은 것이라면 네놈과 저기 서 있는 저 거지 놈은 오늘을 기일(忌日)로 명년에 제사상 위에서 젯밥이나 기다리는 신세가 될 것이니 각오를 단단히 해야 할 것이다."

놋쇠가 깨지는 듯한 칼칼한 음성이 브린의 귓가를 때렸다. 이어서 크게 당황하는 점소이의 말이 이어졌다.

"그, 그럴 리가 있겠습니까요?"

점소이는 말을 더듬으며 브린에게 손짓하여 서둘러 광주

리를 열어 보이도록 시켰다. 한성격 할 것 같아 보이는 노인이 살짝 곁눈질로 광주리 안을 들여다보더니 흥미가 동한 듯 산 같은 덩치를 쭈그리고 앉아 물고기를 세세히 살피기 시작하였다.

그런 노인의 뒤로 점소이의 떨리는 목소리가 들려왔다.

"어, 어르신, 상품은 아니라도 중품은 되지 않겠습니까요?"

노인은 귀찮다는 표정으로 아삼의 말에 답하였다.

"아삼, 네놈은 객청에 나가 하던 일이나 마저 끝내거라. 이 일은 추후 논하도록 하겠다."

아삼은 장팔의 말이 끝나기가 무섭게 바람처럼 객점 안으로 사라져 버렸다. 허겁지겁 사라지는 점소이의 뒷모습을 바라보며 브린은 이 노인의 성깔이 보통이 아님을 직감하고 긴장하지 않을 수 없었다.

정신없이 물고기들을 살펴보던 장팔이 광주리에서 시선을 떼지 않은 채로 입을 열어 브린에게 질문을 던졌다.

"아이야, 이 물고기들은 누가 잡아 올린 것이더냐?"

"제가 직접 낚아 올린 것들입니다."

브린의 말이 끝나기가 무섭게 장팔이라 불린 숙수가 번개 같은 손놀림으로 브린의 양손을 낚아챘다. 아, 하는 순간 벌써 장팔의 커다란 한 손에 브린의 양손이 잡혀 있었다. 손을 낚아챈 장팔이 험악한 인상을 쓰며 말을 이었다.

"손바닥을 펴보아라."

장팔이 손에 살짝 힘을 주자 손목이 끊어질 것처럼 아파왔다. 브린은 서둘러 손바닥을 펴 보였다. 브린의 손바닥이 펼쳐지자 화가 난 장팔의 호통소리가 골목을 쩌렁쩌렁 울렸다. 그의 호통 속에 마나가 실려 머리가 윙윙 울리는 것이 보통 사람이 아닌 듯하여 브린의 마음이 심란해졌다.

"흥! 이 홍화루의 숙수 장팔님의 눈을 속이려 하는 녀석이 있다니 세상 다 산 놈이로다! 바른 대로 고하지 못할까? 네놈은 이것들을 어디서 훔쳤느냐?"

보통 아이였다면 장팔의 살기 어린 호통 소리에 울고불고 난리를 쳤을 법한 상황이었으나, 브린은 전장에서 잔뼈가 굵은 용병 마법사였다. 물론 저 산적 같은 노인이 브린의 대답에 어떻게 나올지 알 수 없어 마음이 심란했지만, 잘못한 것이 없는 브린은 장팔의 눈을 똑바로 직시하며 딱 부러지게 대답했다.

"제가 잡은 것입니다!!"

장팔은 소년의 두 눈동자에서 조금의 망설임이나 흔들림도 찾아볼 수 없자 의아한 생각이 들었다. 이 정도로 깔끔하게 물고기를 잡아 올릴 수 있는 낚시꾼이라면 그 실력이 보통이 아닐 것이 분명했다. 그렇다면 수없는 물질 때문에 손에 굳은살이 박여 있어야 정상이다. 하지만 소년의 손에는 낚시를 한 흔적이 전혀 없었다.

이런 손을 가진 소년이 물질에 이력이 난 능숙한 낚시꾼일 리 없었다. 그러나 똑 부러지게 대답하는 소년의 두 눈은 정기로 가득 차 있었다. 이런 눈을 가진 사람은 딱 두 종류뿐이다. 담이 매우 크거나 아니면 진실을 말하는 이뿐이다.

장팔은 한동안 말없이 브린의 두 눈을 노려보았다. 흔들림이 없는 좋은 눈이다. 끝날 것 같지 않던 둘의 눈싸움은 장팔의 호탕한 웃음소리에 묻혀 버렸다.

장팔은 홍화루가 떠나갈 정도로 큰 웃음을 터뜨렸다.

"크하하하하! 그 녀석, 거짓말을 아주 당돌하게 하는구나. 좋다, 이 장팔님이 너에게 기회를 주마. 이 물고기들의 상태로 보아 마리당 네 닢을 쳐줄 수 있을 것 같다. 그리고 등에 붉은 빛이 돌며 다른 것에 비하여 두 배나 커 보이는 이놈은 매우 귀한 놈으로 열 닢 셈해주도록 하겠다. 그럼 총 쉰네 닢이지만 물고기의 상태가 매우 좋으니 예순 닢을 쳐주겠다."

"감사합니다."

"감사하기는 아직 이르다. 지금 당장 예순 닢을 내줄 수는 없다. 네 녀석이 이 물고기를 훔치지 않았다는 증거가 없으니 확실히 할 필요가 있다. 우리 홍화루는 물고기를 사 일에 한 번씩 공급받는다. 그러니 앞으로 총 세 번, 즉 십이 일 후까지도 네 녀석이 이와 같은 상품의 물고기를 매번 열 마리 이상 가져온다면 모든 물고기의 가격을 한 번에 셈해줄 뿐 아니라, 내가 네 녀석을 의심한 죄를 스스로 물어 백 닢을 더 얹어주도록 하마. 만약 이 장팔님의 선심(善心)이 싫다면 이 훔친 물고기들을 여기에 놔두고 썩 꺼지거라! 치도곤을 치르기 전에."

브린은 두 번 생각하지도 않고 당당하게 대답했다.

"좋습니다. 물고기 값에 더하여 공으로 백 닢이 더 생긴다는데 바보가 아니고서야 천하의 장팔님의 선심을 어찌 거절할 수 있겠습니까? 그렇게 하시지요. 하지만 저에게도 한 가지 청이 있습니다. 이 물고기의 가격이 예순 닢이라 했으니 그중 열 닢은 나중이 아닌 지금 당장 받아가야겠습니다. 저는 물고기를 잡을 때 저만의 특별한 미끼를 사용하는데 그 미끼를 마련하기 위해서는 최소 열 닢은 있어야 하기 때문입니다. 만약 열 닢을 지금 내어줄 수 없다면 저는 장팔님과 사단이 나더라도 이것을 가지고 가 다른 곳에 팔아야겠습니다."

물론 열 닢이 브린에게 꼭 필요한 것은 아니다. 그러나 여러 개의 동전이 있다면 낚시를 보다 빠르게 끝낼 수 있다는 생각이 든 것이 첫 번째 이유이고, 더 큰 이유는 장팔이 계속 강압적으로 나오자 반발 심리가 생겨 이대로 물러설 수 없다는 생각이 들었기 때문이다.

장팔은 브린의 눈을 똑바로 쳐다보며 예의 그 놋쇠 깨지는 목소리로 입을 열었다.

"좋다, 타당한 이유이니 열 닢을 내주도록 하마. 하지만 네 놈은 앞으로 세 번을 더 물고기들을 가져와야 한다는 사실을 잊지 말거라. 만약 약속을 지키지 못한 채 이 장팔님을 다시 찾아와 남은 돈을 셈해 달라 떼쓴다면 그날이 네놈의 기일이 될 것임을 명심하거라. 이 장팔님의 철권이 네놈의 뼈란 뼈는 전부 분질러 놓을 테니 말이다. 알아듣겠느냐?"

브린은 장팔과의 실랑이를 마치고 장팔로부터 열 닢을 받아 근처의 포목점으로 갔다. 낚싯줄로 쓸 만한 실을 고르기 위해서였다. 명주실을 사면 좋겠지만 가격이 너무 비싸 수중의 돈으로는 살 수가 없었다.

브린은 명주보다는 두껍지만 강도가 강한 생고사를 한 두릅 사가지고 나왔다. 생고사는 강도가 강한 대신 억세어 옷을 만드는 데에는 잘 사용되지 않았지만 지금처럼 낚싯줄이나 물건을 묶는 끈으로는 자주 애용되는 실이다.

브린은 다행히 자신의 다리를 분질렀던 거지 패와 마주치지 않고 도시를 무사히 빠져나와 폐가로 돌아올 수 있었다. 폐가에 도착한 브린은 생고사를 사고 남은 다섯 개의 동전을 갈아 총 여섯 개의 마법 동전을 만들었다. 그리고 생고사로

가운데를 묶어 폐가 주위에서 구한 제법 그럴싸한 나무들로
낚싯대를 만들었다. 물론 보통 낚싯대들처럼 끝에 뽀족한 낚
싯바늘이 달려 있지 않고 반짝이는 둥근 동전들을 달고 있는
것이 이상해 보였지만 말이다.

제4장

남아방소 세파부수
(男兒放笑世波俯首)

남아의 큰 웃음소리에
세상 풍파가 머리를 숙인다.

물고기를 낚는 일은 오랜 시간이 필요한 일이 아니니 나중
에 장팔과 약속한 날이 되었을 때 잠깐 시간을 내어 물고기들
을 낚아 가면 될 것이다. 브린은 호구지책이 마련되자 앞으로
의 인생에 대하여 심각하게 고민하기 시작했다. 새로운 삶에
서 무엇을 해야 할지 정해야 했다. 이대로 낚시나 하며 그저
그렇게 생을 마감하기에는 삶의 기회가 너무나 아까웠다.

또한 이 세계에서 처음 발현했던 라이트 마법을 떠올릴 때
마다 온몸이 흥분으로 가득 차올랐다. 이전 세계였다면 마법
발현이 가능할지도 가늠할 수 없을 정도로 적은 양의 마나만

으로 마치 4서클의 플래쉬 밤 마법을 발현한 것처럼 강한 빛을 만들어냈던 것이다. 만약 같은 원리로 파이어 볼이나 아이스 볼트 등의 공격 마법을 사용한다면 얼마나 큰 파괴력을 보일 수 있을까? 활용 마나가 늘어나고 마나의 친숙도가 높아진다면 파이어 볼 한 방으로 군대를 전멸시켜 버릴 수도 있을 것 같다는 생각이 들었다.

정명의 기억이 맞는다면 마법사가 없는 이곳에서 자신은 신과 같은 존재가 될 수도 있는 것이다. 브린은 이 세계에서 발현될 마법에 대한 호기심으로 피곤한 줄도 모르고 곧바로 눈을 감고 정명의 마나 호흡법을 시작하였다.

하지만 큰 기대를 품고 마나 호흡을 시작했던 브린은 이내 눈을 뜨고 고심하지 않을 수 없었다. 이 세계는 마나의 분포가 너무 적어 호흡을 통하여 축적하는 마나의 양이 너무도 미약하였기 때문이다.

이 정도 속도라면 1서클의 섬광 마법 정도를 발현시키는 데는 그리 큰 문제가 없겠지만, 공격 마법이 집중된 3~4서클의 마법을 발현하기 위해서는 얼마나 많은 시간을 들여 마나를 모아야 할지 감이 잡히지 않았다. 아마 브린의 계산대로라면 2서클의 마나를 모으는 데만도 십 년 이상 걸릴 것이다. 거기에 3서클은 도저히 계산할 엄두도 나지 않았다. 브린에게는 획기적인 변화가 필요했다.

　고심하던 브린의 눈에 마법진이 새겨진 동전에 눈이 갔다. 그 동전의 바깥 부분에 새겨진 증폭 마법진이 눈에 들어온 것이다. 브린은 자기도 모르게 소리쳤다.

“이거다!”

　예전 세계에서 증폭 마법진은 낮은 서클 마법사들이 고차원의 마법진을 발현시키기 위해 자주 사용해 온 기본적인 방법 중 하나다. 하지만 증폭 마법진은 양날의 칼과 같았다. 증폭 마법진은 마법을 발현할 때 활용 마나의 양을 높여주는 장점이 있지만 마나를 그만큼 불안정하게 만든다는 단점이 있었다. 불안정해진 마나는 큰 사고를 일으킬 수도 있었다.

　아마 이전 세계였다면 불안전한 증폭 마법진 위에서 마나 연공을 한다는 상상 자체를 하지 못했을 것이다. 하지만 이 세계에서는 다르다. 이곳의 마나는 이전과 비교할 수 없을 정도로 매우 안정적이다. 다만 마나의 분포가 너무 낮다. 그리고 정명의 마나 연공법은 안정적인 마나를 접하며 마나의 친숙도를 높이던 이전 세계의 마인드 컨트롤과는 다르다. 오직 외부의 마나를 끌어들여 내부에 저장하는 것을 주목적으로 하고 있었다. 즉, 질보다 양이 우선시된다는 말이었다. 이 세계에서는 증폭 마법진은 매우 강력한 마나 연공 보조 수단이 될 것이 분명했다.

　브린은 자리를 박차고 일어나 마법진을 새기기에 적합한

장소를 물색했다. 하지만 마땅한 곳을 찾는 일이 쉽지 않았다.

"휴~ 최소한 직경 1미터 이상의 공간이 필요한데… 알맞은 크기의 금속판은 고사하고 석판조차 구할 길이 없으니 어찌하면 좋다는 말인가?"

마법진은 보통 금속 위에 새긴다. 그래야 마나 전도율이 높아 마법이 잘 발현되기 때문이다. 그다음으로 석판 위에 마법진을 새기기도 한다. 하지만 석판 위의 마법진들은 마나 전도율이 떨어져 실패하는 경우가 많았다. 최후의 방법으로 땅 위에 마법진을 그리기도 한다. 하지만 땅은 말 그대로 최후의 방법이었다. 잘못하여 마법진의 일부가 지워지는 일이라도 생기면 큰 사고로 이어질 수도 있는 일이었기 때문이다. 하지만 지금 브린이 가진 것은 아무것도 없었다.

별수 없이 단단한 땅을 판판하게 고른 뒤 그 위에 네 배 증폭 마법진을 새겨 넣었다. 위험한 일이었지만 방법이 없었다. 마법진을 꼼꼼하게 살피며 그려야 하다 보니 하루를 꼬박 소비해서야 마법진을 겨우 완성할 수 있었다.

브린은 이마에 흐르는 땀을 닦고 마법진 중앙에 가서 정좌했다. 브린은 심호흡으로 떨리는 가슴을 진정시킨 뒤 마법 수식에 따라 마법진 위에 마나를 배열하기 시작했다. 잠시 후 브린이 땅 위에 새긴 선들에서 은은한 푸른빛이 새어 나오기 시작했다. 그리고 마법진 중앙에 앉아 있는 브린의 주변으로 선명한 마나의 흐름이 느껴져 왔다. 성공인 것이다.

"크하하하하!"

브린의 기쁜 웃음소리가 멀리 퍼져 나갔다. 브린은 자세를 바로잡고 정명의 마나 호흡법을 시작하였다. 땅 위에 그려진 네 배 증폭 마법진은 효율이 낮아 세 배에 못 미치는 마나 증폭을 만들어내고 있었지만 단전에 마나가 쌓이는 양이 이전에 비할 바가 아니었다. 나중에 큰돈을 벌면 금속으로 된 마법진을 마련할 계획을 하며 브린은 마나 연공에 정신을 집중하였다.

브린의 일과는 매일 매일이 틀에 짜인 듯 똑같았다. 사 일에 한 번씩 물고기를 잡아 장팔에게 가져다주었고, 남는 시간은 물고기로 배를 채운 후 증폭 마법진 위에서 마나 연공을 한 것이 전부였다.

시간은 빠르게 흘러 장팔과 약속한 십이 일이 되는 날이 되었다. 브린은 아침 일찍이 물고기를 잡아 홍화루로 갔다. 장팔은 홍화루 뒷문 앞에 나와 정명을 기다리고 있었다. 모두에게 자신의 이름을 정명이라 소개했고, 이제는 브린보다는 정명이 더욱 친숙해져 이름을 정명으로 사용하고 있었다. 브린은 장팔에게 다가가 말을 걸었다.

"장 숙수님께서 소인의 객방(客訪)을 위해 참조(侵무)부터

나와 계시니 소인 감읍할 따름입니다.”

“흥, 어린놈이 다 늙어 죽을 날만 기다리는 노인처럼 말을 하니 정이 가지 않는구나. 그건 그렇고, 약속한 물건은 가져 왔느냐?”

장팔의 질문에 브린은 얼른 장팔의 발 앞에 광주리를 놓고 뚜껑을 열었다.

“물론입니다. 여기 있습니다.”

장팔은 광주리 안의 물고기들을 들어가며 꼼꼼히 살펴봤다.

“알다가도 모를 녀석이다. 이렇게 제시간에 물고기를 가져 오는 것을 보면 거짓말을 하는 것 같아 보이지 않는데 물고기 의 크기나 상태를 보아선 최고의 낚시꾼이 아니면 쉬이 잡을 수 없는 놈들이니 말이다.”

브린은 장팔의 말을 받아 빠르게 말을 이었다.

“오늘이 장 숙수님과 내기를 한 십이 일째가 되는 날이군 요. 장 숙수님의 백 냥이 걸린 내기 말입니다.”

장팔은 브린을 돌아보지도 않고 앞섶에서 주머니를 하나 꺼내 등 뒤로 브린을 향해 던지며 말을 했다.

“흥, 여기 있다. 네 녀석의 물고기 값 백팔십 냥과 나의 백 냥, 그리고 좋은 물고기를 가져온 감사의 표시로 이십 냥을 더 얹어서 총 삼백 냥이다.”

　장팔이 던진 전낭 꾸러미를 받아 든 브린은 전낭의 묵직함을 느끼며 그대로 품속에 집어넣었다.

　"세어보지 않는 것이냐?"

　"하하, 천하의 장팔님이 거지 소년의 돈에 장난을 쳤을 리가 있겠습니까? 장 숙수가 맞는다면 맞는 것이겠지요. 하하하하!"

　브린의 말에 장팔은 크게 웃으며 호응했다.

　"하하! 천하에 장팔을 인정해 주는 이가 여기에 있다니 기분이 좋구나. 그러고 보니 이름만 겨우 알 뿐 너에 대하여 아는 것이 아무것도 없구나."

　"소인은 남경 출신 정명이라 합니다. 부모님은 어렸을 때 여의어 알지 못합니다. 올해 아마도 열네댓쯤 되었을 겁니다."

　"하하! 난 이곳 향주의 토박이로 홍화루의 수석 주방장을 맡고 있는 장팔이라 한다. 남경이라면 예전 진우량 장군의 홍군으로 전투에 참가했을 때 가본 적이 있지. 아주 크고 웅장한 도시였지. 하하하! 오늘 이 장팔을 인정해 주는 소협과 통성명을 하고 서로 사귀기로 한 날이니 가만있을 수 있나. 내음식을 대접할 터이니 안으로 들어가자."

　브린은 장팔과 사귄다는 말을 한 적은 없지만 장팔의 기분이 좋은 듯하여 브린도 따로 뒷말을 달지 않고 기분 좋게 장팔을 따라 홍화루로 들어갔다. 아직 이른 시간이라서 홍화루의 객청은 텅 비어 있었다. 브린이 주방과 가까운 곳에 자리를 잡고 홍화루 이곳저곳을 돌아보고 있을 때 장팔이 음식을 차려와 브린 앞에 늘어놓았다. 큰 객점의 숙수답게 짧은 시간에 성대한 상을 차리는 것을 보니 장팔의 음식 솜씨가 보통이 아님을 알 수 있었다.

탁자의 중간에는 브린이 방금 잡아온 청어가 회가 되어 올라와 있었다. 브린은 장팔에게 인사를 올리고 청어회를 한 점 들어 입으로 가져갔다. 장팔은 큰 눈을 굴리며 브린의 입이 다시 열리기를 기다렸다.

브린은 눈을 감고 입안에서 살살 녹는 청어를 음미했다. 굉장한 솜씨였다. 바다의 푸른 빛깔이 머리 위에서부터 녹아내리는 듯한 느낌이었다. 입안에서 퍼지는 신선함과 담백함이 온몸을 전율시켰다. 사십 년을 넘게 살아온 브린의 기억에도 이런 기막힌 맛을 본 것은 몇 번 없는 것 같았다. 브린은 눈을 뜨고 엄지를 치켜올리며 말을 했다.

"소인이 아직 나이가 어려 천하의 진미들을 맛볼 기회는 많지 않았지만, 이런 기막힌 맛의 음식은 지금까지 살아오며 처음 먹어보는군요."

브린은 말을 마치고 주변의 음식들로 배를 채우기 시작했다. 하나하나가 모두 일품의 요리였다. 장팔이 신경을 많이 쓴 것 같았다. 어느 정도 배를 채우고 나니 장팔이 크게 웃으며 입을 열었다.

"하하! 자네가 이리 맛있게 먹으니 기분이 매우 좋아지는군. 이 장팔의 음식 솜씨는 천하가 인정하는 것이지. 암, 그렇고말고. 거기에 자네가 싱싱한 재료를 더해주니 용이 여의주를 문 것과 같지."

"별말씀을 다 하십니다."

"하하하! 아닐세. 자네 덕분에 홍화루는 매출을 아주 많이 올릴 수 있었다네. 신선한 물고기 요리를 맛보고자 항주를 넘어 절강에서까지 손님들이 끊이지 않고 찾아온다네. 하지만 자네가 납품한 물고기의 수량이 너무 적어 금세 동이 나버리더군."

"제가 도움이 되었다니 다행입니다."

"물론이지. 그런 싱싱하고 큰 물고기를 구하는 게 요즘은 아주 힘든 일이지. 그래서 말인데, 자네와 나의 내기가 끝이 났을지라도 자네가 우리 홍화루에 계속 물고기를 납품해 주었으면 하네."

"장 숙수님만 좋다면 저야 좋습니다. 단, 가끔 이렇게 맛있는 음식을 저에게 차려주셔야 합니다. 오늘 하루만 먹고 말기에는 맛이 기막히군요."

"물론이네. 내 한 달에 한 번 자네를 대접하기로 하지. 그래서 말인데, 물고기의 양을 조금 늘렸으면 하는데……."

브런에게 있어 물고기의 양을 늘리는 것은 그리 어려운 문제가 아니었다. 그러나 앞으로의 일을 생각하여 쉽게 보일 수는 없었다. 브런은 잠시 뜸을 들이며 입을 열었다.

"물고기의 상태를 보셔서 아시겠지만, 그와 같은 상품의 물고기를 잡아 올리는 것은 여간 어려운 일이 아닙니다. 시간 또한 많이 걸리고요. 또한 가격이 맞는다면 홍화루 외에 다른 판로도 물색해 봐야겠지요."

"홍! 좋은 물고기를 구분할 줄 모르는 머저리들은 아마 가격을 후려치기 일쑤일 것이니 괜한 발품만 파는 꼴이 될 것일세. 다른 곳에 가보면 알 것이나 내가 셈해준 가격은 쉽게 받을 수 있는 가격이 아니네. 나는 밀고 당기는 것은 못하니 거두절미하고 결론만 말하겠네."

장팔의 말에 의하면 홍화루는 이 근방에서 가장 유명한 진 노인이라는 어부로부터 사 일에 한 번씩 약 백여 마리의 물고기를 납품받고 있다고 한다.

하지만 전쟁이 오래 지속되며 식재료들이 귀해져 물고기의 수요가 언제나 모자란 상황이라 했다. 그래서 진 노인이라는 어부가 납품하는 가격으로 맞춰 줄 터이니 사 일에 한 번 최소 백여 마리의 물고기를 납품해 달라는 것이었다.

장팔은 말을 마치고 브런의 눈을 직시했다. 흔들림이 없는 좋은 눈이다.

장팔의 부탁은 브린에게는 그리 어려운 일도 아니었다. 하지만 너무 쉽게 승낙을 하면 의심을 살 수도 있는 일이니 살짝 뒤로 발을 뺄 필요가 있었다.

"사 일에 백여 마리라……. 그 정도를 낚기 위해선 낚시로는 불가능하고 배가 필요한데 지금 저에게는 배가 없습니다."

장팔은 이해할 수 없다는 듯이 한쪽 눈썹을 찡그렸다.

"아니 그럼 어선도 없이 저런 상품의 물고기를 어디서 낚았다는 것인가? 산에서 가져왔나?"

"하하! 당연히 그건 아닙니다. 제가 머무르는 곳 옆에 폐허가 된 선착장이 있어 그 끝에서 낚싯대를 늘어뜨려 잡은 것이지요. 하지만 지금처럼 사 일에 열 마리 정도라면 모르나 백여 마리를 마련하려면 물이 깊은 곳에서 낚시를 해야 하는데 그러자면 작은 어선 한 척은 최소한 있어야 합니다. 그 외에도 마련할 것이 많고요."

"허, 믿기지 않지만 자네와의 내기에서 백 냥을 잃은 후로는 자네 말이라면 팥으로 메주를 쑨다 해도 믿기로 했으니 그건 그렇다고 치세. 그럼 얼마의 금전이 필요한가?"

"백여 마리를 낚을 수 있는 배가 얼마나 하느냐가 문제겠지요."

"흠, 내 잘은 몰라도 그 정도 배면은 최소 은 한 돈은 있어

야 할 것이야. 쓸 만한 어선 중에서 가장 작은 놈을 구한다 해
도 그 정도는 셈을 해야 할 것일세."

둘은 한동안 말이 없었다. 제법 큰 목돈이 들어가는 것이
다. 잠시의 시간이 흐른 후 장팔이 먼저 입을 열었다.

"은 한 돈이라면 작은 돈이 아니나 내가 주인과 상의를 한
다면 마련 못할 그런 큰돈도 아니네. 내 주인과 상의해 은 한
돈을 마련해 무이자로 빌려주겠네. 그리고 배를 마련하면 사
일에 한 번씩 백여 마리의 물고기를 납품해 주게. 지금 진 노
인에게는 마리당 한 닢을 쳐주고 있지만 자네는 실력이 좋으
니 두 닢을 셈해주도록 하겠네."

"두 닢을 말씀하시나 저는 지금처럼 네 닢은 못 되어도 세
닢은 받아야 할 것 같습니다. 대신 대량으로 납품을 한다 하
여도 지금 상태보다 좋으면 좋았지 나쁜 상품을 공급하는 일
은 없을 것입니다."

브린의 말에 장팔은 잠시 생각에 잠기었다. 얼마의 시간이
흐른 후 장팔이 입을 열었다.

"만약 물고기의 상태가 지금의 네 닢짜리에서 한 마리라도
품질이 떨어지는 놈이 있다면 세 닢이 아닌 한 닢을 받아가
게. 만약 백 마리를 모두 상품의 물고기로 채운다면 백 마리
전부 세 닢을 쳐주도록 하겠네. 어떠한가?"

"좋습니다."

"하하! 시원시원해서 좋군. 그럼 내일 저녁에 다시 오게.
내 주인과 이야기를 해보지. 지금 자네가 공급해 준 물고기
덕분에 매상이 두 배나 뛰어 아주 입이 벌어져 파리가 들어가
도 모르고 있으니 주인도 크게 반대하지는 않을 걸세. 만약
반대한다면 내 사비를 털어서라도 자네에게 배를 사주지."

브린은 다음날 홍화루에서 돈을 빌려 작은 어선 하나를 마
련하였다. 어선은 은 한 돈에 구리 동문 이백 닢이 들었다. 낡
고 작았지만 혼자서 운용하기에 적당한 크기였기 때문에 브
린은 자신의 배에 매우 만족하였다.

브린의 일상은 매우 평화로웠다. 평소 마나 연공에 온 힘을
다하디 홍화루에 물고기를 납품하기로 한 사 일째가 되는 날
이면 작은 어선을 부춘강 위에 띄우고 마법 동전들을 물속에
넣고 물고기가 잡히기를 기다렸다.

'……'

어느덧 시간이 흘러 홍화루와 인연을 맺은 지도 석 달이 흘
러갔다. 석 달 동안 열심을 낸 덕분에 배를 사며 빚진 돈을 다
갚고도 제법 큰돈을 만질 수가 있었다. 브린은 그 돈으로 제
대로 된 증폭 마법진을 만들기 위한 재료들을 구입했다. 브린
은 1미터 직경의 옥 원석을 구해 위에 16배 증폭 마법진을 새
기고 음각된 선들 안에 마나 더스트로 은가루를 채워 넣었다.

특이한 점은 이곳의 은은 귀금속 가운데 값이 싼 편에 속한다는 점이었다. 물론 일반 서민들이 구경하기는 힘든 귀한 금속인 것은 사실이지만 그렇다고 이전 세계에서처럼 제국의 궁전에서나 볼 수 있는 그런 귀한 금속은 아니라는 이야기다. 이전 세계에서 은은 마법력뿐만 아니라 신성력, 자연력, 흑마법력 등 모든 종류의 마나와 친숙도가 매우 뛰어났기 때문에 쓰임이 많은 귀한 금속이었다. 하지만 쓰임에 비하여 매장량이 적고 비교적 깊은 곳에 묻혀 있었기에 대부분을 땅의 종족으로 불리는 드워프들을 통해서만 구할 수 있었다.

"이 정도 은이라면 이전 세계에서 작은 영지 하나를 사서 편히 먹고살 수 있는 금액인데, 하하하! 내가 엄청난 부자가 된 것 같군."

브린은 웃으며 은가루로 채워진 옥판을 내려다보았다.

옥판 또한 이전 세계에서는 구경하지 못한 돌이었다. 특이한 점은 옥이라는 돌이 그 자체에서 미약하게나마 플러스 마나를 방출하고 있다는 사실이다. 굳이 비교를 하자면 마정석과 비슷한 듯했지만 그 또한 같다 말할 수 없었다. 마정석은 마나가 방출되는 것이 아닌, 마나가 채워진 돌을 깨뜨려 그 안의 마나를 사용하는 것이었다.

'이 옥돌을 이용한다면 마법진의 유지 시간을 대폭 늘릴 수 있을지도 모르겠군.'

이 세계의 마나는 안정적인 대신 응집력이 너무 강하였다. 그 응집력 때문에 마법진의 유지 시간이 너무 짧아졌다. 마법진 위의 마나가 금세 주변의 마나와 동화되어 사라져 버린다는 단점을 가지고 있는 것이다.

브린은 완성된 16배 증폭 마법진을 내려다보며 떨리는 마음을 진정시키고 마법진 위에 가부좌를 틀고 앉았다.

'휴~ 이제부터가 중요한데……'

브린이 증폭 마법진 가운데 16배 증폭 마법진을 선택한 이유는 현재 알고 있는 최고의 증폭 마법진이 16배였기 때문이다. 16배 위에 32배와 64배가 있다는 사실은 알고 있지만 그 수식이 복잡해 정확히 기억을 해낼 수가 없었다.

하지만 32배나 64배는 못 되어도 16배 증폭 마법진 위에서 마나 연공을 한다는 생각만으로도 브린에게는 엄청난 도박이 아닐 수 없었다. 이전 세계였다면 활성화된 16배 증폭 마법진의 중앙에 사람이 서 있다는 것 자체가 미친 짓이나 다름없었기 때문이다.

활성화된 16배 증폭 마법진이 그 중앙에 만들어내는 작은 마나 소용돌이만으로도 살과 뼈로 이루어진 사람의 육체를 순식간에 찢어버릴 위력을 지니고 있었기 때문이다.

이곳의 마나에 대하여 연구를 해왔고 마법진을 만들면서 수없이 검산한 이론으로는 절대 안전하다 확신하고 있었지만 목숨이 달린 일에 쉽게 마음을 놓을 수는 없는 입장이었다. 브린은 떨리는 마음으로 마법진 위에 자신의 마나를 흘렸다.

지이잉, 웅웅웅웅.

마법진의 외곽에서부터 은은한 푸른빛이 감돌기 시작했다. 잠시 후 마법진 전체가 은은한 푸른빛으로 뒤덮였다. 마법진이 활성화되자 정신을 집중하지 않고도 주변을 가득 메운 선명한 마나의 흐름을 느낄 수가 있었다. 브린의 도박은 성공이었다. 16배 증폭 마법진은 안정적으로 동작하고 있었다. 이곳의 마나는 쉽게 불안정해지지 않는다는 것을 다시 한 번 확신한 브린은 손에 잡힐 것처럼 선명하게 느껴지는 엄청난 마나에 취해 깊은 명상에 빠져들어 갔다.

브린이 눈을 뜬 것은 삼 일이 지난 후 새벽녘이었다. 마법진은 여전히 작동하고 있었지만 삼 일 전에 비하여 약화되어 있었다. 하지만 곧바로 마법진을 다시 작동시키다 해도 문제가 될 것 같아 보이지 않았다. 이전 세상에서는 불안정해진 주위의 마나 때문에 마법진을 이삼 일 가동한 후에는 보통 하루 이상을 쉬어주는 것이 정석이었다.

이곳의 안정적인 마나의 축복에 감사를 올린 후 브린은 수식을 역으로 돌려 마법진을 멈추었다. 마법진은 서서히 빛을 잃고 원래의 평범한 옥판으로 돌아갔다.

지지지직, 슈우우웅~

브린은 마법진 밖으로 나와 단전의 마나를 운용해 보았다. 이전과 비교할 수 없을 정도로 단전에는 마나가 가득 차 있었다.

"크하하하하!"

기쁨에 감격한 브린의 웃음소리가 멀리 퍼져 나갔다. 이 정도 마나의 양이라면 간단한 공격 마법 정도는 시도해 볼 수 있을 것 같았다. 브린은 처음 라이트 마법을 발현했을 때를 떠올리며 입가에 진한 미소를 지었다. 극소량의 마나만으로도 엄청난 결과를 불러왔던 순간을 떠올리자 기분이 좋아졌다. 만일 공격 마법이 비슷한 효율로 성공한다면 분명 엄청난 능력을 가지게 되는 것이다.

브린은 떨리는 마음을 진정시킨 뒤 정신을 집중하고 손바닥 중앙의 노궁혈에 마나를 모았다.

지지지직!

브린의 손 위에서 작은 불꽃이 일렁이기 시작했다. 처음 손가락만 하던 작은 불꽃은 그 크기를 점점 키우더니 곧 사람 머리통만 한 크기로 커졌다. 2서클의 대표적 공격 마법인 파이어 볼트를 완성한 것이다. 하지만 브린은 완성된 마법을 쏘아 보낼 생각을 하지 않고 무언가를 고심하고 있었다. 잠시 후 브린의 손 위에 있던 파이어 볼트에 변화가 생기기 시작했다. 완성된 파이어 볼트의 크기가 점점 줄어들기 시작한 것이다.

지지지직, 지직, 타닥.

이전 세계의 마법사들이 봤다면 기겁했을 장면이다. 마법이란 오랜 시간 걸쳐 완성되어 정형화된 수식과 마나의 양에 의하여 발현되는 것이다. 따라서 보통의 인간 마법사가 만들어내는 파이어 볼트의 크기와 파괴력은 전부 똑같았다. 하지만 브린은 지금 자신의 의지에 따라 파이어 볼트의 크기를 마음대로 변화시키고 있는 것이다. 아마 다른 마법사들이 브린의 지금 모습을 봤다면 드래곤이 인간으로 폴리모프를 하고 마법 실험을 하고 있다고 오해할 만한 장면이었다.

브린은 지금 단전으로부터 손바닥 위의 노궁혈에 주입되는 마나의 양을 조절해 보는 중이었다. 이전 세계에서 각 마법에 따른 마나의 양이 일정하게 정해져 있던 것은 마법을 위해 사용하는 마나가 자신의 마나가 아닌 공명된 외부의 마나였기 때문이다.

하지만 지금 브린이 사용하고 있는 마나는 브린의 단전에 있는 자신의 의지하에 놓인 마나다. 즉, 마나의 양과 성질을 브린이 자유롭게 조절할 수 있다는 의미다. 브린의 생각은 옳았다. 파이어 볼트의 크기가 브린이 마나를 주입하는 정도에 따라 바뀌고 있는 것이다. 브린은 손 위에 있는 파이어 볼트

크기를 최대한 키워봤다.

파바바박, 투둑, 툭, 툭.

평소의 두 배 정도 커진 파이어 볼트는 급격히 불안한 모습을 보이며 주위에 불똥을 튕겼다. 마법 수식의 한계치를 넘어선 마나의 주입 때문이었다. 브린은 금방이라도 손 위에서 터져 버릴 듯 불안한 모습을 보이는 파이어 볼트를 급히 앞쪽으로 던져 버렸다. 하지만 불완전한 파이어 볼트는 채 3미터를 날아가지 못하고 공기 중으로 연기처럼 사라져 버렸다.

슈우웅, 샤라라락~

흔적도 없이 사라진 파이어 볼트에 브린은 당황했지만 잘못된 마나량으로 인해 마법이 실패했다고 생각하고 아쉬운 마음을 달래었다. 그리고 이전 세계에서 수백 번도 더 만들어 보았던 정형화된 파이어 볼트를 손바닥 위에 완성해 내었다. 브린은 신중하게 마법 시동어를 외치며 파이어 볼트를 앞으로 쏘아 보냈다.

"Fire Bolt!"

하지만 큰 소리로 시동어를 지른 것이 무안하리만큼 파이어 볼트는 5미터도 채 날아가지 못하고 아까처럼 공기 중으로 연기처럼 흩어져 버렸다. 타다 남은 작은 불똥이 바닥에 떨어졌지만 그것도 금세 사그라져 버렸다.

'뭐지? 분명 정확히 계산된 수식으로 마법을 날렸는데? 뭐가 잘못된 거지?

　브린은 허무하게 사라져 버린 파이어 볼트에 당황하지 않을 수 없었다. 분명 이전 세계에서 수백 번도 넘게 만들어보았던 파이어 볼트를 실패할 리가 없었다. 이유를 알 수 없는 브린은 마나의 양과 수식을 변화시켜 가며 파이어 볼트를 실험해 보았다. 하지만 모든 실험은 허사였고 아무리 기를 쓰고 노력해도 5미터 이상 마법을 날릴 수가 없었다.

　브린은 실험을 중단하고 이유를 고민하기 시작했다. 브린이 생각하기에 이곳의 마법 발현 방식은 이전 세계에서처럼 대기 중의 마나를 공명시켜 발현하는 것이 아닌, 단전의 마나를 통해 마법을 발현하는 방식이었다. 이곳의 마나는 질량이 높고 안정적인 대신 동화력 또한 높아 마법 수식을 통한 인위적인 마나의 변형은 주변에 금세 동화되어 흩어져 버린다는 결론에 도달했다. 그렇기 때문에 신체와 접촉이 끊어진 마법이 그 형태를 유지하지 못하고 금세 공기 중으로 흩어져 사라져 버리는 것이었다.

　"휴～"

　브린은 한숨을 내쉴 수밖에 없었다. 실망감이 이만저만이 아니었다. 엄청난 위력의 라이트 마법 때문에 품었던 꿈들이 물거품처럼 한순간에 사라지는 순간이었다. 이곳은 마법사가 살아남기에 최악의 조건을 가진 곳임에 틀림이 없었다. 전

투에서 마법사가 두려운 이유는 장거리에서 사용하는 광범위
한 마법 공격 때문이다. 마법사가 기사와 일대일로 맞붙어 이
기는 것은 힘든 일일지 모르지만 충분한 거리만 확보된다면
기사에게 쉽게 지는 경우도 드물었다. 그런데 지금 이 세계에
서 마법의 유효 반경은 5미터를 조금 넘는 수준이었다. 5미터
라면 실력 좋은 기사에게는 한 걸음도 되지 않는 매우 짧은
거리였다.

　'역시 세상 일 가운데 거저 되는 일은 없군.'

　브린은 마법사로서 이 세계에서 살아남기 위한 방법을 곰
곰이 생각해 보았다. 불행 중 다행인 점은 브린의 정신력이
리치와 같은 수준으로 비약적으로 상승함에 따라 동시에 여
러 개의 마법을 시동어 없이 순식간에 시전할 수 있다는 사실
이었다. 하지만 그것만으로는 이 세계에서 살아남기 위한 방
편으로 턱없이 부족해 보였다.

　브린은 한참을 이 세계의 마나와 마법과의 관계를 고찰해
보았다. 하지만 정보가 너무나 부족했다. 고민하고 있는 브린
의 뇌리에 정명의 기억이 스쳐 지나갔다.

　'무림인들이라……'

　정명의 기억 가운데 이 세계에서 마나를 다루는 이들을 무
림인이라 부르고 있었다. 이진 세계의 기사들처럼 검을 주로
사용하는 무리로 정명의 기억 가운데 일검에 산을 허문다든

지 바다를 갈랐다든지 하는 등의 허황된 이야기가 많아 신뢰가 가지 않았지만 다른 방편이 없는 지금 그들의 마나 운용법을 통해 이 세계의 마나를 이해할 필요가 있었다. 만일 이 세계의 마나를 완벽하게 이해할 수만 있다면 이 세계에 맞게 마법을 개량할 수도 있는 일이었기 때문이다. 하지만, 그것은 하루 이틀 사이에 이룰 수 있는 일이 아니었기에 브린은 차근차근 일을 진행하기로 하고 생각을 정리했다.

브린은 자리에서 일어났다. 그리고 낚싯배가 세워진 선착장 끝으로 발걸음을 옮겼다. 오늘은 물고기를 홍화루에 납품해야 하는 날이었다. 삼 개월이 넘는 기간 동안 브린은 홍화루와 거래를 하며 한 번도 신용을 잃은 일이 없다.

브린은 은화가 매달린 반짝이는 낚싯대를 배에 싣고 강 위에 배를 띄웠다. 브린을 실은 배는 강의 중앙에 가서 자리를 잡았다. 배가 자리가 잡히자 브린은 마법 동전들을 활성화시킨 후 그것들을 배 주위에 빙 둘러 꽂아 놓았다. 오래지 않아 브린의 배는 상품의 물고기로 가득 채워졌다. 브린은 그것들을 이십여 개의 광주리에 나누어 담은 후 뭍으로 배를 몰아 나왔다.

"어이, 정 조카! 여기일세!"

저 멀리 뭍에서 일행과 브린을 기다리던 홍화루의 주인 장문영이 브린을 향해 소리쳤다. 작은 망아지가 끄는 짐마차 두

대를 가지고 온 장팔 일행은 브린의 손에서 물고기가 담긴 광주리를 건네받아 짐마차에 실었다. 브린은 그들이 배에 오르지 못하도록 하고 직접 광주리를 내려주었다. 아무래도 그들이 브린의 배를 들락거리다 마법 동전들을 보게 된다면 이상한 생각을 할 수 있어 조심할 필요가 있었기 때문이다.

모든 광주리를 배에서 내리자 장문영이 브린에게 다가왔다. 장문영은 장팔의 육촌조카가 된다고 했는데 장팔과 비슷한 부분이라고는 같은 성씨를 쓴다는 것을 제외하고는 찾아보려야 찾아볼 수가 없었다. 산적 같은 장팔과 달리 호리호리한 체격에 책방 서생처럼 생긴 장문영은 브린을 매우 좋아하여 고아인 브린을 조카처럼 대하고 있었다.

"정 조카는 보면 볼수록 신기하단 말이야. 어찌 이 많은 물고기를 혼자서 낚아온다는 말인가?"

"장 아저씨 덕분에 자는 시간도 줄여가며 강에서 물고기와 씨름하는 덕분에 겨우겨우 수량을 채울 수 있는 것이지요."

물론 새빨간 거짓말이다. 브린이 물고기를 잡는 데 소모한 시간은 겨우 두 식경이 조금 못 되었다. 하지만 장문영이 듣기에 그 소리가 매우 타당하였다. 어망도 아니고 낚시만으로 물고기 백여 마리를 잡는다는 것은 상식적으로 사 일로도 모자라는 시간이었기 때문이다. 그러나 브린은 지난 삼 개월간 한 번도 시간 약속을 어긴 적도 물고기의 품질을 떨어뜨린 적도 없으니 대단한 친구라는 생각이 절로 들었다.

장팔이 장문영에게 다가와 말했다.

"물고기의 상태는 이전과 같이 흠잡을 데 없는 상품들이네. 수량은 백스물 여섯 마리이고, 그중 열여섯 마리는 최소 열두 닢은 쳐주어야 할 놈들이네. 나머지 백열 마리는 평소처럼 세 닢을 쳐주면 될 걸세."

"그럼 세 닢짜리가 백열 마리이니 삼백삼십 닢이고, 열두 닢짜리 열여섯 마리면 백아흔두 닢이니 둘을 합하면 오백스물두 닢이군요. 그중 두 닢은 제하고 오백스무 닢을 셈해주도록 하지."

장문영은 품에서 주머니를 꺼내며 브린을 향해 말을 이었다.

"평소같이 은가루 반 돈 어치와 나머지 스무 닢은 동문으로 셈을 하면 되겠는가?"

보통 은은 주괴로 거래되기 때문에 질 좋은 은가루를 구하기 어려웠던 브린은 장문영에게 부탁하여 물고기 값을 셈할 때 오백 냥 어치는 은가루를 구하여 셈을 치르도록 부탁했었다. 홍화루뿐만 아니라 향주에서 제법 이름난 상방인 홍화방을 직접 운영하고 있는 장문영은 언제나 질 좋은 은가루를 가져와 브린을 기쁘게 하였다.

"예, 평소와 같이 하시면 됩니다."

장문영으로부터 은가루와 동전을 전해 받은 브린은 기쁜 마음으로 인사를 건넸다.

"감사합니다."

"하하하! 아닐세, 아니야. 감사할 이는 자네가 아니라 나일세. 자네 덕분에 우리 홍화루가 향주를 넘어 절강성 최고의 명물이 되었으니 마땅히 내가 감사를 해야겠지."

장문영과 이런저런 이야기를 하는 동안 장팔 일행은 가져온 빈 광주리를 브린 옆에 가져다 놓고 물고기가 담긴 광주리를 짐마차에 나눠 실어 떠날 채비를 끝냈다. 모든 일이 끝나고 인사를 마친 브린은 장가 일행과 헤어져 폐가로 돌아왔다.

제5장

칼을 든 원수는
외나무다리에서 만난다

브린은 먹고 싸는 시간을 제외하고 잠도 자지 않고 마나 연공에 힘을 쏟았다. 이제는 단전에 제법 많은 마나가 모여 예전 세계의 3서클 마법사의 마나를 웃돌 듯하였다. 하지만 이 세계에서는 마나 공명을 통해 외부의 마나를 끌어 오는 것이 아닌, 단전의 마나만으로 마법을 발현해야 했기에 더욱 많은 마나를 쌓을 필요가 있었다.

브린이 눈을 떴을 때 해가 진 폐가 안은 어두워져 있었다. 브린은 약해진 마법진을 정비한 후 자세를 고쳐잡고 계속하여 마나 호흡을 하기 위해 눈을 감았다. 그때 브린의 감각에 이상한 것이 걸려들었다. 브린은 만일에 대비하여 폐가 주변에 알람 마법을 설치해 놓고 있었다. 금속을 소지한 사람이 집 주변에 접근하면 알람이 울리도록 설치해 놓았으니 들짐승은 아닐 것이다.

야심한 시각에 금속을 지니고 폐가에 접근한다는 것은 결코 우호적인 손님은 아닐 것이다. 브린은 서둘러 마법진의 마나를 역순으로 배치하여 마법진을 정지시키고 방의 한쪽 구석으로 가서 만일을 위하여 만들어놓았던 사물을 보이지 않게 하는 은신 마법이 걸려 있는 망토를 뒤집어썼다. 몸을 가린 브린은 망토 사이로 눈만 내놓은 채 주변을 살폈다.

오늘은 짙은 구름이 낮게 깔려 달마저 그 빛을 잃은 한 치 앞도 분간할 수 없는 칠흑 같은 밤이었다. 브린은 두 눈에 샤도우 미러 마법을 시전하였다. 조금의 빛만 있으면 사물을 볼 수 있게 만들어주는 마법이다. 브린은 마법이 걸린 두 눈으로 돌아가는 사태를 지켜보며 숨을 죽였다. 창밖에 사람들의 그림자가 어른거리기 시작했다. 발걸음 소리로 미루어 최소 대여섯 명은 되어 보였다.

우당탕탕!

브린이 방의 한쪽에서 숨죽이고 있는 사이 창문과 문을 통하여 일단의 무리가 방 안으로 들이닥쳤다. 문을 부수고 들어온 사람의 손에는 제법 그럴싸한 단검이 들려 있었다. 아마

저 단검 때문에 알람 마법이 작동했을 것이다. 그 외에 모두 나무로 만든 몽둥이를 들고 있을 뿐 다른 금속 무기는 보이지 않았다. 만약 모두 몽둥이만을 들고 접근했다면 위험할 수도 있었던 순간이다. 등 뒤로 식은땀이 흘러내렸다.

방 안에 난입한 이들은 정명 또래의 아이들이었다. 그중 단검을 손에 쥔 아이만이 청년이라 부를 만큼 크고 입 주위로 거무스름한 수염이 나 있어 제일 연장자임을 알 수 있었다.

"저들은……."

방으로 들이닥친 아이들은 브린도 아는 이들이었다. 도시의 거지 패들로 단도를 들고 있던 저 청년이 다른 아이들의 만류에도 불구하고 정명을 죽도록 패 결국 정명을 병신으로 만들어 버린 장본인이다.

쿵쾅! 쿵쾅! 쿵쾅!

브린은 갑자기 심장이 급격히 뛰는 것을 느꼈다. 알 수 없는 공포감이 온몸을 휩쓸었다. 아마 정명의 의식이 자신을 죽이려 했던 저 청년을 알아보고 공포감에 휩싸여 떨고 있는 것일 것이다.

브린은 떨리는 가슴을 진정시키지 않고 떨리는 그대로 놔뒀다. 대신 머리를 차갑게 하고 이성적으로 사물을 판단하였다. 예전이라면 모르되 마나를 다루게 된 지금 저 거지 아이들은 자신의 상대가 아니다. 자신을 병신으로 만든 저 녀석에게 복수할 순간이 온 것이다. 머리에서 울리는 브린의 이성적 외침을 정명의 마음이 들은 것일까? 떨리던 마음이 서서히 진정되어 갔다.

브린이 방 안을 살피고 있는 사이 창문을 통해 뛰어들어 왔던 아이가 입을 열었다.

"왕초, 병신이 없는 것 같은데요?"

단검을 든 청년이 말했다.

"흥! 일이 쉽게 풀리지 않는군. 병신 녀석이 눈치를 채고 품에 재물을 품고 도망간 것이라면 헛걸음한 것이니 말이다. 일이 이리되었으니 어쩔 수 없다. 무겁고 몸에 지니지 못하는 것들은 이곳 어딘가 숨겨놓았을 것이 분명하다. 모두 흩어져 방을 뒤져봐! 야, 벙어리! 너는 멍하니 있지 말고 나가서 불을 켤 것을 찾아와! 이래서는 아무것도 안 보이잖아!"

왕초의 신경질적인 외침에 벙어리라 불린 아이는 허겁지겹 문을 통해 밖으로 나갔다.

아마도 마을에 있던 거지 패가 정명의 소문을 들은 듯했다. 홍화루에 물고기를 납품하는 병신 소년의 이야기는 향주에서는 꽤 유명해 호사가들이 술안주 삼아 떠드는 이야기 중의 하나가 되어 있었다. 거지 패는 자신들이 병신으로 만들어 마을 밖에 버렸던 정명을 기억해 내고 오늘 거래를 했던 장팔 일행을 미행하여 집을 알아낸 후 정명의 재물을 도적질하기 위해 이곳에 온 것일 것이다. 왕초라는 놈이 손에 몽둥이가 아닌 단도를 들고 온 것으로 봐서 재물만이 아닌 목숨도 노리고 온 것이 분명했다.

"이 병신 놈은 불도 안 켜고 살았나? 불 켜는 게 아무것도 없다니 너무 답답하군."

브린은 불을 켤 물품이 필요치 않았다. 빛이 필요하면 섬광 마법을 사용하면 되었고, 어둠 속에서 사물을 분간할 필요가 있을 때는 샤도우 미러 마법만 사용해도 충분했기 때문이다.

잠시 후 벙어리가 폐가에 있던 이불 조각을 나뭇가지 끝에 둘둘 말아가지고 들어왔다. 왕초라 불렸던 청년은 그것을 거칠게 뺏어 들고 옆에 있던 소년에게 던졌다. 맨 처음으로 창문을 통해 방에 뛰어들어 오고 맨 처음 방 안에서 입을 열었던 그 녀석이다. 왕초가 그 녀석에게 말했다.

"불 좀 붙여봐. 부싯돌하고 기름 가져왔지?"

그 소년은 건네받은 나무 막대기에 능숙한 솜씨로 품에서 꺼낸 호리병에서 기름을 붓고 부싯돌을 튕겨 금세 횃불을 만들어내었다.

화르르륵~

횃불이 밝혀지고, 방 안이 환하게 비춰졌다. 브린은 은신 마법진이 수놓아진 망토로 온몸을 가리고 있었기 때문에 보이지 않았지만 방 안이 환해지자 방의 중앙에 놓여 있는 마법진이 도드라지게 눈에 띄었다. 그것을 본 왕초가 큰 목소리로 소리쳤다.

"우와, 저게 뭐야?"

다른 거지들의 목소리도 연이어 들려왔다

"위에 정교한 그림이 그려져 있어. 굉장히 비싼 물건 같은데?"

"그림이 은색으로 반짝이고 있어!"

왕초가 마법진으로 다가가 그 위를 손으로 더듬어보고는 소스라치게 놀라 소리 질렀다.

"이 그림 전부 은으로 그려진 거야."

은이라는 소리에 주변이 소란스러워졌다. 옥판 위에 은으로 그려진 그림은 가격이 대체 얼마나 나갈지 엄두도 나지 않는 거지들이었다.

아이들이 웅성웅성하자 왕초가 큰 목소리로 아이들을 닦달하였다.

"이놈들아, 떠들지만 말고 어서 주변을 뒤져봐! 분명 돈 될 만한 물건들이 많이 있을 것이다. 빨리빨리 움직여."

아이들은 왕초의 호통에 방 안 이곳저곳을 뒤지기 시작했다. 마법진 뒤쪽에 놓여 있던 돈이 들어 있는 상자도 그들에게 금세 발견되었다.

그 상자를 열어본 아이들은 놀라며 어찌할 바를 몰라 했다.

"헉! 이, 이게 도대체 얼마야?"

그 안에는 은 사십 돈은 넉넉히 넘어 보이는 큰 재물이 들어 있었다. 일반인들도 보기 힘든 그런 거금을 거지들이 언제 구경해 봤을까? 왕초는 너무 좋아 벌려진 입을 닫을 수가 없었다. 이제 지긋지긋한 거지 생활도 끝인 것이다.

한쪽 구석에서 상황을 지켜보고 있는 브린은 거지 패가 장원을 습격해 왔을 때부터 그들을 살려 보낼 마음이 전혀 없었다. 다만 열 명이나 되는 놈들을 한 놈도 놓치지 않고 모두 죽이기 위해서는 그들의 움직임을 한곳에 집중시킬 필요가 있었다.

기회를 노리고 있던 브린의 눈에 은화가 든 상자 때문에 한곳에 모인 거지 패의 움직임이 보였다. 반응이 느린 두 명의 거지 아이만이 떨어져서 왕초 쪽을 멍하니 바라보고 있었다. 브린은 은신 망토를 벗어버리고 뛰쳐나와 근처에 있던 한 명을 향해 파이어 볼트를 던져 버렸다.

근거리에서 파이어 볼트에 직격당한 아이는 생살이 타는 고통에 끔찍한 비명을 지르며 바닥에 뒹굴기 시작했다. 거지 패의 시선이 브린과 바닥을 뒹구는 아이에게 향하였다.

브린은 얼마 전 호신용으로 구입해 놓은 검을 뽑아 들고 왕초를 향해 다가갔다. 헤이스트 마법이 걸린 브린의 몸은 번개처럼 움직이고 있었다.

왕초는 방 안에 없던 정명이 갑자기 나타나 한 명을 불태워 버리고 자신을 향해 믿을 수 없는 속도로 빠르게 다가오자 깜짝 놀라 일어섰다. 하지만 왕초는 거저 얻은 것이 아닌 듯 당황한 순간에도 다가오는 정명을 향하여 단검을 반사적으로 위에서 아래로 내리그었다. 하지만 수습 병사만도 못한 내려치기에 당할 정도로 무른 브린이 아니었다.

브린은 내려쳐지고 있는 왕초의 손목을 깔끔한 솜씨로 잘라 버린 후 여유롭게 그를 지나쳤다. 왕초의 고통에 찬 비명 소리가 방 안을 울리기도 전에 브린의 검이 문 앞을 가로막고 있던 또 다른 거지 소년의 심장을 정확히 찌르고 나왔다.

헤이스트 마법이 걸린 브린의 움직임은 거지들의 눈으로 좇기에는 너무도 빨랐다. 문 앞에 서 있던 거지 아이가 쓰러진 후에야 왕초의 처절한 비명 소리가 방 안을 가득 메웠다.

"크아아악!"

갑작스런 상황에 당황하던 아이들이 겨우 정신을 수습하고 도망치려 했지만 이미 방의 입구는 브린에 의하여 막혀 있는 상태였다. 부싯돌로 횃불을 만들었던 거지 아이놈 하나가 눈치를 살피며 브린의 오른쪽에 있는 창문을 향해 몸을 날렸다.

쿠앙!

브린은 그놈의 등을 향해 일말의 망설임도 없이 파이어 볼트을 날려 버렸다. 그놈이 창문틀을 밟는 순간 강한 불길이 등 뒤에서 덮쳤고, 생살이 타들어가는 고통에 그는 끔찍한 비명을 지르며 바닥을 나뒹굴었다.

"크아아악! 으아악! 아악! 아아악!"

그러나 그 움직임과 비명도 오래지 않아 서서히 잦아들어 갔다. 죽은 것이 분명해 보였다.

방 안에 남아 있는 여섯 명의 아이들은 너무나 놀라 어찌할 바를 모르고 두려운 눈으로 브린을 바라보고 있었다. 아이들은 두려움에 이미 반쯤 정신을 놓고 있었다. 일말의 망설임도 없이 사람을 베어버리고 손에서 불덩이를 쏘아 사람을 산 채로 태워 죽이는 존재를 어찌 맨 정신으로 대할 수 있다는 말인가? 아마 귀신이라도 저리 산인하지는 못할 것 같았다. 거지 아이들에게 있어 브린은 염라대왕보다도 더욱 무서운 존재였다.

브린은 낮고 으르렁거리는 목소리로 입을 열었다.

"무릎 꿇어!"

정신이 없는 중에도 한 아이가 빠르게 정신을 차리고 명에 따라 무릎을 꿇었다. 그 무릎을 꿇는 모습에 다른 네 명의 아이도 서둘러 무릎을 꿇고 앉았다. 하지만 한 아이는 정신이 나간 모습으로 입가에 침을 흘리며 브린을 빤히 쳐다만 볼 뿐 무릎을 꿇을 생각을 하지 못하고 있었다.

브린은 헤이스트 마법으로 번개처럼 움직여 그 아이의 심장에 검을 쑤셔 박은 후 그보다 더욱 빠른 속도로 제자리로 돌아와 섰다.

풀썩!

브린이 제자리로 돌아온 후에야 그 심장을 관통당한 아이는 바닥에 쓰러져 절명했다. 무릎을 꿇고 있는 거지 아이들은 저 빠름을 피하여 도망갈 수 없음을 직감하고 더욱 깊은 절망의 수렁 속으로 빠져들어 갔다. 브린은 짜증나는 말투로 아이들이 분명히 들을 수 있도록 말을 이었다.

"나는 두 번 말하는 것을 아주 싫어한다."

왕초는 방 한편에서 잘려 나간 손목을 부여잡고 울부짖고 있었다. 브린은 천천히 걸어가 울부짖고 있는 왕초 녀석을 스트랭스 마법으로 강화된 팔의 힘으로 번쩍 들어 문밖으로 집어 던져 버렸다.

우당탕탕! 크으으윽!

마당에 패대기쳐진 왕초는 엄청난 고통에 신음할 수밖에 없었다. 왕초는 브린이 다가가자 엉덩이를 끌며 뒷걸음질 쳤다. 이미 정신줄을 놓아버린 듯 입에서 침을 질질 흘리고 있었다.

"다, 다가오지 마! 저, 저리 가!"

브린은 추한 그 녀석의 모습이 역겹게 느껴졌다. 단지 자신보다 약하다는 이유로 자신의 힘을 과시하기 위해 죽일 작정으로 어린이를 패서 병신을 만든 놈이다. 하지만 자신보다 강한 자 앞에서는 정신도 차리지 못하는 못난 놈이었다.

서걱.

브린은 더 이상 그 역겨운 얼굴을 보고 있을 수 없어 정확하고 깔끔한 솜씨로 그 녀석의 목을 날려 버렸다.

푸슈슈슈!

머리가 사라진 목에서 피가 분수처럼 솟구쳐 올랐다. 하지만 타이니 쉴드 마법을 펼친 브린의 옷에는 한 방울의 피도 튀지 않았다. 목이 잘려진 왕초의 시체가 힘없이 허물어지는 모습에 남은 다섯 명의 아이들은 완전히 정신을 놓고 말았다.

놈은 강할 뿐 아니라 지독히 잔인하다. 눈 깜짝 안 하고 사람의 목을 잘라 버리는 놈이다. 더욱이 피 분수 속에서도 새하얀 브린의 옷에는 전혀 피가 묻지 않았다. 구름이 걷히며 잠깐 드러난 브린의 주위로 투명한 물체가 반짝이는 착각마저 든다. 대부분의 아이들은 이미 오줌을 지리고 있었다.

브린은 눈앞에 있는 다섯 명의 아이들을 놓고 처리에 고심하고 있었다. 자신은 이들을 쉽게 죽여 없앨 능력이 충분히 있다. 어린아이 열댓 명을 죽였다 하여 양심에 가책을 느낄 정도로 브린은 물렁하지 않았다. 전쟁을 하면서 이것보다 더한 짓도 해봤다.

브린이 생각하는 시간이 길어질수록 아이들은 그야말로 죽음의 공포를 맛보고 있었다. 생각하기에 이들을 죽여 없애는 것은 간단하지만 시체를 치우는 일은 귀찮았다. 거기에 자신이 마나 연공을 할 때 자신을 대신하여 일을 처리해 줄 시종들이 필요했다. 브린은 생각을 정리하고 입을 열었다.

"네 녀석들은 도시에 있던 거지 패렷다?"

브린의 물음에 아까 가장 먼저 무릎을 꿇었던 아이가 실성한 듯 악을 쓰며 크게 대답하였다.

"예!"

그러자 옆에 있던 아이들도 정확한 이유도 모른 채 옆의 아이들을 따라 악을 쓰며 예를 연발하기 시작했다.

"예!"

"예… 예… 예……"

브린은 연쇄적으로 들려오는 시끄러운 소리에 짜증이 일어 아이들을 전부 죽여 버릴까도 생각해 봤지만 역시 귀찮은 일인 건 확실했다. 브린은 마음을 가라앉히고 마나를 일으켜 정신계 마법 중 시전자의 의지를 대상자의 머리에 직접 전달하는 휘스퍼링 마법을 시전하였다.

"조용히 해! 시끄럽게 떠드는 녀석은 살점을 하나하나 저며가며 천천히 아주 고통스럽게 죽여줄 것이다."

순간 아이들 모두가 동시에 입을 다물었다. 개중에는 손으로 입을 막는 녀석도 있었다.

"왼쪽부터 자기 이름과 나이, 특기를 말해보도록."

왼쪽에 있던 키가 큰 아이가 조심스럽게 입을 열었다.

"제, 제… 별명은 꺽다리입니다. 나이는 열일곱일 것이고, 특기는… 모… 모르겠습니다."

두 번째 있던 아이는 한 손으로 자신의 입을 가리키고 남은 손을 흔들어 보였다. 아까 벙어리라고 불렸던 아이다.

"두 번째 녀석은 됐고, 다음 너, 가운데 있는 녀석, 말해보아라."

가운데 있는 녀석은 떨리는 목소리로 입을 열었다.

"소인은 먹물이고, 나이는 열다섯입니다. 야간이지만 글과 셈을 할 줄 압니다."

제법 차분하게 대답하는 것이 담이 꽤 있어 보였다.

"다음."

"소인은 꼬마이고, 나이는 열 살입니다. 특기는 심부름입니다."

다른 녀석들에 비하여 굉장히 어려 보이는 놈이었다.

"다음."

약간 살이 쪄서 우둔해 보이는 녀석이 떨리는 목소리로 입을 열었다.

“저… 저… 저… 저… 는 돼지입니다. 나이는 모르고, 특기는… 특기는… 없습니다.”

말하는 것을 보니 겁이 상당히 많아 보이는 놈이다.

모두의 소개가 끝나자 브린은 아이들 뒤로 돌아가서 증폭 마법진을 살펴보았다. 왕초라는 녀석이 마법진의 여기저기를 만져서 은가루가 흩어져 있었다. 생각하면 생각할수록 괘씸한 놈이다. 자신의 다리를 병신으로 만든 것부터 시작하여 모든 게 맘에 안 드는 놈이다. 괘씸한 것에 비하여 너무 쉽게 죽음을 선사한 게 아닌가 하는 생각이 들었다. 그놈을 파이어 볼로 서서히 생살을 태워 죽이거나 마법 생채 실험 재료로 사용했어야 하는 건데 너무 쉽게 죽인 것 같아 후회가 일었다.

아이들은 브린이 그들의 뒤로 돌아갔는데도 감히 뒤돌아볼 생각을 하지 못하고 벌벌 떨고 있었다. 떨고 있는 아이들을 향해 브린의 명령이 떨어졌다.

“모두 뒤로 돌아.”

아이들이 빠르게 뒤로 돌아앉았다.

브린은 그들을 날카롭게 노려보며 입을 열었다.

“너희들을 여기서 전부 죽여 버릴 수도 있다.”

브린의 말에 아이들의 얼굴이 하얗게 변하였다. 그런 그들의 모습을 하나하나 노려본 브린이 다시 입을 열어 말을 이었다.

“하지만 죽이는 대신 새로운 삶의 기회를 주겠다.”

죽이지 않겠다는 말이 나오자 아이들이 작게 안도의 한숨을 쉬는 모습이 보였다.

“너희들은 저기 밖에 죽어 있는 왕초의 명령에 따라 이곳에 올 수밖에 없었다는 것을 잘 안다. 너희들의 왕초는 내가 제압했으니 이제는 내가 너희들의 왕초가 될 것이다. 너희는 앞으로 나의 명을 따르면 된다. 명령에 절대 복종한다면 삼시 세끼를 배불리 먹도록 해줄 것이다.”

왕초를 제압한 것이 아니라 목을 날려 버렸지만 누구도 그것에 이의를 제기하는 사람은 없었다. 브린은 아이들을 한번 날카롭게 노려본 후 다시 입을 열었다.

“규칙은 간단하다. 내 말에 절대 복종하는 게 첫 번째이고, 내 명령이 있기 전까지는 이 방에 얼씬도 하지 않는다는 것이 둘째이다. 알아듣겠느냐?”

“예!”

아이들은 아까처럼 우왕좌왕하지 않고 짧게 ‘예’ 라고 대답했다. 지금같이 온 나라가 전쟁과 기근에 시달리는 시기에 삼시세끼를 먹여준다는 말은 아이들이 이곳에 머물 충분한 동기가 될 것이다. 아이들에게 있어서는 염라대왕 같은 브린보다 배고픔에 대한 공포가 더 클 것이니 잘만 대해준다면 도망가지는 않을 것이다. 어차피 아이들이 도망간다 해도 잡을 생각은 없었다.

공포 분위기가 지나가자 돼지라 자신을 소개했던 녀석이 입을 열었다.

"정말 맛난 거 많이 먹여줄 수 있어요?"

상당히 눈치가 없어 보이는 녀석이었다. 돼지 녀석의 말에 브린은 살짝 인상을 썼다. 녀석은 자신의 잘못을 알았는지 두 손으로 입을 막은 후 벌벌 떨기 시작했다. 분위기가 좋게 흘러가는 듯 보이지만 눈앞에 있는 저 절름발이는 방금 전까지 아무렇지 않게 동료 다섯을 잔인하게 죽인 놈이다. 하나는 목을, 둘은 심장을, 둘은 전신을 불태워 죽인 놈이다. 방금 전의 상황이 떠오르자 돼지는 떨지 않을 수 없었다. 브린이 지금 인상을 쓰고 있는 것이 마치 자신을 어떻게 죽일 건지를 고민하는 모습처럼 보였기 때문이다.

떨고 있는 돼지 녀석을 향해 브린이 입을 열었다.

"나는 앞서 말했듯 두 번 말하는 것을 매우 싫어한다."

돼지는 떨리는 목소리로 대답했다.

"죄, 죄, 죄송합니다. 다시는 실수하지 않을게요."

"경고는 한 번뿐이다. 언제나 생각하고 처신해라."

브린은 아이들을 노려본 후 다시 입을 열었다.

"거지 패에 다른 동료들이 더 있더냐?"

아무도 대답이 없자 브린은 살짝 인상을 썼다. 브린이 인상을 쓰는 모습을 보이자 담이 있어 보였던 먹물이라는 소년이 서둘러 입을 열었다.

"울타리 밖에서 망을 보던 두 명이 더 있습니다. 안에서 사달이 난 것을 보고 도망간 것 같습니다."

"그 둘에 대하여 말해보아라."

"한 놈은 짝귀로 부왕초 급의 녀석인데 한쪽 귀가 없습니다. 나이는 대략 열아홉 정도 되었을 겁니다. 다른 한 놈은 미방이란 놈으로 들어온 지 얼마 되지 않아 아직 별명을 받지 못한 놈입니다. 나이는 대략 열서넛 정도 될 겁니다."

어차피 도망간 놈들이니 돌아와 해코지를 할 만한 놈들은 아니었다. 신경 쓸 필요가 없어 보였다. 하지만 거지 패와 연계된 건달들은 이야기가 다를 수도 있었다.

"죽은 왕초와 연계된 건달패거리가 있더냐?"

"가끔 우리가 구걸해 온 돈을 상납받던 사람을 몇 번 보긴 했지만, 왕초와 말을 할 뿐 저희와는 말조차 섞지 않았습니다."

"먹물은 남아서 그놈들의 생김새와 특징을 자세히 말해주도록 하고, 나머지는 시체들을 정리하고 이곳을 치우도록 해라."

브린의 말이 떨어지자 먹물을 제외한 거지 아이들이 방 안

과 밖의 시체들을 정리하기 시작했다. 시체는 매장하지 않고
땅을 판 후 나무를 모아 그 위에 기름을 뿌리고 불로 화장하
도록 시켰다. 시체가 다 탄 후 흙을 덮어 그 주변을 정리하였
다.

제6장

Magic is money

우걱우걱, 쩝쩝, 끄윽…….

정리가 끝난 후 브린은 자신이 먹기 위해 저장해 놓았던 먹을거리를 풀어 아이들의 배를 불렸다. 하지만 거지 다섯을 배불린다는 것은 쉬운 일이 아니었다. 마치 걸신이 들린 듯 게걸스럽게 음식을 먹어치우니 브린의 일주일치 식량이 단 한 끼 만에 모두 사라져 버리고 말았다. 브린은 아이들이 먹는 모습을 보고 기가 질려 이런 녀석들을 계속 데리고 있어야 하나를 심각하게 고민하지 않을 수 없었다.

셈을 할 줄 안다는 먹물과 키가 큰 꺽다리, 그리고 벙어리

에게 돈을 주어 도시로 나가 쌀과 식재료, 그리고 잡다한 생
필품을 사오도록 시켰다. 아이들을 먹이기 위해서는 물고기
를 조금 더 잡는 수고를 하면 되지만 매일 물고기만 먹으며
살 수가 없었기 때문이다.

한 명 정도는 도망갈 것이라고 생각했던 아이들은 미방이
라는 놈까지 더하여 넷이서 물건을 짊어지고 돌아왔다. 미방
이라는 놈은 여자처럼 얼굴선이 곱상한 것이 그냥 예쁜이라
고 부르면 될 듯하여 그리 부르게 시켰다.

가져온 물건들을 정리하고 나니 어느덧 해가 지고 어둠이
내려앉았다. 폐가에는 본청을 제외하고 제대로 서 있는 건물
이 없었다. 그러나 거지 아이들은 그런 것에 신경을 쓰지 않
고 대충 바닥의 찬 기운만을 피하여 자리를 잡고 쪼그리고 누
워 잠을 청했다. 브린은 아이들을 재운 후 본청으로 돌아와
문을 닫았다.

다음날 아침 브린이 본청 문을 열고 나서니 여섯 아이들은
해가 중천인데도 일어날 기미를 보이지 않고 바닥을 뒹굴고
다니고 있었다. 걸인 습성을 하루아침에 고친다는 것은 쉬운
일이 아닐 것 같았다. 그러나 같이 살기 위해서는 교육을 제
대로 시켜야만 했다.

브린은 아이들을 깨운 뒤 그들 앞에 섰다.

"이곳에 머물려거든 예전의 걸인 습성은 버려야 할 것이

다. 앞으로는 정해진 시간에 자고 정해진 시간에 일어난다. 식사는 하루 세 번 규칙적으로 할 수 있도록 할 것이며 집을 정돈하고 자리가 잡히면 각자에게 임무가 주어질 것이다.”

아이들을 한번 둘러본 브린은 계속 말을 이었다.

“나는 도시로 나가 집을 보수할 목수들을 데리고 돌아오겠다. 그동안 마당을 깨끗이 정리해 놓도록 하여라. 참고로 내가 없는 동안 본청에 도술을 걸어놓을 것이니 죽기 싫다면 얼씬도 하지 말거라.”

폐가에 아이들을 남겨놓은 채 브린은 향주로 향했다. 폐가를 떠나기 전 아이들에게 경고한 것처럼 본청에 전격 마법을 걸어놓는 것을 잊지 않았다. 아마 나쁜 마음을 먹고 본청에 접근했다가는 통구이가 될 것이 분명했다.

향주에 도착한 브린은 홍화루로 향했다. 타인과 거래가 많지 않은 브린으로서는 장문영에게 솜씨 좋은 목수를 부탁하는 게 일이 쉬울 것이라고 느꼈기 때문이다. 한가한 시간 장문영은 객청의 중앙에 앉아 셈을 하고 있었다. 브린이 객청으로 들어오자 장문영이 일어나 반가이 맞아주었다.

“하하! 정 조카가 직접 본 루를 다 방문하다니, 오늘은 해가 서쪽에서 떴나 확인해 봐야겠군.”

장문영의 환대에 브린이 읍을 하며 말을 이었다.

“종종 찾아뵈어야 하는데 장 아저씨 덕분에 물질하는 것만

으로도, 시간이 모자라 그런 것이니 너무 나무라지 말아주십
시오."

"하하하! 나 또한 정 조카 때문에 셈할 일이 너무 많아져 이
리 바쁘니 서로 나무라지 않도록 하지."

장문영의 말에 브린은 웃으며 자리에 앉았다. 그리고 바로
본론으로 들어갔다.

"다름이 아니라 도시에 있던 걸인 아이 몇을 심부름꾼으로
데리고 있고자 합니다. 그런데 혼자 있을 때는 몰랐으나 여럿
이 머물고자 하니 장원에 비바람을 피할 만한 건물이 없더군
요. 장 아저씨께서 솜씨 좋은 목수들을 소개시켜 주시면 고맙
겠습니다."

"집을 고치기보다는 집을 하나 알아봐 주면 어떻겠나? 오
히려 그것이 싸게 먹힐 것 같은데?"

"시끄러운 것을 싫어하는 성격이고 물질을 하기 위해서는
지금의 거처만 한 곳이 없으니 그 마음만 고맙게 받겠습니
다."

"그리하는 게 편하다면 어쩔 수 없지. 내 상방에 일러 내일
중으로 솜씨 좋은 목수들을 보내주겠네."

"부탁드리겠습니다."

브린은 장문영에게 부탁을 하고 홍화루를 나왔다.

'……'

향주성을 나와 폐가가 있는 어촌으로 발을 놀리던 브린이 인적이 없는 숲길에서 걸음을 멈춰 세웠다. 그리고 앞을 향해 호통을 내질렀다.

"쥐새끼마냥 숨어들 있지 말고 당당하게 모습을 보여라!"

브린의 외침에 길의 양쪽 숲 속에서 아홉 명의 장정이 튀어나왔다. 브린은 그들을 천천히 살펴보았다. 그들 가운데 왼쪽 귀가 없는 녀석이 눈에 띄었다. 먹물이 말한 부왕초 짝귀라는 놈이 분명했다. 짝귀는 그의 옆에 서 있는 험악한 인상의 사내에게 무어라 귓속말을 하고 있었다. 짝귀의 귓속말이 끝나자 그 사내가 한 발 앞으로 나와 브린을 향해 소리쳤다.

"네놈이 향주 거지 패를 겁박하여 인적이 드문 어촌의 폐가에 억류해 둔 병신 놈이 분명하렷다?"

거지 패가 브린의 재물을 노리고 제 발로 찾아와 왕초가 죽은 후 그들을 거두어들인 것이지만 말투로 미루어 저들은 그런 전후 사정과 상관없이 브린에게 시비를 걸기 위해 찾아온 것이 분명했다. 그들 가운데 먹물이 설명해 준 향주 건달들과 인상착의가 비슷한 놈들이 몇 보이는 것이 말 몇 마디로 좋게 끝날 것 같지는 않아 보였다.

이전이라면 모르겠지만 마나를 다루게 된 지금 저런 건달들 한 무더기 정도는 식후 운동감도 아니었다. 문제는 아홉 놈을 전부 죽여야 하는 것인가이다. 만약 아홉 놈을 전부 죽인다면 다른 건달패들이 나설 수도 있는 일이고 일이 커져 관에서 나서게 되면 문제가 복잡해질 수도 있었다. 겁을 주어쫓아버리는 쪽으로 마음을 정한 브린이 그들을 노려보며 일갈했다.

"병신이 되기 싫거든 귀찮게 하지 말고 조용히 사라져라!"

브린의 말에 향주 건달패들이 배꼽을 잡고 웃기 시작했다.

데굴데굴!

개중에는 바닥에 엎드려 땅을 치며 웃는 놈들도 있었다. 그들의 웃음이 잦아지자 처음 입을 열었던 건달패의 대장이 앞으로 나서서 말을 이었다.

"크하하하! 병신 놈이 우리를 저처럼 병신을 만들어준다며 겁을 주고 있구나. 크하하하! 오랜만에 웃을 수 있게 만들어준 고마운 놈이니 죽이지는 말고 병신인 왼쪽 다리는 놔두고 오른쪽 다리만 분질러 내 앞에 데려오너라."

대장의 명이 떨어지자 짝귀를 제외한 남은 일곱 놈이 브린을 향해 달려들었다.

타악!

브린 또한 그들을 곱게 보낼 생각은 없었기에 달려오는 놈들을 향해 마주 달려들었다. 달려드는 브린의 몸에는 어느새 헤이스트 마법과 스트랭스 마법이 걸려 있었다.

헤이스트 마법에 의해 엄청난 속도로 달려드는 브린에 건달들은 당황하여 주춤하지 않을 수 없었다. 그들이 주춤하는 사이 브린은 자세를 낮추고 가장 가까이 있는 놈의 무릎을 주먹으로 때렸다.

우두두둑!

무릎을 가격한 브린의 손은 스톤 핸즈 마법에 의하여 돌처럼 단단해져 있었다. 스트랭스 마법과 스톤 핸즈 마법의 조화로 단단하고 파괴적인 힘을 지니게 된 브린의 주먹은 녀석의 다리뼈를 수수깡처럼 손쉽게 분질러 버렸다. 건달 녀석의 다리가 무릎 부위에서 기괴한 방향으로 꺾이며 무너져 내렸다.

"크아아악!"

넘어진 녀석의 입에서 처절한 비명 소리가 터져 나와 숲의 적막을 깨웠다. 브린의 엄청난 일권의 위력에 놀란 건달패가 주춤주춤 뒤로 물러섰다. 하지만 브린은 적당히 하고 멈출 생각이 없었다. 다리를 분질러 버린 브린은 연이어 근처에 있던 놈들 중 키가 가장 작은 녀석에게 달려들었다. 브린은 낮게 뛰어 올라 그놈의 얼굴에 권을 내질렀다.

얼굴을 정통으로 가격당한 놈은 안면이 함몰된 채 비명 소리도 지르지 못하고 뒤로 자빠져 버렸다. 한참을 뒤로 구르다 멈춰 선 놈은 소리도 움직임도 없었다. 저 정도 충격이라면 일권에 기절이 아니라 즉사했을 수도 있었다.

망설임이 없는 브린의 살수에 건달들이 놀라며 품속에서

제각기 흉기들을 꺼내 들었다. 하지만 전쟁을 수없이 경험한 브린은 건달들의 손에 들린 흉기에 겁을 집어 먹고 주춤할 정도로 무른 인물이 아니었다.

오히려 브린의 움직임은 이전보다 더욱 빨라졌다. 건달들의 머릿속에는 처음 생각한, 적당히 겁을 주어 푼돈이나 빼앗으려던 생각은 사라진 지 오래였다. 이제는 죽이지 않으면 자신이 죽는 그런 싸움이 시작된 것이다. 다음 먹이를 노리며 달려들던 브린을 향해 건달들의 두목이 손에 쥐고 있던 단도를 집어 던졌다.

티잉!

브린은 그가 던진 단도를 스톤 핸즈 마법이 걸린 손으로 막아내며 멈춰 설 수밖에 없었다. 브린이 움직임을 멈추자 두목이 옆에 있던 짝귀 놈의 단검을 빼앗아 역수로 쥔 뒤 브린을 향해 달려들어 왔다.

파바바박!

두목 녀석의 실력은 다른 건달 놈들과 확실한 차이를 보이고 있었다. 녀석의 움직임으로 미루어보아 막싸움이 아닌 체계적인 무술을 익힌 놈이 분명했다. 이전 세계에서의 브린이었다면 마나를 다루지 않고 육체적 힘만으로 싸우는 무술가는 상대가 되지 않았을 것이다. 하지만 지금 브린은 열네 살 병신 소년의 몸 안에 들어 있어 움직임이 자연스럽지가 못했

다. 아무리 헤이스트 마법과 스트랭스 마법을 몸에 걸었다지
만 완전히 발육이 안 된 불편한 몸으로 무술가의 공격을 막아
내기란 쉬운 일이 아니었다.

사각.

두목의 단검이 브린의 앞섶을 베고 지나갔다. 브린의 앞섶
이 갈라지며 맨살이 드러났다. 피가 배어 나오지 않는 것이
피륙을 상한 것 같아 보이지는 않았다.

하지만 수세에 몰린 브린은 고민하지 않을 수 없었다. 스트
랭스나 헤이스트 마법과 같은 보조 마법이 아닌 파이어 볼과
같은 정식 공격 마법을 사용한다면 아무리 무술가라 할지라
도 쉽게 죽일 자신이 있었다. 하지만 살생을 피하고 이들을
제압하려고 마음먹고 있는 상태에서 이들 앞에서 한부로 마
법을 노출시켜 말이 새어나가도록 놓아둘 수 있는 입장도 아
니었다.

브린이 고민하고 있는 사이 두목 녀석의 공격이 이어졌다.
역수로 잡은 단검이 정수로 바뀐 것으로 미루어 제압이 아닌
목숨을 노리기 시작한 것이 분명했다. 두목 녀석의 의도를 눈
치챈 브린의 눈빛이 심연처럼 깊게 가라앉았다. 녀석은 건널
수 없는 강을 건넌 것이다. 브린의 결단은 빨랐고 행동은 더
욱 빨랐다.

화르르륵!

브린은 오른손을 등 뒤로 보내 파이어 볼을 만들어내었다. 기습을 하기 위함이었다. 그리고 달려드는 두목을 향해 왼손을 뻗어 전방에 쉴드 마법을 펼쳤다.

쿠웅!

두목 녀석은 브린을 향해 달려들다 갑자기 허공에서 벽에 부딪친 것 같은 충격에 당황하지 않을 수 없었다. 그 당황하는 순간이 녀석의 마지막 모습이 되고 말았다. 브린은 당황하여 어쩔 줄 몰라 하고 있는 두목 녀석을 향해 등 뒤에서 완성된 파이어 볼을 집어 던졌다.

슈웅~ 쿠아아앙!

근거리에서 사람 머리 두 배 크기의 불공에 직격당한 두목 녀석의 온몸이 삽시간에 불길에 휩싸였다. 생살이 타들어가는 고통에 녀석은 바닥을 뒹굴기 시작했다.

"크아아악!! 으아아악!!"

파이어 볼로 두목 녀석을 불태운 브린은 헤이스트 마법을 통한 엄청난 속도로 건달들에게 달려들어 그들의 중앙에 가서 섰다. 당황하고 있는 건달들 중앙에서 브린은 한쪽 무릎을 꿇고 손바닥으로 땅을 짚으며 마법 주문을 영창했다.

"Flame Fire(원형으로 퍼져 나가는 불의 장벽을 만든다)!"

화르르르!

허리를 숙여 땅을 짚고 있는 브린을 중심으로 사람 키 높이의 불의 장벽이 원형으로 퍼져 나가기 시작했다. 그 뜨거운 불길에 브린의 근처에 위치해 있던 건달 세 명이 순식간에 불길에 휩싸여 타올랐다.

"크아아악! 으아악! 크아악!"

건달들의 고통에 찬 비명 소리를 들으며 브린은 아쉬움에 입맛을 다셨다. 이전 세계였다면 반경 15미터 이상을 태울 수 있는 플레임 파이어였는데 이 세계 마나의 특성 때문에 반경 5미터 정도를 태우고 사라져 버리고 말았던 것이다.

플레임 파이어 한 방에 모든 것을 정리하려던 브린은 약해져 버린 마법 효율에 실망감이 이만저만이 아니었다. 하지만 남은 놈들을 모두 죽여 확실히 입막음을 하기 위해서는 실망감에 젖어 망설이고 있을 여유가 없었다.

살아남은 두 명의 건달 놈과 짝귀 놈은 거대한 불의 장벽이 덮쳐 오다가 눈앞에서 거짓말처럼 사라져 버리자 고래고래 고함을 내지르며 미친 듯이 도망치기 시작했다. 도망치는 그들의 모습은 이미 반쯤 미쳐 있었다.

"으아아악! 귀신이다, 귀신!"

그들이 사방으로 도망쳐 나가자 브린은 일순 당황스러웠다. 브린은 서둘러 헤이스트 마법을 통해 빨라진 걸음으로 두 명의 건달을 쫓아 등 뒤에서 파이어 볼을 날려 그들을 바싹 구워버렸다. 하지만 건달 둘을 처리하고 브린이 제자리로 돌아왔을 때는 짝귀 놈이 이미 멀리 사라져 버린 뒤였다. 브린은 당황하지 않을 수 없었다. 모두를 죽여야만 했는데 한 놈을 놓치게 되었으니 자신에 대한 좋지 않은 소문에 향주에 떠돌 수도 있었다.

하지만 이미 지난 일을 아쉬워하여 무엇 한단 말인가? 짝귀 놈은 나중에 찾아내어 죽이기로 마음먹고 브린은 길 위에 널브러져 있는 시체들을 숲 속에 숨긴 후 집으로 돌아왔다.

투닥투닥, 툭툭툭, 끼익끼익!

다음날 장문영이 보내준 상방의 목수와 일꾼들이 집을 보수하기 시작했다. 사람이 살 수 없을 것 같던 폐가가 며칠 만에 제법 사람 사는 집처럼 변하고 있었다. 물론 장문영은 공으로 일을 해준 것이 아니라 일이 끝난 후 작은 못 하나까지 전부 셈을 하여 받아갔다. 하지만 이윤을 남기지 않고 원가로 보수해 주었기에 비교적 싸게 집을 보수할 수 있었다.

보수가 끝나자 아이들이 머물 집 두 채와 식당이 딸린 작은 부엌, 그리고 브린이 원래 머물던 본청, 연무장 등이 새 단장을 하며 깔끔하게 정돈되었다.

큰 장원이 필요없었기에 모든 건물을 보수하는 대신 필요없는 건물들은 모두 허물어 평지로 만들고 돌을 날라 담을 쌓았다. 공사가 끝나니 제법 그럴싸한 장원이 완성되었다.

브린은 아이들을 연무장에 불러 모았다.

"모두들 수고가 많았다. 이제 집이 생겼으니 이전처럼 걸인 습성을 보이는 녀석이 눈에 띄면 당장 내쫓을 것이니 명심하거라."

말을 하며 브린은 매서운 눈으로 아이들을 훑어보았다. 아이들은 처음 만났을 때의 공포심 때문에 브린의 눈빛을 감히 마주치지 못하고 고개를 숙였다.

"너희들은 이제부터 이른 아침에 일어나 물고기를 잡고, 낮에는 집을 청소하게 될 것이다. 저녁 식사 후에는 밖에 나가지 말고 집 안에서 하고 싶은 일들을 하면 된다."

브린의 말에 아이들이 머뭇거리자 먹물이 용기를 내어 조심히 손을 들어 올렸다.

"무엇이냐?"

"저희는 물고기를 잡아본 적이 없어 어찌하면 되는지 여쭙고 싶습니다."

"나는 약간의 도술을 부릴 줄 안다. 인시(3~5시)에 내가 만든 낚싯대를 본청으로 가져오면 내가 도술로 낚싯대에 물고기가 걸리도록 만들어줄 것이다."

마법을 설명하는 것보다 도술이라고 말해놓는 것이 앞으로의 일에 쉬울 것 같았다. 정명의 기억 가운데 무공 이외에 도술을 부리는 도사들에 대한 기억도 있었다. 다만 도사들에 대한 소문 대부분이 혹세무민하는 사기꾼들의 느낌이 강하여 도술에 대한 부정적 인식이 많았다. 도술하면 우선 사기라고 생각하는 사람들이 대부분이었던 것이다. 하지만 브린이 생각하기에 도술도 무공처럼 이 세계의 마나를 사용하는 학문 중 하나일 것이 분명했다. 다만 이 세계의 마나 특성상 무공과 달리 외부의 마나를 빌려와 사용하는 도술도 브린의 마법처럼 효율이 좋지 못하여 사기처럼 여겨지고 있는 것이 분명했다.

"너희는 나의 도술에 대하여 절대 발설해선 아니 된다. 난 도술로 너희들의 일거수일투족을 감시하고 있으니 내 말을 어길 시에는 큰 대가를 치르게 될 것이라는 것을 명심해야 될 것이다. 알아듣겠느냐?"

아이들은 브린이 도술을 부려 손에서 불덩이를 쏘아내는 것을 직접 두 눈으로 목도한 적이 있기에 공손히 고개를 숙이며 대답을 하였다.

"예."

다음날부터 인시가 되면 아이들은 브린의 명에 따라 본청 앞에서 기다렸고, 브린은 팔십여 개의 동전에 마법을 불어넣었다. 그 동전들을 가지고 나가 돼지와 꺽다리는 낚시를 하여 그중 실한 놈 이십여 마리를 홍화루에 넘겨주고 돈을 받아왔으며, 남은 물고기는 먹물이 주축이 되어 주변 음식점이나 시장에서 팔았다. 예쁜이와 꼬마는 부엌일을 주로 돌봤으며, 벙어리는 청소를 주로 하였다.

브린을 두려워하는 아이들은 그의 말이라면 죽는 시늉까지 하였다. 또한 브린은 아이들을 배불리 먹여주었기에 아이들은 브린을 전적으로 따랐다.

하지만 좋은 날만 있는 것은 아니었다. 브린은 아이들을 들인 후로 시간이 지날수록 근심이 깊어져만 갔다. 혼자 지낼 때는 몰랐는데 식솔이 딸린 장원을 운영한다는 것은 상당히 많은 돈이 필요한 것임을 뼈저리게 실감하고 있었기 때문이다.

불고기를 매일 집아 팔고 있지만 여섯 명의 시종을 거느린 장원을 운영하기에는 턱없이 부족했다. 더욱이 매일 칠팔십 마리의 물고기를 낚다 보니 요즘 잡혀 올라오는 물고기의 품질이 예전만 못해 벌써 일주일째 홍화루로부터 제값을 받지 못하고 물고기를 넘기고 있었다. 계속 적자가 쌓이고 있어 이 상태로는 장원을 얼마 유지할 수 없음이 분명했다. 그렇다고 여섯의 식솔도 책임지지 못해 거두어들인 아이들을 다시 내쫓자니 자존심이 도저히 허락하지 않고 있었다.

브린은 답답한 마음에 목이 타 탁자로 걸어가 주전자를 입에 대고 물을 들이켰다.

벌컥벌컥!

물을 마시다 만 브린이 주전자에서 입을 떼며 인상을 썼다.

'크흐, 전혀 시원하지가 않아 갈증이 가시지를 않는구나.'

퓨슈슈슈.

브린은 양손으로 주전자를 잡고 마법을 이용해 주전자 안의 물을 차갑게 만들었다. 3서클의 아이스 볼트 마법을 응용한 것으로 브린에게는 매우 쉬운 일이었다.

"휴, 이제야 좀 살 것 같군."

시원해진 물이 브린의 갈증을 달래주니 답답한 마음이 조금 가신 것도 같았다. 주전자를 한쪽에 내려놓은 브린은 차가워져 표면에 찬 서리가 낀 주전자를 뚫어지게 내려다보기 시작했다. 그리고 잠시 후 큰 웃음소리와 함께 미친 듯이 웃기 시작했다.

"크하하하! 바로 이거야, 이거! 내가 왜 진즉 이 생각을 못했을까?"

우당탕탕!

브린은 미친 듯이 웃으며 본청 문을 거칠게 열어젖히고 밖으로 나왔다. 의아한 눈으로 자신을 쳐다보는 시종 아이들의 시선을 무시한 채 브린은 미친 듯이 달려 장원에서 멀어져 갔다.

"크하하하하!"

브린이 떠나간 자리에 그의 웃음소리만이 길게 남아 여운을 남겼다. 미친 듯이 달리고 있는 브린의 눈앞에 작은 폭포 하나가 나타났다. 장원에서 물을 길어다 쓰는 계곡에 위치한 폭포였다. 브린은 조심스럽게 주변을 살핀 뒤 폭포 뒤로 돌아가 뒤에 있는 작은 동굴 속으로 들어갔다.

브린은 지금 얼음을 만들 생각이었다. 마법이 일상화되어 있던 예전 세계에서는 여름에 얼음을 구하는 것은 어려운 일이 아니었다. 하지만 이곳에서는 여름에 얼음을 구할 방법은 극히 제한적이었다.

첫 번째는 북해로부터 얼음을 들여오는 것인데, 운반이 힘들어 그 가격이 매우 비싸다. 둘째로는 빙고(氷庫)에 겨울에 얼음을 저장하여 여름에 사용하는 것인데, 빙고라는 것이 수십 미터 땅을 파고들어 가 석굴을 짓고 그 안에 얼음을 저장해야 하기에 엄청난 돈이 들어간다. 그래서 관이나 큰 상방이 아니면 빙고를 통한 얼음 저장은 엄두를 내지 못한다. 특히 빙고의 얼음은 아무리 지하에 저장한다 하더라도 한여름이 되기 이전에 대부분의 녹아 없어지기 때문에 정작 얼음이 가장 필요한 한여름에는 사용을 못한다는 단점이 있었다.

마지막으로 빙굴이 있는데, 여름에도 영하의 온도를 유지하는 천연의 냉동고로 천하에 알려진 빙굴은 열네 개인데 모두 황실의 재산이었기 때문에 일반인들은 여름에 빙굴을 통해 얼음을 구경할 기회가 없었다. 즉, 여름의 얼음은 매우 귀하여 같은 무게의 은괴와 같은 값어치를 가진다는 소문이 사실일 수도 있었다.

얼음이란 여름에 매우 귀한 물품일지 몰라도 브린의 경우 물만 있다면 무한정으로 얼음을 만들어낼 수 있기 때문에 잘만 한다면 큰돈을 벌어들일 수 있을 것이다.

슈우웅~ 콰지지직~

브린은 생각을 마치고 옆에 고여 있는 물을 향해 3서클의 대표적 공격 마법 중 하나인 아이스 볼을 시전했다. 아이스 볼에 직격당한 물은 순식간에 얼어붙어 얼음으로 변하였다. 브린은 얼음 덩어리를 가지고 간 나무 상자에 조심히 넣고 향주로 향하였다.

하지만 막상 향주에 걸음을 들인 브린은 얼음을 팔 곳을 찾을 수 없어 당황스러웠다. 마법사로의 경험은 있지만 큰 거래를 통해 이윤을 챙기는 상인으로의 경험이 전무했던 것이다. 더욱이 이 세계에서 큰 사업을 벌일 만한 인맥이 있는 것도 아니었다. 브린은 고민 끝에 홍화루로 발걸음을 옮겼다. 큰일을 상의할 정도로 완벽한 신뢰를 쌓은 건 아니었지만 브린이 아는 가장 믿을 만한 인물이 바로 홍화루주 장문영이었기 때문이다.

브린이 홍화루 앞에서 걸음을 멈추고 망설이고 있을 때 브린을 발견한 아삼이 바람처럼 뛰어나와 브린을 반겼다.

"아이쿠, 정 대협, 오랜만에 방문하셨습니다."

처음 정명과 만났을 때 지은 죄가 있어서 그런지 아삼은 나이 어린 정명을 소협이나 공자가 아닌 대협으로 부르고 있었다. 아삼의 인사에 브린은 어쩔 수 없이 마음을 정하고 장문영을 찾았다.

"장 루주는 자리에 있는가?"

"예, 지금 집무실에 계십니다. 잠시만 기다리시면 제가 루주님께 안내해 드리겠습니다."

이층 집무실로 뛰어올라 갔던 아삼이 빠르게 되돌아와 브린을 장문영에게 안내하였다. 집무실에 들어서자 무언가를 열심히 셈하고 있던 상문영이 일이나 브린을 반갑게 맞아주었다.

"하하하! 조카가 어인 바람이 불어 이 홍화루를 다 방문해 주셨는가? 자자, 그리 서 있지 말고 자리에 앉으시게."

"그간 무탈하셨는지요?"

"조카 덕분에 좋은 시절을 보내고 있지. 단지 조카가 보내주는 물고기의 질이 이전만 못하여 걱정하고 있는 참이네. 무슨 문제라도 있는 건가?"

"물고기의 질이 이전만 못하여 소인도 걱정하던 차에 새로운 사업을 벌일 만한 일을 발견하여 아저씨께 상의 드리고자 찾아왔습니다."

"하하하! 그거 듣던 중 반가운 소리군. 그래, 내가 어떻게 도우면 되겠는가?"

브린은 대답 대신 들고 있던 상자를 장문영에게 내밀었다. 브린이 내민 상자를 살짝 열어본 장문영은 여름 초입에 상자 안에 있는 얼음을 보고 놀라며 말을 이었다. 장문영은 놀란 가운데에도 말소리를 높이기보다는 오히려 낮추며 속삭이듯 말했다. 그의 그런 모습에 브린은 저것이 상인의 모습이구나 하는 생각이 절로 일었다.

"이건 얼음이 아닌가? 이 비싼 얼음은 어디서 구한 것인가? 자네가 말한 새로운 사업이 이 얼음을 두고 한 말인가? 혹시나 몰래 향주 근처에 빙고라도 새로 지었다는 말인가?"

놀란 마음에 빠르게 질문을 잇는 장문영을 진정시킨 브린이 차분히 말을 이었다.

"진정하십시오. 천금이 들어가는 빙고를 어찌 저의 능력으로 지을 수 있었겠습니까? 다만 제가 운이 좋아 얼음이 얼어 있는 동굴을 하나 발견했을 뿐입니다."

얼음이 얼어 있는 동굴이라는 말에 장문영의 말소리가 더욱 낮아져 마치 속삭이듯 말했다.

"혹 빙굴을 찾은 것인가?"

장문영의 말에 브린은 고개를 저으며 말을 이었다.

"저도 빙굴인 줄 알고 온도를 조사해 봤지만 빙굴 수준은 아니더군요. 다만 동굴이 깊고 크기가 큰데다 온도가 낮아 겨우내 언 얼음이 서서히 녹고 있을 따름입니다. 하지만 향후 약간의 보수 작업을 거친다면 천연의 빙고로 활용해도 될 만큼 동굴은 매우 이상적인 구조를 가지고 있습니다."

브린의 말에 장문영의 목소리가 원래 크기로 돌아오며 호탕한 웃음소리와 함께 그의 말이 이어졌다.

"하하하! 역시 조카는 하늘이 돕는 사람이로군! 그래, 그 양이 얼마나 되며 몇 월까지 그것이 녹지 않고 유지될 것 같던가?"

"동굴의 깊이가 원체 깊어 가늠할 수가 없습니다. 동굴의 일은 제가 알아서 할 터이니 아저씨는 향주에 유통시킬 얼음의 양을 저에게 일러주십시오. 그럼 제가 시간에 맞춰 얼음을 마련해 보내 드리도록 하겠습니다."

동굴의 정보를 함구하며 선을 긋는 듯한 브린의 말에 장문영은 씁쓸한 기분이 들었다. 하지만 이런 큰 이윤이 걸린 사업에서는 부모자식 간에도 조심해야 하는 것을 잘 아는 장문영은 브린의 야박한 행동을 문제 삼지 않고 넘어가기로 했다. 하지만 브린을 이해하고 안 하고를 떠나 향주에서 얼음 장사를 하기 위해서는 해결해야 하는 큰 문제가 한 가지 있었다. 그 문제에 대하여 한참 고민하던 장문영이 어렵게 입을 열었다.

"여름에 얼음 장사만큼 큰돈이 되는 사업이 없지. 그렇기에 더욱 조심스러울 수밖에 없는 것이야. 현재 향주에서 빙고를 가지고 여름에 얼음을 유통시키는 자의 이름은 서동욱일세. 그는 향주 어림군 총사령관의 장인 되는 사람이지. 지금 홍화방이 아무리 잘나가고 있다 해도 정치적 거물과 싸워 득을 보기는 어려운 법이네. 향주에서 무탈하게 얼음 장사를 할 수 있는 최선의 방법은 서동욱에게 얼음을 납품하는 길일세. 물론 이문은 줄겠지만 그것이 안전하고 확실한 방편이지."

이윤이 준다는 말이 아쉬웠지만 어차피 브린은 계곡물을 떠다가 장사하는 입장이니 손해 볼 일은 없어 보였다. 더욱이 시끄러운 것을 싫어하는 브린의 성격상 분란을 피하고 조용히 일을 처리하는 쪽으로 마음이 기울었다. 마음을 정한 브린이 입을 열었다.

"아저씨께서 서동욱이라는 자를 만나 저에 대한 이야기는 하지 마시고 홍화방에서 빙고를 지어 얼음을 납품하는 쪽으로 이야기를 해주십시오. 그리고 얼음의 운반을 홍화방에서 책임져 주신다면 이득의 일 할을 드리겠습니다."

브린의 제안은 중개만 해주고 그냥 앉아서 돈을 버는 길이었다. 자신에게도 큰 이윤이 떨어지는 사업이었기에 장문영은 흔쾌히 브린의 제안을 수락하였다.

"좋네. 그리하지. 그럼 이제 얼음의 양과 유통 기간을 알려 주게. 그래야 내가 서동욱을 만나 흥정에 들어갈 수 있을 것이네."

"일 년 열두 달 사 일에 일단(10㎥) 이하만 주문한다면 물량과 시기는 상관이 없습니다."

브린의 말에 장문영은 어이없다는 표정으로 말을 이었다.

"그 정도면 지금 향주에 유통되는 얼음의 다섯 배가 넘는 양인데 그걸 나보고 믿으라는 말인가? 상인은 신용이 우선인데 서동욱에게 가서 그리 농을 하라 말한다면 나의 입장이 어찌 되겠는가?"

장문영의 말에 브린이 표정을 심각하게 바꾸고 계속 말을 이었다.

"농담이 아닙니다. 물량은 넘쳐 나니 그 정도로 원하는 물량과 시기를 마음대로 조절하시면 된다는 말입니다. 하지만 아저씨께서 정 저를 믿지 못하시겠다면 이렇게 하시지요. 일년 안에 저 때문에 얼음 문제로 아저씨가 신용을 지키지 못하는 날이 온다면 제가 그때까지 모은 모든 재산을 아저씨께 드리겠습니다."

큰 장사를 앞두고 물주인 브린이 강하게 나오자 장문영은 한발 뒤로 물러날 수밖에 없었다.

"하하! 내 어찌 조카를 믿지 못하겠는가? 좋네, 그렇게까지 말한다면 내가 나서 서동욱과 단판을 지어보도록 하지. 기쁜 소식을 전해줄 것이니 장원에 돌아가 며칠만 기다리시게.”

장문영은 브린을 완전히 신뢰할 수 없었지만 큰 이윤이 걸린 장사이니 자신이 서동욱을 만나 적당한 선에서 타협을 지어야겠다고 생각을 정리하고 말한 것이었다. 얼음 이야기가 마무리되자 브린은 그동안 생각만 하고 미뤄오던 이야기를 꺼내었다.

“그리고 한 가지 부탁이 더 있는데, 제가 원체 인맥이 없어 부탁드릴 데가 아저씨뿐이니 이해해 주십시오.”

“하하, 괘념치 말고 말하시게.”

“유능한 의원이 있으면 소개를 받아 저의 왼쪽 다리를 고쳤으면 합니다.”

브린은 그동안 자신의 비틀린 왼쪽 다리를 정상으로 돌려놓기 위해 백방으로 노력을 기울여 왔다. 브린은 대표적 치유 마법인 4서클의 힐링 마법을 알고 있었다. 하지만 문제는 힐링 마법의 경우 뼈가 아닌 근육을 치료하는 데 그 효능이 집중된 마법이라는 점이었다. 신성력과 같이 뼈나 근육을 가리지 않고 만능의 치료 효과를 보이는 마법이 아니었던 것이다.

하지만 뼈에 완전히 효과가 없는 것도 아니기에 힐링 마법을 통해 다리를 고칠 수 있을지를 심각하게 고민해 왔다. 하지만 문제는 접골이었다. 마법사인 브린은 완벽하진 않지만 어느 정도 인체에 대한 지식을 가지고 있었다. 그래서 부러진 뼈를 맞춰 접골을 하는 일은 문제 될 게 없었다.

하지만 문제는 정명의 왼쪽 다리는 단순한 접골 수준이 아니라는 점이었다. 비틀린 뼈를 다시 분지르고 그것을 올바른 위치에 다시 붙여 접골해야 하는데 의사가 아닌 브린에게는 그 정도의 의술 실력이 없었다. 더욱이 만일 일이 잘못되어 접골 후 뼈가 아문 뒤 왼쪽과 오른쪽 다리 길이라도 달라져 있다면 손을 대지 않은 것만 못한 결과를 가져오는 꼴이 될 것이다. 그래서 고민 끝에 브린은 의원의 힘을 빌리기로 한 것이다.

브린의 말에 장문영은 브린의 비틀린 왼쪽 다리를 슬쩍 내려다본 후 말을 이었다.

"나에게 맡겨주게. 내 향주 최고의 명의를 보내주도록 하겠네."

브린은 장문영에게 부탁을 마치고 집으로 돌아왔다. 며칠 후 장문영이 상방의 주인으로 있는 홍화방에서 보낸 의원이 서신 한 장을 가지고 당도하였다. 서신에는 장문영이 서동욱과 흥정한 내용이 적혀 있었다.

서동욱은 닷새마다 최소 세 줌(3㎥) 이상의 얼음을 요구했으며, 그 이상은 상황에 따라 추가적으로 요구한다고 적시되어 있었다. 그리고 가격은 유통되는 시세의 육 할을 보전해

준다 약속받았다고 되어 있는데, 추신에 일반적으로 얼음 한 줌에 은 다섯 관이 평균 시세라고 적혀 있었다. 그리고 은 다섯 관 중 세 관을 받게 되면 그중 장문영과 약속한 수수료를 제외하고 두 관 칠백 문을 보내준다 알려왔다. 얼음 한 줌만 팔아도 삼 닢짜리 상품의 물고기 구백 마리를 넘게 팔아야 벌 수 있는 돈을 벌게 되는 것이다. 거래가 잘 성사된 것 같아 브린은 기분이 좋았다.

브린이 서신을 읽는 사이 의원은 브린의 왼쪽 다리를 이리저리 만져보더니 머리를 가로저으며 입을 열었다.

"골절이 되고 뼈가 굳은 지 너무 오래되어 저의 실력으로는 고치기 어렵습니다. 거기다 고친다 한들 이 상태로는 왼쪽과 오른쪽 다리의 높이가 달라져 버리니 치료 효과를 기대하기 어렵습니다."

브린은 실망할 수밖에 없었다. 장문영이 서신에 추신하길 보내온 의원이 향주와 절강에서 최고로 이름난 명의라 했는데, 이런 유명한 의원도 고개를 내저을 정도라면 자신의 다리를 고치기 소원해지니 답답해질 수밖에 없었다.

"정녕 방도가 없는 것입니까?"

의원은 한참을 골몰하더니 조심스럽게 입을 열었다.

"본의는 능력이 없어 불가합니다. 하지만 정 소협의 다리를 고칠 수 있는 이는 천하에 두 명이 있을 수 있습니다."

“그들이 누구입니까?”

의원은 브린의 눈치를 보며 한참을 뜸들이다 어렵게 운을 떼었다.

“의생으로 천하 최고의 의선을 거론할 때는 언제나 두 명의 이름을 거론하지요. 워낙 유명한 인물들이니까요. 혹 북금충과 남노합에 대하여 들어보신 바가 없으십니까?”

브린이 고개를 젓자 의원은 둘에 대하여 설명하기 시작했다.

“그 둘은 형제로 남노합이 형이고 북금충이 동생입니다.”

“남노합? 북금충? 그들이면 정녕 저의 다리를 고칠 수 있단 말입니까?”

“그렇습니다. 그러나 그들에게 치료를 받는 것이 너무 어려운지라 차라리 포기하라고 말씀드리고 싶습니다.”

“어떻게 어렵단 말씀입니까?”

“둘은 천산노괴의 제자로 알려져 있습니다. 무림인들이지요. 하지만 북금충은 무림인을 치료하지 않습니다. 남노합을 두려워하는 북금충은 자신을 찾아온 무림인을 모두 남노합이 활동하는 계림으로 보낸다 합니다. 알려진 바로 남노합은 주로 무림인을 치료하지만, 그 성정이 괴팍하여 치료한 사람보다 치료를 받다 죽은 이가 더욱 많다 알려져 있습니다.”

“허, 어찌 치료를 받다 죽은 이가 더욱 많은데 그리 유능하다 소문이 날 수 있다는 말입니까?"

"그것은 남노합이 실력이 없어 환자를 죽인 것이 아니라 남노합이 요구하는 치료비를 내지 못하였기에 남노합에게 죽임을 당한 것이지요."

"치료비가 얼마나 비싸기에 그렇게 죽임을 당한단 말입니까?"

"남노합은 치료비로 돈을 요구하지 않습니다. 그는 뛰어난 무공 비급이나 병장기를 요구한다고 알려져 있습니다. 더욱이 치료비로 가져온 것에 만족했는지 안 했는지를 말해주지 않고 치료를 시작한다 합니다. 그리고 치료 도중 약을 먹여 환자를 제압하고 맘에 들지 않은 것을 가져온 사람은 생체 실험 대상으로 쓰다가 죽여 버린다 하더군요. 그 생체 실험의 대상자들은 인세에서 찾아볼 수 없는 지옥의 모든 고통을 받다 죽는다고 알려져 있습니다. 반대로 치료비로 가져온 것에 만족하면 치료를 해주고요."

등골이 서늘해지는 이야기였다. 하지만 이전 세계에서도 괴팍한 마법사들의 이야기를 수없이 들어온 브린으로서는 그런 사람이 이 세계에도 있을 수 있다는 생각에 고개를 끄덕였다.

"남노합이 안 된다면 북금충에게 무림인이 아니라고 우기며 치료를 부탁해도 되지 않겠습니까?"

"북금충은 무림인인지 아닌지를 판단하기 위해 진맥을 한다고 알려져 있습니다. 외문기공이든 내가기공이든 수련을 하게 되면 단전이나 중문, 혹은 명문 등에 기가 쌓여 단이 생성된다 하더이다. 진맥을 할 때 기를 흘려보내게 되면 수련을 한 사람인지 아닌지 바로 알 수 있다 하더군요."

아마 단이란 지금 브린이 단전에 가지고 있는 마나가 응축된 공간을 말하는 듯했다. 북금충을 속일 방법을 골몰하던 브린에게 의원은 다시 입을 열었다.

"무림인이고 아니고를 떠나 북금충은 남노합보다 더욱 치료받기가 어려운 걸로 알려져 있습니다."

"어째서 그렇습니까?"

"그의 호에서 알 수 있듯이 돈을 너무 밝히기 때문입니다. 그가 활동한 오십 년이 넘는 기간 동안 그에게 치료받은 사람은 지금까지 스무 명이 넘지 않습니다. 그는 병의 중하고 가볍고를 떠나 무조건 황금 일천 관을 요구한다 합니다."

"일, 일천 관이라 하셨소?"

황금 일천 관은 은전으로 십만 관인데, 그 정도 규모는 한성의 일 년치 세수와 맞먹는 규모였다. 천하를 뒤져도 그 정도 규모를 지불할 수 있는 사람은 많지 않았다.

"그렇습니다. 하지만 죽은 지 한 식경이 지나지 않은 자는 그 혼마저 불러와 살려낸다는 사람으로 큰 부자들은 최후의 수단으로 그를 찾는다고 알려져 있습니다."

"그들이 아무리 괴팍하다 하여도 의생일 뿐이니 큰 세력을 등진 자들이 겁박하면 치료해 주지 않을까요?"

"그들의 사부였던 천산노괴는 홍교의 장로였고, 남노합은 홍교의 사대호법 중 한 명이었으니, 누가 세력으로 그들을 겁박할 수 있겠습니까? 또한 남노합은 천하에서 가장 강한 사람 열을 꼽으라면 언제나 그 이름이 거론되는 인물로서 누가 감히 그를 해하려 들겠습니까?"

"홍교가 그리 대단합니까?"

"지금은 교주의 부재로 해체되다시피 했지만, 현 천하에서 가장 강력한 세력을 가지고 황제를 자청하고 있는 주원장도 홍교의 일개 천부장이었을 뿐이니 그 세가 천하를 덮고도 남았지요. 또한 지금은 활동을 안 한다 하여도 과거 번성했을 때 교도가 천만 명이 넘고 그중 군대로 징집할 수 있는 잘 숙련된 무사만 십만 명이 넘는다고 알려진 단체입니다. 누가 있어 감히 홍교와 대적할 생각을 할 수 있었겠습니까?"

의원은 말을 끊고 잠시 뜸을 들인 후 조심히 말을 이었다.

"혹시 무림인이신지요?"

"무림인은 아닙니다. 다만 집안에 내려오는 가전 무공이 있어 단을 수련해 왔으니 완전히 무림인이 아니라 말씀드릴 수도 없겠군요. 만약 단을 가진 이를 모두 무림인이라 한다면 저 또한 무림인이겠지요. 그것은 왜 물으시는 겁니까?"

"그렇다면 다른 의원들은 아무리 의술이 뛰어나다 해도 정 소협의 다리를 완벽히 고칠 수 없을 겁니다. 오직 북금충과 남노합만이 정 소협의 다리를 온전히 고칠 수 있을 겁니다."

"어찌하여 그리 생각하십니까?"

"무림인들은 단을 수련하며 기를 몸속에 난 통로를 통하여 흐르게 한다고 알려져 있습니다. 그것을 기혈이라 부르는데, 본의도 기혈에 관한 얇은 지식은 있으나 무림에서 활동하는 의원들만큼은 아니지요. 만약 정 소협이 단을 수련한 무림인이라면 무림에 적을 둔 의원들을 수소문해 보심이 좋을 듯합니다. 만일 저와 같은 일반 의생의 치료를 받아 다리에 있는 기혈에 이상이라도 생긴다면 그것을 복원하기는 더욱 힘든 일이 될 터이니까요."

자신의 말에 브린이 깊은 사색에 잠기자 의원은 인사를 하고 조용히 방을 빠져나왔다.

브린은 의원이 돌아간 후 홀로 앉아 생각에 잠겨들었다. 자신의 다리를 고칠 수 있는 단서를 찾았다. 하지만 결코 쉬운 일이 아니었다. 어디서 비급이나 절세 병기를 구할 것이며, 구한다 한들 그 괴팍한 남노합에 어찌 목숨을 맡길 수 있을까? 남노합이 안 된다면 북금충의 진맥을 속일 방법을 찾을 수 있을까? 만에 하나 그를 속일 방법을 찾는다 하여도 황금 일천 관을 어디서 구한다 말인가? 평생을 벌어도 불가한 금액을 말이다.

브린은 생각에 생각을 거듭하던 도중 의원이 말한 뛰어난 병장기에 생각이 미쳤다. 이전 세계에서 마법적 힘을 지닌 도구들을 아티펙트라고 불렀다.

마법사에도 여러 종류가 있었는데, 이 아티펙트를 만드는 마법사를 아티펙트 매지션이라고 불렀다. 브린의 경우 전장에서 활동하는 워메이지였기에 아티펙트를 전공하지 않아 많은 지식을 가지고 있지는 못했다. 다만 스승으로부터 배운 간단한 소형화된 마법진 몇 가지를 알고 있을 따름이다.

하지만 브린은 마법 수식들을 많이 알고 있기에 그것을 조금만 연구한다면 아티펙트를 만들어낼 수도 있는 일이다. 문제는 아티펙트를 만드는 것이 아닌 그것을 만들어낸 뒤의 일이었다.

일반적으로 아티펙트를 사용하기 위해서는 기본적인 마법 지식이 있어야만 했다. 물론 드래곤이나 리치가 만든 시동어만으로 마법이 발현되는 전설의 아티펙트가 전혀 없는 것도 아니었지만, 아무 자료도 없는 현재의 상황에서 그와 같이 고차원의 아티펙트들을 만들어내는 것은 불가능한 이야기일 뿐이다.

간단한 예로, 마법진 가운데 가장 쉽다는 2배 증폭 마법진
도 마나의 네 가지 속성을 열두 가지 조합으로 마법진 위에
배열해야만 하는데, 마법진을 발현할 때마다 주위의 마나 여
건에 따라 미세하게 차이가 나는 마나의 배열 방식을 마법 수
식에 대한 이해가 전혀 없는 사람에게 알려준다는 것은 불가
능에 가까운 일이다.

이런저런 생각에 브린의 고민은 깊어져만 갔다.

제7장

은원지사
(恩怨之事)

의원이 다녀간 지도 벌써 이 년이라는 시간이 지났다. 들려오는 소문으로 주원장이 진우량과 장사성 등의 장군들을 누르고 나라를 세워 국호를 명이라 칭했다 한다. 남경에 수도를 세워 스스로 황제에 올랐다는 소문이 들려왔다. 이제 전쟁이 끝난 것이다. 그러나 정국은 불안정하였다. 전쟁은 없었지만 하루에도 수십 명의 사람들이 숙청되어 형장의 이슬로 사라져 가고 있었다. 특히 주원장의 측근을 많이 배출했던 귀주 위 씨 집안은 구족까지 그 씨를 말려 버릴 정도로 주원장은 잔혹한 폭정을 휘두르고 있었다. 하지만 이 모두가 남경 주변의 일이었으며 브린이 있는 향주는 어느 때보다 안정된 삶을 살아가고 있었다.

이 년의 시간 동안 브린에게는 많은 변화가 있었다. 열일곱이 된 브린은 이전의 거지 모습은 전혀 찾아볼 수 없었고, 그 사이 키도 훌쩍 자라 거의 성인 키와 비슷해져 있었다. 얼굴은 하얗고 곱상한 편이었지만 눈매가 매서워 쉽게 말을 걸 만한 인상은 아니었다.

옷은 언제나 흰색 직신(直身)을 즐겨 입었는데, 이전 세계에서 마법사들이 대부분 흰색 로브를 즐겨 입어 브린도 그것이 습관이 되어버렸기 때문이다. 머리에는 하늘색 영웅건을 매어 단정한 모습을 유지하였고, 신발은 검은색 가죽 치화(緇靴)를 즐겨 신었다. 책 한 권만 옆에 끼면 마치 유학(儒學)을 공부하는 세도가의 막내도련님처럼 보였지만, 걸음을 옮길 때마다 절뚝이는 왼쪽 다리가 브린의 정갈한 외모와 큰 부조화를 이루고 있었다.

브린은 여름에 얼음 장사를 통해 큰돈을 벌어들였고 그 돈을 홍화방의 장문영을 통해 여러 사업에 투자하여 큰돈을 벌어들였다. 물론 많은 돈을 마법 아티펙트 제작 실험에 쓰면서 써버렸지만 현물을 제외하고 브린이 홍화방을 통해 당장 유통할 수 있는 금전만 해도 황금 수십 관이 넘었다.

큰 변화는 브린의 주변이나 외부가 아닌 내부에 있었다. 이

년이 넘는 기간 동안 마나 연공에 매진한 브린은 이제는 이전 세계에서 가지고 있던 4서클의 마나를 훨씬 상회하는 마나가 단전에 모여 있음을 느낄 수 있었다. 문제는 요 근래 단전의 마나가 늘어나는 양이 급격히 줄어들고 있다는 점이다.

분명 정명의 마나 연공법이 다음 단계로 나아가야 되는 수준에 오른 것은 분명했다. 하지만 아무리 기억해 보려 애를 써도 더 이상 마나 연공법과 관련된 기억이 나지 않아 답답해하고 있었다. 브린은 더 이상 진전이 없는 마나 연공법을 뒤로하고 이전부터 계획하고 있었던 무공을 배우기 위해 무공 사부를 초청할 필요성을 느끼고 있었다. 어느 정도의 금력도 갖추었으니 장문영을 통해 적당한 사람을 소개받으면 될 듯했다.

브린은 생각을 정리하고 홍화루로 걸음을 옮겼다. 홍화루는 이제 향주를 넘어 절강의 명물이 되어 있었고, 홍화루를 기반으로 여러 사업을 벌인 홍화방은 전국 규모의 커다란 상방이 되어 있었다.

브린이 홍화루에 도착하였을 때 홍화루의 문은 굳게 닫혀 있었다. 일 년 열두 달 문이 닫힌 적이 없던 홍화루가 닫혀 있자 브린은 이상한 생각이 들었다. 브린은 홍화루의 뒤로 돌아가 뒷문에서 사람을 불러보았다. 그러나 아무런 기척도 느낄 수가 없었다. 다행히 뒷문은 닫혀 있지 않아 뒷문을 통해 홍화루로 들어갔다.

지금쯤 한참 바쁠 시간인 주방에는 아무도 없고 식재료들이 여기저기 널려 있는 것으로 보아 급하게 나간 것이 분명했다. 브린은 무언가 일이 잘못됐음을 직감하고 조심스럽게 홍화루의 객청 쪽으로 다가갔다.

주방의 반쯤 열린 문틈으로 대청을 내다보니 일단의 무리가 장팔을 중심으로 반원을 그리며 앉거나 서서 흉흉한 기세를 흘리고 있었다. 그리고 이층 너머로 홍화루의 식구들이 안절부절못하고 있는 모습이 눈에 들어왔다.

장팔을 향하여 흉흉한 기세를 흘리고 있는 무리는 어림잡아 삼십 명은 넘어 보였다. 그들은 전혀 어울릴 것 같지 않은 조합으로 그중에는 중도 있었고 도사들도 보였으며 거지들도 섞여 있었다. 하지만 대부분 고급스런 비단옷을 말끔하게 차려 입은 이들이 많이 보이는 것으로 봐서 신분이 범상치 않음을 알 수 있었다.

그들 가운데 장팔과 정면으로 대치하고 있는 늙은 여중의 큰 목소리가 들려왔다.

"장소악, 네놈이 객점의 주방장으로 숨어 있다고 해서 우리가 너를 찾아내지 못하리라 생각했느냐?"

'장팔의 원래 이름이 장소악이었나 보군.'

브린은 속으로 생각했다.

장팔은 크지도 작지도 않은 목소리로 차분히 대답하였다.

"나는 도망친 적도 숨은 적도 없다. 단지 무림을 떠나 고향으로 내려와 정착하여 숙수 일을 하고 있었을 뿐이다."

"흥! 간악한 살인귀야! 네놈이 숨은 것이 아니라면 어찌하여 이름을 바꾸고 이런 곳에서 숙수 일이나 하고 있단 말이냐?"

"고향에서 나의 아명이 장팔이었고, 고향에 내려와 내가 어릴 적 불렸던 장팔이라는 이름을 사용한 것인데 어찌 내가 이름을 바꾸었다 억지를 쓰는 것이냐? 그리고 무림에서 사람 죽이는 기술만 전문으로 익혀오던 놈이 그나마 취미로 요리를 조금 할 줄 알아 입에 풀칠이나 하기 위해 호구지책으로 객점의 주방에서 일한 것이 무슨 잘못이라는 말이더냐!"

"흥! 네놈의 뻔뻔함은 세월이 흘렀는데도 전혀 변하지 않았구나."

늙은 여중이 열을 올리자 뒤에 있던 중년의 남자 도사가 일어나 여중을 만류하였다.

"단정 신니께서는 화를 가라앉히시지요."

입을 연 중년의 도사가 앞으로 나서며 장팔을 향해 읍을 하였다.

"소인은 화산의 십일대 장문으로 있는 정문이라 합니다. 장 무후가 무림을 떠났다는 소문은 익히 들어 알고 있으나,

무림에 남기신 은원의 골이 깊어 고향에 내려와 계시는 장 무후를 부득이 귀찮게 하게 되었습니다. 장 무후께서도 짐작을 하셨겠지만 지금 이곳에 모인 무림 동도들은 장 무후가 무림에서 활동하시던 때에 크고 작은 원한을 맺어온 이들입니다. 대부분 동료나 가족들이 장 무후에게 해를 당한 이들이지요."

"흥! 하루에도 수십 명이 죽어나가는 무림에 살며 한두 가지 은원을 지지 않은 이가 어디 있겠는가? 난 무림을 떠난 지 오래인데 옛날의 케케묵은 일을 들춰내기 위해 모인 것이 아니라는 것은 잘 알고 있다. 그러니 바로 본론을 말하여라."

"무량수불. 무림의 은원을 어디 한쪽의 잘못이라 말할 수 있겠습니까? 장 무후께서 그리 말씀하시니 그 문제는 추후 논하기로 하고, 용건을 하나 더 말씀드리지요. 이곳에 모인 무림 동도들은 장 무후와의 은원 이외에 한 가지 궁금한 점이 있어 묻고자 이곳에 모인 것입니다."

장팔이 대답이 없자 그 도사는 계속 말을 이었다.

"과거 장 무후가 모시던 홍교 황 교주의 안위가 궁금하여 이렇게 동도들이 한자리에 모인 겁니다. 무림에 적을 두고 살며 황 교주의 무공에 경의를 표하지 않는 이가 어디 있겠습니까? 그런데 그분의 종적이 갑자기 묘연하시니 무슨 우환이 있는 건 아닌가 걱정되어 장 무후님께 여쭙고자 자리를 마련한 것입니다. 만약 장 무후께서 황 교주가 머무는 곳을 아신다면 이 도장에게 일러 인사를 여쭐 수 있게 하여 주십시오.”

“흥! 간악한 놈들. 몽고와의 전쟁 때는 곳간에 숨어 있는 쥐새끼마냥 눈알만 굴리던 놈들이 전쟁이 끝나자 기어나와 배신자 주원장의 세를 등에 업고 홍교의 형제들을 핍박해 뿔뿔이 흩어지게 만들더니 이제는 그 후환이 두려워 끝을 보려 하는구나!”

콰앙! 우직끈!

장팔은 호통을 치며 앞의 탁자를 내려쳤다. 커다란 탁자가 순식간에 두 동강이 나버렸다.

브린도 저 정도 탁자를 부수는 것은 쉬운 일이다. 하지만 브린이 지금 의아헤하는 이유는 장팔이 마나를 운용하는 낌새를 전혀 느낄 수 없었기 때문이다. 브린이 장팔을 쳐다보고 있을 때 정문은 침착하게 입을 열어 장팔을 꾸짖었다.

“무량수불. 어찌 천하를 일통하신 대명제국 황제 폐하의 존성대명을 무엄하게 부를 수 있단 말이오?”

“흥! 홍군에서 같이 전장을 누비던 놈이 출세 좀 했다고 전우들을 이리 핍박하고 다니는데 내 그를 배신자로 부르지 않는다면 무엇으로 부른단 말이냐?”

“어허, 무엄하도다!”

정문의 호통에도 아랑곳하지 않고 잠시 숨을 고른 장팔은 목청을 돋워 큰 소리로 말하기 시작했다.

"네놈들의 걱정은 잘 알고 있다! 그러나 걱정을 접고 집에 돌아가 두 발 뻗고 잠을 청해도 될 것이다! 무림을 떠나실 때 황 교주께서는 너희들을 원망하지 않으셨다! 오히려 그분은 피비린내 나는 무림을 떠날 수 있게 해준 너희들에게 고마워하시었다! 그분은 아마 지금쯤 어디 한적한 시골에서 농사를 짓고 계실 게다! 네놈들의 악행을 피로 씻어야 한다는 형제들의 원성을 말리시고 모든 형제들로부터 복수에 대한 미련을 버릴 것을 맹약 받은 후 홀로 떠나셨으니 황 교주님 이하 홍교의 형제들이 네놈들을 찾아갈까 두려워하지 않아도 될 것이다!"

장팔의 말이 끝나자 단정 신니가 앞으로 나서며 고함을 질렀다.

"흥! 다른 이들은 몰라도 나 단정은 네놈의 목을 가지러 이곳에 왔다! 네놈의 목으로 억울하게 죽어 아직도 구천을 떠돌고 있을 나의 사매 정은의 원혼을 달랠 것이다!"

"흥! 정은이 행한 악행은 말하지 않고 나의 창이 매정했다고만 말하는구나! 당시 정은은 몽고 황실의 앞잡이 노릇을 하며 수없이 많은 악행을 저질렀다! 남경 전투에서 민족을 팔아먹은 그 몹쓸 년을 만나 단창에 목을 꿰어 나의 민족에 충을 다하였는데 어찌 그것이 나의 잘못이라 말하느냐? 잘못을 논

한다면 그 배은망덕한 년에게 무공을 가르친 아미파가 그 첫 번째요, 다음으로 그 배은망덕한 년을 낳은 그년의 어미와 그년의 잘못을 잡아주진 못할망정 그년을 두둔한 친언니인 너 단정의 잘못이 아니더냐?"

장팔의 호통에 단정의 뒤에 있던 무림인들이 웅성거리기 시작했다. 단정은 세가 불리해지자 장팔을 향해 들고 있던 불진을 휘두르려 했다. 하지만 옆에 있던 정문이 그녀의 팔을 잡아 말리는 바람에 뜻을 이루지 못하였다. 단정은 화를 참지 못하고 장팔을 향해 고래고래 고함을 질러댔다.

"네 녀석의 가죽을 벗겨 성문에 내걸고, 네 녀석의 추악함을 온 세상이 알게 할 것이다!"

악을 쓰는 단정에게 정문이 호통을 쳤다.

"자중하시오, 단정 신니!"

정문은 단정을 진정시킨 후 장팔을 향해 계속 이야기를 이어갔다.

"장 무후의 말은 알겠소. 하지만 무림의 대선배이신 황 교주님을 무림이 이리 쉽게 잊는다는 것은 우리에게는 큰 아픔이 아니겠소? 장 무후가 그분을 만나 다시 무림으로 돌아와 달라 부탁을 드려보는 것은 어떠하오?"

"흥! 나 또한 그분이 무림으로 돌아오길 학수고대하는 사람 중 한 명이다. 그래야만 전쟁에서 아무것도 한 것이 없는 너희 위선자들이 목에 힘을 주고 돌아다니는 꼴을 아니 봐도 될 터이니. 하지만 나 또한 그분의 행적을 알지 못한다. 더 이상 나를 핍박하지 말고 돌아들 가라.”

장팔은 말을 끝낸 후 눈을 감아버렸다.

정문은 고개를 내저으며 짧게 한숨을 쉰 후 뒤로 물러섰다. 정문이 물러서자 단정이 앞으로 나섰다. 단정은 앞으로 나서자마자 다짜고짜 장팔에게 불진을 휘두르려 했다.

“후아아~”

부스스스.

순간 장팔의 입에서 큰 고함이 내쳐졌고, 지붕에 있던 기와들이 들썩거리며 천장에서 부스스 먼지가 떨어져 내렸다.

브린은 순간적으로 장팔의 입에 마나가 모이는 것을 느끼고 방비를 하였으나 아무 이상을 느낄 수 없자 이내 긴장을 풀고 장내를 다시 살펴보았다. 이층에 있던 홍화루 식구들은 아무 이상이 없어 보이는 데 반하여 장팔을 핍박하던 무리는 눈에 띄게 안색이 나빠진 것을 볼 수 있었다.

브린이 느끼기에 장팔은 마나를 이용하여 공기를 울리게 하였고, 거기에 더하여 일정한 지역에만 그 울림이 전달되게 한 것 같았다. 마나를 수식을 통하여 가공하지 않고 의지만으로 저런 효과를 만들어낼 수 있다는 것이 참으로 놀랍게 느껴졌다. 이곳의 마나 활용법은 이전 세계와 많은 차이를 보였지만 장팔의 외침을 통하여 그 뛰어난 점을 느낄 수 있었다.

장팔은 고함으로 생긴 잠깐의 시간을 이용해 말을 했다.

"이 장팔은 걸어온 싸움을 피해본 적이 없다. 하지만 이 객점은 나의 것이 아니고, 늙은 몸을 의탁하며 신세를 지고 있는 곳이니 이곳에서 분란을 만들어 폐를 끼칠 수는 없다. 싸우려거든 따라나오도록 하여라."

장팔이 말을 끝마치고 당당히 그들을 지나쳐 문밖으로 나섰다. 장팔을 핍박하던 사람들이 그를 따라 삼삼오오 밖으로 나서는 것이 보였다. 브린도 호기심 반 걱정 반으로 장팔을 따라나섰다.

제8장

영웅이 죽어도 항하는
계속 흐른다

　　장팔과 그를 따라나선 이들은 마을 중앙에 위치한 개천 옆의 뚝방 위에 멈추어 섰다. 싸움이 일어날 것 같아 보이자 사람들이 모여들어 그들을 멀리서 지켜보기 시작했다. 이상한 점은 간간이 관군들이 보이는데, 관군이 싸움을 말릴 생각은 안 하고 오히려 주변의 사람들의 접근을 막고 있다는 점이다.

　　장팔이 큰 소리로 입을 열었다.

　　"한 놈씩 올 거냐, 아니면 한꺼번에 할 것이냐?!"

　　정문이 대답을 했다.

　　"무림의 법도가 있는데 어찌 한 명을 여러 명이 핍박한단 말이오. 장 무후에게 원한이 있는 자들은 한 명씩 앞으로 나설 것이오. 그러나 장 무후의 손에 무기가 없으니 공평하지 못한 것 같구려.”

“흥! 사용하던 철사모(끝이 뱀처럼 굽이쳐 있는 창)는 무림을 떠나며 분질러 버렸다! 지금은 주방에서 숙수를 업으로 삼고 있으니 식칼 하나면 족할 것이다!”

장팔은 마을 쪽을 향하여 큰 소리로 말하였다.

“나 홍화루의 장 숙수요! 이곳 향주에 사는 분들은 나를 알아볼 것이오! 오늘 요리에 쓸 재료들이 까다로워 이곳까지 나오게 되었는데 그만 깜박하고 식칼을 주방에 놓고 가져오지 않았지 뭐요! 어디 집 주방에 남는 돼지나 닭을 잡는 식칼이 하나 있다면 나에게 잠시 빌려주시오! 내 이놈들을 손질하고 곧 돌려드리리다!”

장팔의 말이 끝나자 여기저기서 큰 웃음이 터져 나왔다. 대치하고 있는 무림인들을 장팔은 말 한마디로 닭과 돼지로 만들어 버렸기 때문이다. 웃고 있는 마을 사람들과는 달리 장팔 앞의 무림인들은 큰 모욕감에 당장에라도 장팔을 향해 달려들 기세를 보였다.

브린은 철기를 파는 가판대에서 제법 날이 서 보이는 식칼을 들고 장팔에게 달려갔다. 브린이 달려오는 것을 본 장팔은 잠시 놀라는 눈치였지만 이내 담담하게 식칼을 받아 들고 말했다.

"하하! 소협, 고맙소. 내 일이 끝나는 대로 돌려드리리다."

장팔은 앞으로 나서며 입을 열었다.

"누가 먼저 나설 것이냐?"

단정이 앞으로 나서려고 했으나 그보다 앞서 고급스런 비단옷을 빼입은 한 청년이 한발 앞으로 나섰다. 훤칠한 키에 오뚝한 콧날이 돋보이는 준수한 미남자였다. 하지만 준수한 얼굴과 달리 턱을 치켜들고 뒷짐을 진 채로 말을 하는 그의 모습에 매우 오만한 자임을 느낄 수 있었다.

"본인은 독고세가의 둘째 독고은이라 하오. 과거 장 무후님의 창에 유명을 달리하신 독고석이 본 공자의 조부 되시오."

장팔은 어이없다는 듯 한숨을 쉬며 앞으로 나선 젊은이를 보고 입을 열었다.

"허허, 세상이 변하긴 변하였구나. 이 장팔이 전장을 누비던 시절에 아직 엄마 뱃속에 그 씨도 들어서지 않았을 핏덩이 같은 놈이 이 장팔님과 논검을 하겠다고 나서다니, 내 이 수모를 어찌할꼬? 아가야, 네놈이 세가에서 오냐오냐 커와 뵈는 것이 없다는 건 알겠으나, 이 장팔님의 칼에는 결코 인정이란 없으니 썩 물러서거라."

"장 선배님이야말로 독고세가의 독고구검을 두려워하여

꼬리를 내리는 것이 아닌지요? 그게 아니라면 본 공자의 검을 한번 받아보시지요."

"흥! 네놈이 만약 독고구검을 십이성 연성했다면 모를까 그것이 아니라면 뒤로 물러서거라! 만약 물러나지 않고 검을 뽑는다면 그 순간 검을 뽑은 네놈의 팔을 몸뚱이에서 영원히 떼어내 줄 것이다."

챙~

독고은은 약간의 망설임도 없이 빠르게 검을 뽑아 들고 장팔에게 달려들었다. 매우 깔끔하고 정갈한 몸동작이었다. 나이에 비하여 높은 성취를 이룬 것이 분명했다. 하지만 상대는 백전노장 소악귀 장팔이었다. 장팔은 한숨을 내쉰 후 찔러들어 오는 독고은의 정면으로 몸을 날렸다.

"헉!"

주변에서 놀란 외침들이 들려왔다. 장팔이 마치 독고은의 검에 자살을 하려 뛰어든 것처럼 보였기 때문이다. 브린이 보기에도 장팔이 독고은의 검에 순간적으로 꿰뚫려 버린 것처럼 보였다.

그러나 둘은 자연스럽게 스쳐 지나쳤고, 장팔은 독고은을 지나쳐 그의 등 뒤에 멈춰 섰다. 너무 자연스러워 마치 독고은과 장팔이 거리에서 만난 일면식이 없는 사람들처럼 서로 그냥 스쳐 지나간 것처럼 보이기까지 했다.

"크아아악! 으아악!"

하지만 잠시 후 장팔의 뒤에 서 있던 독고은이 자신의 어깨를 부여잡고 바닥을 나뒹굴기 시작했다. 장팔의 말대로 독고은의 검을 들고 있던 오른팔은 그의 어깨 어림에서 절단되어 바닥에 나뒹굴고 있었고, 팔이 잘려 나간 어깨에선 붉은 피가 흘러넘쳐 온몸을 적시고 있었다. 독고은은 팔이 잘려 나간 믿을 수 없는 현실에 절규하며 피가 흐르는 어깨를 부여잡고 바닥을 계속 뒹굴고 있었다.

독고은이 바닥에 쓰러지는 순간 두 장정이 무림인들 틈에서 빠르게 뛰어나왔다. 그들은 독고은의 상세를 살피다 응급 처치를 하고 급히 독고은을 둘러업었다. 그들의 등에 업힌 독고은이 잠잠한 것으로 봐서 아마 혼절시킨 것 같았다. 처음에는 장난처럼 구경하던 구경꾼들도 사람의 팔이 잘려 나가자 서둘러 흩어져 버렸다.

장팔에게 식칼을 전해줬던 브린은 강둑 옆 비교적 가까운 거리에서 모든 광경을 세심히 지켜볼 수 있었다. 지금 브린은 타임 브레이커(Time Breaker :주변의 사물을 느리게 보이게 하는 마법) 마법을 시전하며 장팔의 움직임을 세세히 관찰하는 중이었다. 타임 브레이커 마법은 마나보다 정신력의 소모가 극심하여 장시간 사용하는 데 무리가 따르는 마법이다. 그러나 리치와 같은 정신력을 가지게 된 지금의 브린에게는 오히려 더 쉬워진 마법이었다. 타임 브레이커 마법에 의하여 브린은 움직임을 이분의 일 정도 느리게 보고 있었다.

브린이 관찰한 바로는 장팔은 독고은의 검을 겨드랑이 사이로 통과시키며 독고은을 지나쳤다. 그때 장팔은 식칼을 역으로 들고 독고은의 어깨를 부드럽게 스쳤다.

브린의 관심이 집중됐던 시점이 바로 장팔의 식칼이 독고은의 어깨를 부드럽게 스쳐 지나치던 그 순간이었다. 브린이 느끼기에 독고은의 어깨 앞에서 장팔의 식칼은 갑작스럽게 날카로워진 듯 보였다. 장팔이 마나를 이용하여 기사의 마나 소드처럼 무언가를 한 것 같았지만 보는 것만으로는 무엇을 어떻게 한 것인지 정확히 알아낼 수가 없어 답답했다.

채앵!

튀어나온 두 명의 장정 중 독고은을 업지 않은 청년이 장팔을 향하여 검을 빼 들고 달려들려 하자 독고은을 업은 청년이 그를 만류하는 것이 보였다.

"복수보다 공자님의 안위가 우선이네. 어서 의원에게 데려가야 하네."

탁!

처음 검을 반쯤 뽑아 들었던 청년은 검을 검집에 거칠게 집어넣으며 장팔을 향해 소리쳤다.

"장소악, 두 배분이나 아래인 후배에게 정도껏이란 것도 모른단 말이오?"

장팔은 그들을 돌아보지 않은 채 입을 열었다.

"본인은 분명 충고를 했고, 검을 뽑아 먼저 찌른 것은 내가 아니라 저 변변치 않은 놈일세. 내 어찌 천하가 인정하는 독고구검을 운운하며 찔러오는 검초에 허수로 응할 수 있단 말인가? 나의 애병인 철사모로 전개한 초식도 아니고, 겨우 닭이나 잡는 식칼을 대충 뻗어낸 것을 한 번도 받아내지 못하고 저리될지 예상이나 할 수 있었겠는가?"

장팔은 정신을 잃고 업혀 있는 독고은을 곁눈질로 슬쩍 째려보며 말을 이었다.

"이참에 저놈은 칼을 영원히 놓아야 할 듯싶으니 글을 읽게 하여 나라에 도움이 되게 하시게. 그리하는 것이 저 오만방자하여 누구 칼에 죽을지 모를 저놈의 명운을 늘릴 수 있는 길일 것일세. 내 오늘 저놈의 한쪽 팔을 가져가지만 대신 저놈의 명을 길게 해준 것이니 감사하다 해야 할 것일세."

처음 칼을 빼 들었던 장정이 뭐라 대꾸하려 하자 독고은을 업은 장정이 그의 옷깃을 끌었다. 그는 하는 수 없이 떨어진 독고은의 팔을 들고 독고은을 업은 청년과 함께 빠르게 강둑에서 멀어져 갔다.

브린은 그들이 헤이스트 마법을 쓴 것보다 빠르게 하늘을 날듯이 사라지는 모습을 뒤에서 바라보며 매우 신기해하고 있었다.

브린이 그들을 바라보며 신기해하고 있을 때 단정 신니가 앞으로 나서며 입을 열었다.

"흥! 간악한 놈! 무림의 도리도 모른단 말이냐? 후배에게는 삼 수를 양보하는 것은 선배의 덕이다! 그런 것도 모르는 무지한 네놈이 어찌 무림의 선배라 할 수 있단 말이냐?"

"단정아, 난 무림을 떠난 지 오래되었고 무림을 잊은 지도 오래되었다. 나는 그저 칼을 조금 잘 쓰는 홍화루의 숙수일 뿐이다. 내가 무림의 도리와 덕을 알아서 무엇에 쓴단 말이냐?"

"더는 두고 볼 것 없다. 이곳에서 나와 사생결단을 내자."

단정이 앞으로 나서려 하자 뒤에 있던 남자 중이 앞으로 나서며 단정을 만류하였다.

"단정 신니는 잠시 본승에게 시간을 주시오. 소림이 장 무후에게 전할 말이 있소."

단정은 소림이라는 말을 듣고 주춤하는 듯 보였다.

"아미타불. 만약 신니께서 나서신다면 큰 사단 전에는 일이 끝나지 않을 것이니, 그전에 소림이 장 무후와의 일을 마무리할 수 있도록 양보해 주실 것을 청하는 바이오."

단정은 잠시 숨을 고른 후 그 중년 중에게 읍을 하고 뒤로 물러섰다.

"아미타불. 본승은 소림 집법당의 단지라 하오. 소림은 참 관인으로 왔으나, 독고세가의 둘째 공자가 팔이 잘린 지금 그 저 참관인으로만 있을 수가 없게 되어 이리 나선 것이오."

장팔이 단지의 말에 부드럽게 대꾸하였다.

"소림은 원과의 전쟁에서 많은 도움을 주었으니 본노와 이 야기할 충분한 자격이 된다 생각하오. 그래, 할 말이 무엇이 오?"

장팔이 다소 부드럽게 나오자 단지는 다시 한 번 장팔에게 읍을 하고 입을 열었다.

"아미타불. 본승은 말을 빙빙 돌려가며 하는 재주가 없소. 결론부터 말하리다. 이곳에 모인 무림 동도뿐 아니라 온 무림 은 홍교의 갑작스런 잠적을 매우 걱정하고 있소. 무림에서 세 력이 가장 크다 알려진 홍교가 타 문파와의 은원 관계도 청산 하지 않은 채 잠적함으로 인하여 모두들 걱정하고 있단 말이 오. 따라서 무림을 대표하고 있는 소림은 이 혼란을 종식시킬 의무가 있다고 생각하며 장 무후에게 한 가지 제안을 할까 하 오."

"무엇인지 계속하시오."

"장 무후가 홍화루에서 한 말을 완전히 신뢰할 수 없소. 홍 교가 완전히 무림을 떠났다는 말 말이오. 그러니 장 무후께서 본승과 함께 소림으로 가서서 소림의 원로들과 소림이 초빙

한 각파 장문들을 충분이 납득시켜 주서야 하오. 그리한다면 소림은 홍교가 폐교되었음을 만천하에 공표할 것이고 또한 소림은 장 무후의 신변을 안전하게 보호해 줄 것이오."

"본인더러 소림에 잡혀가 볼모가 되란 말씀이오?"

"소림은 볼모를 잡지 않소. 소림은 공명정대하니 장 무후가 떳떳하다면 본승의 청을 물리칠 수 없을 것이오."

장팔은 한참을 그 중을 바라보고 서 있다 뜬금없는 질문을 던졌다.

"스승의 법호가 어찌 되시오?"

"본승의 스승은 집법당주이신 공무 대사이시오."

"공무는 본노와 막역한 사이인데 공무가 사람을 잘못 보낸 듯하구려."

"무슨 의미요?"

장팔은 한숨을 쉬고 말을 이었다.

"허, 이곳에 있는 서른 명 남짓한 사람들도 본노가 진실을 말할 때 자신이 듣고 싶은 대로만 듣는데, 어찌 몇백의 사람을 본인더러 설득하라 한단 말이오? 소림과는 악연을 만들고 싶지 않으니 이만 돌아가시오."

"본승은 장 무후를 모셔오라는 명을 받았소. 이대로 물러설 수 없으니 무례를 용서하시오."

단지가 기수식을 취하는데도 장팔은 다른 움직임을 보이

지 않고 그대로 서 있었다. 장팔이 기수식을 취하지 않자 단지는 잠자코 장팔이 하는 양을 지켜볼 수밖에 없었다. 잠시 후 장팔이 한숨을 쉬며 입을 열었다.

"허, 화상은 본인이 무림을 활동하던 시절 가지고 있던 호를 알고 계시오?"

단지는 기수식을 풀고 입을 열었다.

"장소악이라 들어 알고 있소."

"그렇소. 본노가 무림의 소악귀 장소악이오. 그 이름을 가진 이유는 본인이 무림에서 활동하던 때에 손속에 절대 자비를 두지 않았기 때문이오. 본인과 손을 섞은 이 중 반이 병신이 되었고, 나머지 반은 지금 관에 누워 명년에 젯밥을 기다리고 있는 신세일 게요. 그런 나를 사람들은 악귀라 불렀는데 스승과 호가 같아 구분하기 위하여 소악귀로 불리게 된 것이오. 그리고 본노의 성인 장 씨가 그 앞에 붙어 장소악이 호가 된 것이오."

장팔은 눈에 힘을 주어 단지를 노려보며 말을 이었다.

"본노는 처음 스승에게 무공을 배울 때부터 적당히라는 것을 배운 바가 없소. 소림이라 하여 예외를 둘 수는 없소. 만약 화상이 출수를 한다면 본노는 그대의 스승인 공무의 얼굴을 더 이상 볼 수 없게 될 것이니 그만 돌아가시오. 내 약속하건대 주변이 정리되고 나면 내 발로 소림을 찾아가 공무와 직접 얼굴을 맞대고 이야기를 나눌 것이오."

"그리할 수 없소. 본승은 장 무후를 모셔오라는 명 이외에 다른 명을 받은 적이 없소. 본승의 스승 공무 대사의 얼굴을 봐서라도 지금 본승과 함께 소림으로 향하는 것이 장 무후의 최선일 뿐이오."

장팔은 한참 하늘을 올려다보고 한숨을 내쉬다가 고개를 돌려 단지를 바라보며 입을 열었다. 그의 두 눈에는 분노가 서려 있었다.

"화상의 그 고집이 오늘 소림과 악연을 만들게 하는구려. 좋소, 자신이 있다면 어디 출수해 보시오. 단 출수 후 본노는 화상을 살려둘 마음이 없소."

단지는 대답을 하지 않고 장팔을 향하여 짧게 읍을 한 후 곧바로 기수식을 취하였다. 장팔도 그에 맞서 기수식을 취하자 단지는 손바닥을 활짝 펴고 양손을 교차하며 장팔에게 달려들었다.

브린이 보기에 무기도 들지 않고 맨손으로 달려드는 단지의 모습이 우스워 보였다. 무기란 싸움을 유리하게 해주는 도구이다. 유리하고 불리한 것으로 인하여 목숨이 왔다 갔다 하는 판국에 유리함을 포기하고 불리함과 함께 싸움에 임하다니 단지가 매우 어리석은 사람처럼 보였다.

하지만 브린은 장팔과 단지가 맞붙는 모습을 보고 자신의 생각이 잘못됐음을 알 수 있었다. 방금 전 장검을 들고 달려들었던 독고은을 맞설 때와 달리 장팔은 빈손인 단지를 맞서며 매우 신중한 모습을 보이고 있었다. 장팔은 이전과 같이 자유로이 칼을 휘두르지 못하고 보법을 밟으며 단지의 장법을 피하고 있었다.

파바바방, 투앙, 쿠아아앙!

브린은 단지의 손바닥에서 방출되는 파괴적인 마나를 보고 놀랄 수밖에 없었다. 단지의 손에서 나온 파괴적인 마나는 주위에서 폭발을 일으키며 장팔을 압박하고 있었다. 단지가 사용하는 파괴적인 마나는 브린도 마법으로 흉내는 낼 수 있을 것 같았지만 속도나 파괴력을 따라갈 수는 없을 것 같았다. 브린에게 있어 저렇게 빠른 마나 폭발을 연속적으로 만들어내는 것은 매우 놀라운 모습이었다. 둘의 싸움은 마치 고차원 마법사와 소드 마스터가 접전을 펼치는 모습처럼 보였다.

장팔은 예측할 수 없는 움직임을 보이며 단지가 만들어내고 있는 마나의 폭발들을 피해내고 있었다. 장팔 또한 공격을 안 하는 것은 아니나 식칼을 가지고 초식을 전개하는 데 있어 매우 어색한 모습을 보이고 있었다. 장팔의 주무기가 창이었다 하니 고수와의 싸움에서 익숙하지 않은 무기로 인하여 곤란한 처지에 놓인 것처럼 보였다. 하지만 시간이 흐를수록 장팔은 백전노장답게 단지보다 한 수 앞을 내다보며 공격의 실마리를 풀어나가기 시작했다.

파박, 파박, 슈욱!

장팔이 중반 이후부터 사용하기 시작한 손목을 노린 짧게 끊어 치는 공격은 단지에게 위협이 되는 듯 이전처럼 일방적인 싸움이 되지는 못하였다. 시간이 흐르면 흐를수록 장팔이 싸움에서 확실히 우위를 점하였고, 점점 더 거세게 단지를 몰아붙이기 시작했다. 단지는 장법에 뛰어난 모습을 보인 데 비하여 보법이 매우 부족해 보였다. 그는 수세에 몰리자 이곳저곳에서 허점을 보이기 시작했다. 거기다 시간이 흐를수록 단지의 손에서 나오는 장력이 점점 약해짐을 브린은 느낄 수가 있었다.

"이얍!"

단지가 큰 기합과 함께 커다란 동작으로 장팔의 배를 향해 장을 발출하는 모습을 보였다. 이에 장팔은 물러서기보다 오히려 한 발 앞으로 나서며 단지의 장의 흐름을 끊고 배를 내주었다.

파앙!

단지의 장은 장팔이 만들어낸 마나의 막에 막혀 흩어져 버렸고, 장팔의 식칼은 망설임없이 단지의 머리에 내리꽂히고 있었다.

슈우웅!

일촉즉발의 순간 무림인들 틈에서 정문이 단도를 날렸다. 단도는 교묘하여 장팔이 단지를 절명시킨다 하더라도 장팔 또한 치명상을 면치 못하게끔 만들고 있었다.

티잉!

장팔은 내리긋던 식칼을 회수하며 식칼의 옆면으로 단도를 튕겨낼 수밖에 없었다.

쿠아아앙!

장팔의 공격 흐름이 끊기자 단지는 장팔의 배에 닿아 있던 손에 혼신의 기를 불어넣어 장력을 발출하였다. 장팔은 한 움큼 되는 피를 토하며 크게 뒷걸음질 쳤다.

"쿨럭쿨럭!"

물러서는 장팔의 입에선 피와 기침이 멈추지 않고 흘러나왔다.

단지는 기세를 몰아 장팔을 완전히 제압하려고 하다가 물러서는 장팔의 옆으로 떨어지는 단도를 보고 걸음을 멈춰 세웠다.

채잉~

'크윽!'

단지의 얼굴이 심하게 일그러진 것이 누군가 둘의 싸움에 끼어든 것을 깨닫고 매우 불쾌해하고 있음을 알 수 있었다. 단지는 장팔을 향해 읍을 한 후 돌아서서 무림인들에게 큰 소리로 외쳤다.

"소림은 무공을 겨룸에 있어 타인의 도움을 절대 받지 않는데 오늘 뜻하지 않게 본승이 소림의 이름에 먹칠을 하게 되었소. 장 무후와의 겨룸에 타인의 간섭이 있었으니 장 무후와 본승의 승부는 비긴 것으로 하겠소. 소림은 장 무후에게 말을 전했으니 이만 돌아가겠소."

자존심이 강한 단지는 단단히 화가 난 듯 그곳에 모인 무림인들의 만류에도 불구하고 뒤도 돌아보지 않고 동행했던 다른 승려들을 데리고 사라져 버렸다.

브린이 보기에 장팔의 상태는 매우 안 좋아 보였다. 브린은 얼른 앞으로 나서며 장팔을 핍박하는 사람들을 향하여 크게 소리쳤다.

"일대일의 대결이라며 공명정대한 듯 외치더니 사실은 여러 명이 한 명을 핍박하는 차륜전을 말한 것이었군요! 너무 불공평해요!"

단도를 던졌던 정문이 입을 열었다.

"어허, 넌 어른들의 일에 끼어들기에는 아직 어리니 뒤로 물러서 있거라."

"저는 처음부터 다 봤어요. 나이 든 노인을 수십 명의 장정들이 핍박하는 것도 모자라 일대일로 승부할 것처럼 큰소리치더니 시간이 지나 여러 명이 한꺼번에 노인을 괴롭히는 형국이니 이건 너무 불공평해요. 저뿐 아니라 이곳에 있는 모든 사람들이 그렇게 생각할 거라고요.”

정명이 주변을 돌아봤지만 입을 열어 무림인들에게 야유를 보내는 사람은 아무도 없었다. 모두들 무림인들의 칼이 매섭고 인정이 없음을 잘 알기 때문일 것이다.

브린은 차분히 말을 이었다.

“비록 정정당당하진 않지만 최소한 휴식 시간이라도 주셔야 해요. 그래야 겨룸에 있어 최소한의 예의라도 지켰다고 말할 수 있지 않겠어요? 만약 다친 사람을 쉬지도 못하게 하고 계속 핍박한다면 전쟁의 차륜전과 다를 게 뭐 있어요?”

브린의 말에 정문은 자신과 이곳에 모인 무림인들의 명예를 생각하지 않을 수 없었다. 아마 지금 이 자리에서 장팔을 제압한다고 해도 저 아이가 저렇게 큰 소리로 외쳤으니 무림에서 두고두고 좋지 않은 소문이 따라다닐 것이 분명했다. 또한 척 봐도 장팔이 중상을 입은 것이 분명하니 잠시 쉴 시간을 준다 하여 그가 살아서 이곳을 빠져나갈 가망은 전혀 없어 보였다.

정문은 근엄한 목소리로 입을 열었다.

“어흠! 공정한 겨룸에서 장소악이 살수를 쓰려 하기에 본도가 어쩔 수 없이 나서서 인명을 구한 것이오. 장소악과는 청산하지 않은 원한이 아직 남아 있으나 그가 지쳐 원한을 물

을 처지가 못 되니 휴식을 주어 체력을 회복하게 한 후 다시
원한을 따지는 것이 옳다 보오. 동도들은 잠시 뒤로 물러섭시
다."

브린이 보기에 정문은 간악한 자였다. 세 치 혀로 말을 꾸
며 군중을 동요케 하는 능력이 탁월해 보였다. 브린이 가장
싫어하는 부류다. 브린은 무림인들이 뒤로 물러서자 장팔에
게 다가가 그를 부축하고 방죽에 기대어 앉게 하였다. 숨을
몰아쉬며 장팔이 입을 열었다.

"정명아, 내 오늘 너에게 몹쓸 모습을 보이는구나. 난 이미
이곳에서 살아 나갈 생각을 버렸으니 너는 나를 위해 더 이상
나서지 말거라. 나야 다 산 늙은이이니 지금 죽는다 하여도
한이 될 일은 없으나, 내가 죽은 후 저들이 너와 나의 관계를
의심하여 너를 핍박할까 걱정되는구나. 그러니 더 이상 나서
지 말고 물러서 있거라."

브린은 장팔의 말에 대답을 하지 않고 장팔의 상처를 살피
기 시작했다. 단지의 장을 정면으로 맞은 부위에는 붉은 손자
국이 선명하게 나 있었다. 브린은 그곳에 손을 가져다 대고
마법을 이용해 안을 투과해 봤다. 장팔은 단지의 장으로 인하
여 대장과 비장이 크게 상해 있었다. 쉰다고 하여 나아질 상
처가 아니었다.

하지만 브린에게는 힐링 마법이 있었다. 브린은 무림인들

이 보지 못하도록 그들을 향하여 등을 보이고 장팔의 배에 손을 올려놓았다. 브린은 정신을 집중하고 힐링 마법을 전개하였다. 무림인들이 제법 멀리 떨어져 있어 정명과 장팔의 일을 눈치채지 못하고 있는 것 같았다. 이에 안심한 브린은 힐링 마법의 마나를 높여 나갔다.

힐링 마법은 신성력처럼 상처의 근본을 치유하는 것이 아니고 상처를 빨리 아물게 하는 응급처치에 그 기능이 집중되어 있기 때문에 비장과 대장이 내부에서 터진 장팔을 살릴 수 있을지 확신할 수 없었다. 하지만 브린은 온 힘을 다해 힐링 마법을 전개하였다. 엄청난 양의 마나가 브린의 손을 통하여 방출되기 시작하였다. 힐링 마법은 섬광 마법과 같이 수식의 한계치가 존재하지 않고 마나의 양에 따라 그 능력이 결정되는 마법이었다.

화아아악!

일반적인 한계치를 넘어선 힐링 마법은 기적을 만들어내기 시작했다. 브린의 힐링 마법은 거의 리커버리(신성기사들의 최고 기술로 숨이 붙어 있다면 어떤 상처든 낫게 한다는 전설의 기술) 수준에 근접한 치유력을 일으키기 시작했다. 빨라진 신진대사는 내부의 출혈을 멈추게 하고 터져 나간 장기들을 복구시키기 시작했다. 아마 이전 세계의 마법사들이 지금 이 광경을 봤다면 입에 거품을 물고 졸도했을 만한 장면이었다.

웅웅웅웅!

장팔은 이상한 느낌이 들어 자신의 배를 내려다보았다. 브린의 손에서 은은한 빛이 나기 시작하더니 고통이 점점 사라지고 몸이 가뿐해지는 것을 느낄 수 있었다. 한 세기 가까이 살아온 장팔로서도 처음 겪는 일이었다. 장팔은 놀란 토끼 눈으로 브린을 바라보았다. 처음 만날 때부터 굉장히 이상한 소년이라 생각했는데 이제는 이상하다 못해 기괴해 보이기까지 했다.

백전노장인 장팔은 단지의 장을 맞는 순간 자신의 죽음을 직감했다. 단지의 장은 내장을 크게 상하게 하여 저 앞에 모인 무림인들이 자신의 목을 직접 치지 않더라도 이대로 몇 시진만 지난다면 죽을 것이라 확신했다. 그런데 이 기괴한 소년은 어떻게 한 것인지 산송장과 다름없는 자신을 뜨거운 차 한 잔을 마실 시간이 채 지나기도 전에 치유한 것이다.

만약 브린의 손에서 나는 저 이상한 빛이 통증만을 없애준 것이라면 막혔던 기혈의 흐름이 정상으로 돌아왔을 리가 없다. 분명 자신은 치유된 것이다. 브린의 손에서 빛이 계속될수록 오히려 예전보다 몸이 더욱 개운해지며 공허하던 단전이 기로 가득 차는 것을 느낄 수 있었다.

장팔이 모두 회복된 후 브린의 손에서 하얀 빛이 서서히 사라지더니 잠시 후 굉장히 초췌해진 브린이 천천히 눈을 떴다.

장팔은 놀란 눈으로 브린을 바라보며 입을 열었다.

"네 녀석과 백 냥 내기를 해서 진 때가 생각나는구나. 네 녀석은 그때도 그랬지만 지금은 더욱더 모를 녀석이다."

거의 모든 마나를 소진한 브린은 대답할 여력이 없었다.

아쉽지만 브린이 해줄 수 있는 것은 여기까지였다. 이전 시대처럼 장팔에게 헤이스트나 스트랭스 마법을 걸어주면 좋겠지만 이 세상에선 브린과 멀어진 마법은 금세 흩어져 버리기 때문에 소용이 없었다.

브린은 마나 공백 현상 때문에 숨을 헐떡이다 몸을 가누지 못하고 뒤로 넘어졌다. 장팔이 쓰러지려는 브린을 부축하여 강둑에 기대주었다. 브린은 강둑에 기대어 쉬며 장팔을 더 도울 방법이 없을까 골몰이 생각하다가 한 가지 방법을 떠올렸다.

브린은 자신의 허리를 내려다보았다. 그곳에는 예전에 한참 아티펙트 제작에 매진하던 때에 만들어놓았다가 사용을 안 해서 잊어버리고 있던 허리띠가 매어져 있었다. 브린은 증폭 마법진 밖에서도 마나를 빠르게 모을 수 있는 방법을 생각하다가 허리띠를 하나 만들게 되었다. 먹고 싸는 시간을 제외하고 증폭 마법진 위를 떠나지 않는 브린이었기 때문에 처음 완성한 후 실험을 위하여 한번 작동시킨 것이 전부인 허리띠였지만 그 효과는 무시할 만한 수준의 것이 아니었다.

허리띠 안쪽에 여섯 개의 2배 마나 증폭 마법진이 새겨진 은화가 넣어져 있었다. 이전 세계에서는 증폭 마법진들끼리 서로 근접하여 설치하지 않는 것이 정석이었지만 실험을 통하여 이 세계에서는 2배 증폭 마법진은 아무리 많이 근접하여 발현시켜도 마나의 불안정성을 초래하지 않는다는 사실을 알아내었다.

단지 2배 증폭 마법진을 아무리 중첩시켜도 마나 손실 때문에 마나 증폭 효율이 다섯 배 이상을 넘지 못하였고, 그 다섯 배의 증폭률을 만들어냈던 개수가 여섯 개였다. 그래서 브린은 여섯 개의 2배 증폭 마법진을 은화에 새긴 후 허리띠 안쪽에 단전을 중심으로 빙 둘러 넣어놓았다.

다른 고배율 증폭 마법진이 아닌 2배 증폭 마법진을 은화에 새겨 넣은 이유는 고배율 증폭 마법진들은 모두 1미터를 기준으로 설계되어 있기 때문이었다. 2배 증폭 마법진만이 마법진을 새길 때 크기에 제약이 없었다.

장팔은 브린 덕분에 모든 상처가 회복되었지만 브린이 쉴 수 있도록 앞으로 나서지 않고 브린 옆에 서 있었다.

브린은 체내에 남아 있던 마나를 긁어모아 허리띠의 은화에 새겨진 마법진을 발현시켰다. 마법진이 활성화되자 증폭된 마나가 단전에 흘러들어 왔다. 브린은 단전 주위로 모여들고 있는 풍부한 마나를 느끼며 가부좌를 틀고 마나를 보충하

였다. 잠시 후 브린은 단전의 공허함을 가시게 할 정도의 마
나를 회복할 수 있었다.

브린은 마나가 회복되고 몸이 정상으로 돌아오자 일어서
서 장팔에게 자신의 허리띠를 매어주었다. 장팔은 브린이 하
는 일을 잠자코 지켜보다가 너무 놀라 뒤로 넘어질 뻔하였다.
브린이 매어준 허리띠는 더 이상 놀랄 것도 없다 생각한 장팔
을 기겁하게 만들기에 충분하였다. 허리띠를 통하여 엄청난
양의 기가 단전에 유입되고 있었다.

장팔의 기공술은 동공(움직이며 기를 축척함)에 그 기초를
두고 있었다. 동공은 정공(가만히 앉아 기를 축적함)처럼 빠르
게 원기를 늘리지는 못하지만 움직이면서 기를 회복할 수 있
게 하기 때문에 장기전에 유리하였다.

지이이잉, 슈앙, 슈앙!

장팔은 허리띠를 매고 원기의 소모가 많은 검기를 발출해
보았다. 사용된 기는 보법을 밟는 사이 회복되고 있었다. 브
린의 허리띠는 동공을 익힌 장팔에게는 신물이나 다름없었
다. 움직임 속에 기를 회복하는 동작이 있는 장팔의 무공이라
도 오랜 시간 동안 많은 기가 소모되고 나면 기공 체조로 기
를 보충 해야만 했다. 하지만 브린의 허리띠는 무공 중 간단
한 기를 회복하는 동작만으로 기공 체조 이상의 효과를 볼 수
있게 해주었다. 만일 장팔이 정공을 익혔다면 이렇게까지 큰

효과를 볼 수는 없었을 것이다.

장팔은 브린이 매어준 허리띠를 보고 오래전 원의 황실에서 빼앗았던 만년한옥을 기억해 내었다. 그때 황 교주의 특별 허락으로 한 달간 그 위에서 내공 연마를 한 적이 있다. 만년한옥은 거대하고 화려했다. 만년한옥은 지독한 음기를 발산했기 때문에 음기와 싸워가며 연공을 해야 했고, 자연히 정신이 분산되어 만년한옥에서 방출되는 기에 비하여 연공에 충분한 효과를 보지 못했다.

하지만 지금 이 허리띠에선 극음, 극양을 동반하지 않은 순수한 기가 흘러나오고 있었다. 이 허리띠를 매고 내공을 연마할 시간이 십 년만 주어진다면 당금 최고의 내공고수가 될 수 있지 않을까 하는 생각이 저절로 들었다.

더욱 놀라운 것은 만년한옥은 그 주변에만 다가가도 선명한 기의 흐름을 느낄 수 있었는데 지금 브린이 매어준 허리띠는 만년한옥의 서너 배가 넘는 기가 유입되고 있음에도 허리띠를 직접 차기 전에는 전혀 기의 흐름을 느낄 수가 없다는 점이다.

그것은 브린이 증폭 마법진이 새겨진 은화의 반대편에 새겨 넣은 투과 마법진 때문이었다. 투과 마법진은 마나가 한쪽으로만 흐르도록 설계된 독특한 마법잔이었다. 투과 마법진 때문에 마나가 허리띠 밖으로는 방출되지 않고 몸 쪽으로만 방출되고 있기 때문에 굉장히 기감이 뛰어난 사람이라도 직접 허리띠를 차지 않은 이상 허리띠에서 쉽게 마나의 흐름을 알아차릴 수가 없는 것이다.

장팔은 놀란 마음을 진정시키고 브린을 바라보며 입을 열었다.

"더 놀래줄 것이 있더냐?"

"더는 없습니다. 큰 도움이 되어드리지 못하여 죄송합니다."

"너는 본노의 은인이다. 이 허리띠가 오늘 노부를 살려줄지도 모르겠구나. 너의 치료가 본노의 생명을 건졌고, 거기다 오늘 사문에 갇힌 본노에게 생문을 열어주었으니 어찌 이 은혜를 다 갚을지 엄두가 나지 않는구나."

"부탁이 있습니다."

"그래, 무엇이냐?"

"오늘 제가 보여 드린 능력과 그 허리띠의 이야기는 아무에게도 하지 말아주십시오. 그리고 싸움이 끝난 후 그 허리띠는 저에게 꼭 돌려주셔야 합니다."

브린은 말을 이으며 늦게나마 자신의 능력이 노출됐을 때 얼마나 위험한지를 깨닫고 당황하였다. 마음속에 걱정이 일자 자신이 왜 이렇게까지 장팔을 도우려 집착하는지 의문이 생겼다. 지금 제정신이 아닌 것이 분명했다. 자신이 일을 벌였지만 이유를 알 수가 없어 답답했다.

브린이라면 큰 위험을 감수하며 장팔을 도울 리가 만무했다. 추측컨대 정명의 의식이 브린의 행동에 영향을 미치고 있는 것 같았다. 정이 많은 정명이라면 향주에서 처음으로 정을 느낀 장팔의 죽음 앞에서 브린처럼 태연자약할 수 없었을 것이다. 그래서 깨어나 강한 의지로 브린의 행동에 영향을 미치고 있음이 분명했다.

“휴~”

제정신이 돌아오며 한숨이 저절로 새어 나왔다. 하지만 이미 장팔에게 자신의 마법을 노출시킨 후였으니 후회한다 해도 때는 늦은 것이었다. 이제는 일이 잘 풀려 장팔이 선심으로 자신에게 허리띠를 돌려주고 자신의 능력을 함구하는 것을 바랄 수밖에 없는 입장에 있었다.

고민에 휩싸인 브린을 내려다보며 장팔이 입을 열었다.

“걱정 붙들어 매거라. 내 너에게 장팔 이름 두 자를 걸고 맹세하마. 내 무림을 떠날 때 소악 이름 두 자를 걸었으니 만약 내 너와의 신의를 지키지 않을 시에는 장팔이라는 이름마저 버려 무명으로 지낼 것이다.”

“감사합니다.”

“감사는 내가 해야지. 잠시 기다려라. 저들을 처리하고 너와 이야기를 나누어야겠다. 할 이야기가 많을 것이다. 하나만에 하나 내가 잘못된다면 남경의 황산 중턱에 황룡사라는 오래된 사찰을 찾아가거라. 그 절 뒤뜰에 가면 앞으로 크게 기운 소나무 한 그루를 볼 수 있을 것이다. 그 소나무 뒤쪽에 보면 몸통으로부터 뿌리가 크게 두 갈래로 나눠진 부분을 볼 수 있을 터인데 그곳의 땅을 한 자 정도 파보아라. 내가 해줄 수 있는 것은 그것뿐인 듯싶구나. 이곳은 이제 위험하니 너는 집으로 돌아가 기다리거라."

브린은 강둑을 나와 골목으로 숨어들어 갔다. 하지만 장팔의 충고대로 집으로 돌아가지 않고 골목 한쪽 귀퉁이에 숨어 돌아가는 상황을 살펴보았다.

브린이 사라지자 장팔은 그들 앞으로 나서며 호통을 내질렀다. 마나가 충만한 외침이었다.

"이제 다 쉬었으니 다음 나서거라."

분명 단지로부터 큰 상처를 입어 곧 죽을 것처럼 보였던 장팔이 내공으로 큰 소리로 외치자 모여 있던 무림인들은 의아해했다.

단정 신니가 앞으로 나서며 입을 열었다.

"더 이상 본니와 저 악적 사이의 원한에 끼어들 사람이 없다면 본니가 나서 저자의 껍질을 벗길 것이오. 만약 그전에 할 말이 있는 이는 앞으로 나서시오."

두 번이나 뒤로 밀린 단정이 악에 받쳐 소리치자 모두들 서둘러 뒤로 물러섰다.

"장소악, 단지의 장에 죽지 않았을까 걱정하였는데 다행히 이 단정이 손수 네놈의 생가죽을 벗겨낼 기회를 주는구나! 너의 악행을 피로써 씻는 날이니 나의 손속이 잔인하다 탓하지 말라!"

장팔은 단정의 말에 대꾸하지 않고 자세를 낮추며 곧바로 공격해 들어갔다. 장팔의 식칼에서 날카로운 예기가 느껴졌다. 단정은 장팔이 처음부터 검기를 사용하며 압박해 오자 경원시하지 못하고 크게 불진을 휘두르며 맞섰다. 둘은 불구대천의 원수를 만난 사람들처럼 허수가 없이 한 수 한 수 모두 살수로 상대방의 급소를 노렸다.

파바바박, 쿠앙, 피슈웅, 슈웅!

장팔의 식칼이 불진에 두어 번 잡혔지만 그때마다 검기로 불진을 잘라내며 단정을 압박해 들어갔다.

지잉! 서걱!

단정은 기겁하였다. 검기란 기의 소모가 극심하여 위험한 순간이 아니면 쉽게 사용할 성질의 것이 못 되었다. 그런데 장팔은 쉬지도 않고 검기를 남발하고 있으니 단정은 크게 당황하며 금세 수세에 몰릴 수밖에 없었다. 불진으로 검기를 남발하는 장팔의 식칼에 감히 대항하지 못하고 단정은 주로 장팔의 손목을 노리며 공격해 갔다. 하지만 이제는 짧아질 대로 짧아진 불진으로 장팔의 손목을 노리는 것마저 여의치 않았다.

웅성웅성.

강둑에 모인 무림인들이 동요하기 시작했다. 장소악의 위명이 오래전부터 무림에 널리 알려져 왔던 것은 사실이나 지금 그는 철사모도 들지 않은 채 식칼로 싸우는 중이다. 그래서 속으로 그를 무시하고 있었는데 절강에서 적수를 찾아보기 힘들다는 단정을 저리 쉽게 상대하고 있으니 놀라지 않을 수 없었다.

단정을 저리 어린애처럼 가지고 노는 모습을 봤을 때 이곳에 모인 무림인 중에 그를 상대할 수 있는 사람은 단정과 이름을 나란히 하는 화산 장문 정문밖에 없을 것이다. 그러나 돌아가는 상황을 볼 때 정문이 나선다 해도 길보다는 흉이 많아 보였다. 그렇다고 삼십 명이 넘게 모인 무림인이 장소악이 휘두른 식칼이 무서워 꽁지 빠지게 도망친다면 앞으로 무림에서 얼굴을 들고 다닐 수 없게 될 것이다. 이곳에 모인 무림인들은 이러지도 저러지도 못한 채 동요하기 시작했다.

상황이 위급하게 돌아가자 정문이 앞으로 나서며 큰 소리로 외쳤다.

"이곳에 모인 영웅 여러분! 과거 홍교의 악행은 천하가 다 아는 사실이오! 지금 그 악한 무리의 수괴 격인 홍교 사대호법 중 하나가 남해의 단정 신니를 핍박하고 있소! 절강의 명

숙들이여, 우리가 나서 단정 신니를 구해주지 않는다면 훗날 무림 동도들의 탓함을 어찌 감내해 낼 수 있단 말이오! 모두 무기를 들어 저 홍교의 악적을 물리칩시다!"

드디어 정문과 이곳에 모인 무림인들의 본색이 드러나는 순간이었다. 장팔은 금세 무림인들에게 포위되어 사방에서 공격을 받기 시작했다.

수아아아! 구우웅! 피슈웅!

그러나 장팔은 수십 명의 적에게 둘러싸였는데도 전혀 위축됨이 없어 보였다. 전장에서 반평생을 살아온 인물답게 오히려 난전에 더욱 강한 모습을 보이기 시작했다. 합격에 익숙지 않은 무림인들은 장팔의 솜씨에 더욱 곤란한 처지에 놓이고 말았다.

"크아아악!"

"으악! 아아악!

"헉!"

장팔의 유연한 대처는 무림인들끼리 서로가 서로를 상하게 만들었고, 장팔이 동에 번쩍, 서에 번쩍하며 적들을 몰아붙이는 사이 벌써 대여섯 명이 피를 흘리며 바닥에 쓰러지고 있었다.

채앵! 파앙!

팡! 팡!

여기저기서 사상자와 부상자가 속출하자 정문과 단정이 적극적으로 앞으로 나서며 장팔을 몰아붙이기 시작했다. 단정은 못 쓰게 된 불진을 버리고 쌍장을 교체하며 장법을 펼치고 있었다. 불진을 휘두르는 것 못지않게 장법도 매서웠다. 그러나 장팔의 식칼에서 이는 검기를 두려워하여 크게 나서지 못하고 있었기에 정문과 합격을 이룬 후에도 장팔을 압도할 수 없었다. 정문은 간간이 검에 검기를 일으키며 장팔의 검기에 대항하고 있었지만 시간이 지날수록 매우 지쳐갔다.

단정과 정문이 장팔을 몰아붙여 그를 수세에 몰면 장팔은 예의 그 기묘한 보법을 밟으며 공격을 흘렸고, 장팔에게 잠시의 시간만 주어지고 나면 언제 지쳤냐는 듯이 식칼에서 검기를 남발하니 그를 핍박하고 있는 무림인들은 낭패한 기색이 역력해졌다.

이제 강둑에는 장팔, 정문, 단정을 제외하고 여섯 명만이 온전히 서 있을 뿐이었다. 그 남은 여섯의 무림인은 장팔, 정문, 단정의 싸움에 감히 끼어들 엄두를 못 내고 그들의 주위를 서성이며 상황을 지켜볼 뿐이었다.

서걱!

"크으으윽!"

남아 있던 대여섯의 무림인이 수수방관하는 사이 장팔의 식칼이 단정의 허벅지를 갈랐다. 단정의 허벅지에서 피가 튀며 그녀가 중심을 잃고 옆으로 쓰러졌다.

지이이잉! 쩡! 챙강!

단정이 쓰러지자 장팔은 정문을 몰아붙여 정문의 검을 분질러 버렸다.

"으아아악! 으아아악!"

패색이 짙어지자 단정이 미친 사람처럼 소리를 지르며 장팔에게 달려들었다. 목숨을 도외시한 동귀어진의 수였다.

장팔은 동귀어진의 수에 놀라 뒤로 물러섰다.

투웅!

장팔이 주춤주춤 물러선 순간 단정의 입이 열리며 검은색 구슬 하나가 장팔을 향해 매우 빠른 속도로 날아갔다. 지척에서 쏘아진 구슬을 피하기에는 둘의 거리가 너무나 가까웠다.

챙! 파삭!

장팔은 단정이 펼친 의외의 수법에 놀라 식칼의 옆면으로 구슬을 튕겨내려 했다. 하지만 구슬은 식칼의 옆면에 닿는 순간 산산이 부서지며 그 안에 있던 독액을 사방에 튀었다. 장팔은 그것을 완전히 피하지 못하고 몸으로 받아내야만 했다.

"크으윽!"

그 검은색 독액은 얼마나 지독한지 묻은 곳의 조직이 순식간에 괴사하며 진물이 흘러내렸다. 장팔은 호신강기를 일으켜 독액에 대항해 보려 했지만 독은 장팔이 일으킨 호신강기를 무시하고 그의 몸 안으로 파고들어 가며 그를 중독시키기 시작했다.

그 모습에 단정은 마치 미친 사람 마냥 큰 소리로 웃으며 소리쳤다.

"크하하하! 장소악 네놈은 남노합의 칠보단산에 당한 것이다. 이제 네놈은 일곱 걸음을 옮기기도 전에 핏물로 화해 이 세상에서 사라질 것이다. 네놈이 한 줌의 육수로 변하는 그 고통을 마음껏 즐기어라. 크하하하!"

남노합의 칠보단산이라는 말에 남아 있던 무림인들이 장팔로부터 서둘러 물러서는 것이 보였다.

칠보단산은 계림을 중심으로 활동하고 있는 남노합이 만들어낸 독으로 일곱 걸음을 옮기기 전에 전신이 핏물로 화해 죽는다는 매우 무시무시한 극독이었다.

남노합 또한 장팔처럼 홍교의 사대호법 중 한 명이었지만 그 성정이 너무 괴팍하고 잔인하여 오직 황 교주의 명만을 받았다고 알려진 인물이다. 그런데 어떻게 단정 신니가 칠보단산이 들어 있는 검은 구슬을 입으로 쏘아내는 남노합의 독문절기인 독옥구(毒玉口)를 알고 있는 것일까. 모두들 궁금히 여겼지만 누구 하나 실성한 듯한 단정 신니에게 감히 물어볼 만한 담을 지닌 이가 없었다.

푸욱!

장팔이 몸속에 들어온 독과 싸우는 사이 정문은 그의 등 뒤로 다가가 그의 부러진 검을 장팔의 심장에 찔러 넣었다.

"크으으윽!"

장팔이 반사적으로 뒤에 있는 정문을 향하여 식칼을 크게 휘둘렀지만 정문은 장팔의 심장에 꽂힌 자신의 검을 버리고 멀리 도망가 버렸다. 장팔은 정문을 향해 식칼을 휘두른 회전력을 이기지 못하고 땅에 쓰러진 후에도 한참을 구른 후 멈추어 섰다.

"쿨럭쿨럭!"

그가 힘겹게 일어서며 기침을 할 때마다 입에서 검붉은 피가 쉴 새 없이 흘러나왔다. 독액도 독액이지만 심장을 관통한 정문의 검은 치명적이었다.

쿠웅!

장팔은 두어 번 힘겹게 일어서려 하다 그대로 바닥에 쓰러지며 절명하고 말았다. 그의 거구가 힘없이 쓰러지며 흙먼지가 높게 피어올랐다.

보글보글, 푸슈우우.

독이 얼마나 지독한지 그가 죽자 내공으로 다스리던 독이 한꺼번에 퍼지며 온몸을 짓무르게 만들었고, 그 위로 녹색의 독연이 피어올랐다. 무림인들은 장팔의 모습을 두려워해 멀리 물러섰다. 그러나 단정 신니만은 죽은 장팔의 지척에서 대소하고 있는 것이 진정 실성한 사람처럼 보였다.

"크하하하하! 으하하하! 정은아, 이 언니가 너의 원수 장팔을 죽여 통쾌한 복수를 한 날이니 이제 천국에 가서 큰 잔치를 벌여도 될 것이다! 크하하하! 으하하하!"

제9장

둥지를 떠나는 새끼 독수리

타다다닥!

브린은 정문이 장팔의 등에 검을 꽂아 넣는 순간 뒤도 돌아
보지 않고 골목을 빠져나와 자신의 장원 쪽으로 달렸다. 헤이
스트 마법에 단전에 얼마 남지 않은 마나를 미친 듯이 쏟아
넣으며 순식간에 장원에 도달하였다.

브린은 장원으로 달려오면서 자신의 어리석었던 행동에
분노했다. 그들이 장팔의 시신을 뒤진다면 자신이 준 허리띠
를 발견할 것이다. 그들은 브린이 장팔에게 직접 허리띠를 매
주는 것을 모두 보았다. 만약 장팔의 시신이 열두 시진 이상

독연을 피워 올려준다면 마법진의 마나가 흩어져 그들이 마법진을 발견하지 못할 확률이 매우 높았다. 그렇지 않고 마법진이 활성화되어 있는 동안 그들의 눈에 띈다면 그들은 혈안이 되어 자신을 뒤쫓을 것이다. 브린은 장팔의 시신이 오랫동안 독연을 피워 올리며 썩어가길 간절히 기원했다.

브린은 자신을 궁지에 몰아넣고 일을 어렵게 만든 정명의 자아에 분노하고 있었다. 하지만 분노만 할 수 있을 뿐 자신의 몸속에 들어 있는 정명에게 복수할 수 있는 방법이 없어 답답했다.

하지만 정명의 입장에서 보면 브린에게 육체를 빼앗긴 채 깜깜한 암흑 속에서 지내는 입장이다. 지금까지 의지를 내세우지 않고 있다가 오늘 실수 하나를 저질렀다 하여 브린이 그를 나무랄 수 있는 입장도 아니었다.

하지만 다시 생각해 보면 브린이 정명에게 화를 낸다는 것도 이치에 맞지 않는 일이었다. 이 육체의 원주인은 정명이다. 육체의 원주인이 지금까지 잠잠히 지내다가 잠시 자신의 의지를 내비쳤다 하여 기생하고 있는 브린이 주인인 정명을 나무랄 수는 없는 일인 것이다. 브린은 작은 한숨과 함께 정명을 향한 노기를 지웠다.

하지만 어리석은 실수는 한 번이면 족했다. 브린은 어리석음을 다시 반복하지 않기 위하여 장원이 가까워 오자 품속에 손을 넣어 단도의 손잡이를 꼭 쥐었다. 시종 아이들을 몰살시킨 후 모든 흔적을 지우고 떠야만 했다.

브린이 장원의 담장을 넘었을 때 꼬마가 마당을 비로 쓸며 청소하는 모습이 눈에 들어왔다. 브린은 최대한 고통 없이 죽여주기 위해 꼬마에게 다가갔다. 아무것도 모르는 꼬마는 브린이 다가오자 고개를 깊이 숙여 인사를 하였다. 브린은 단검을 쥔 손에 힘을 주었다.

부르르르.

하지만 품에서 단검을 빼내 꼬마의 숨통을 끊을 수가 없었다. 도저히 자신을 향해 고개를 숙이고 있는 이 아이를 죽일 자신이 없었다. 마음이 너무 불편한 것이 이대로 아무것도 모르는 이들을 몰살한다면 앞으로 평생 편한 잠을 이루지 못할 것만 같았다. 처음 정명의 몸을 가졌을 땐 느끼지 못했지만, 시간이 지날수록 정명의 자아가 점점 커져 지금은 무시할 수 없을 정도로 브린을 압박해 오고 있었다. 브린은 하는 수 없이 살심을 지우고 꼬마에게 명을 내렸다.

"모든 녀석들을 지금 즉시 본청 앞에 집합시켜라! 한시가 급하니 서둘러라!"

정명의 여린 마음이 브린의 일을 방해함을 느꼈지만 지금은 정명의 자아와 다툴 만큼 한가하지 못했다. 시간이 촉박한 브린은 정명과 타협점을 찾기로 하고 아이들을 불러 모았다.

아이들이 모이자 브린은 서둘러 입을 열었다.

"너희들은 이 길로 남쪽에 있는 복주로 향하여라. 각자에게 넉넉한 여비를 줄 것인즉 여비를 아껴 모두가 복주에 모이면 그 돈을 모아 집이 딸린 작은 전답을 사놓아라. 그리고 그 땅에 농작물을 심어 가꾸고 있거라. 나는 심천에 들러 볼일이 있으니 일 년 정도 후에 너희를 찾아갈 것이다."

브린은 여섯 명의 아이에게 은 십 돈씩을 나눠 주었다. 이들 중 한두 명이 중간에 다른 길로 샌다고 해도 은 삼십 돈 이상이 모이면 넉넉하지는 않지만 작은 집이 딸린 전답을 사는 데는 부족한 금액이 아니었다.

브린은 아이들을 서둘러 내보낸 뒤 뒷정리를 하기 시작했다. 물론 브린이 아이들에게 이른 대로 아이들을 만나기 위하여 복주로 가는 일은 일어나지 않을 것이다. 만일 자신을 쫓는 누군가가 아이들과 자신의 관계를 알아내고 아이들을 닦달하여 자신의 행방을 수소문한다 하여도 그들은 자신의 목적지의 반대 방향인 복주나 심천에서 자신을 찾아 헤맬 것이다.

물론 아이들이 자신을 쫓는 무리에게 목숨을 잃을 수도 있을 것이다. 또는 아이들이 자신이 준 돈을 낭비하여 다시 거지가 될 수도 있을 것이다. 하지만 그것까지 신경 쓰기에는 지금의 상황이 너무나 급하였다. 아이들에 대한 걱정으로 마음이 심란해진 브린은 정명의 자아를 향해 자신이 최대한 양보한 것임을 알렸다. 어쩔 수 없음을 이해한 듯 정명의 마음도 더는 브린의 일을 방해하지 않았다.

아이들을 서둘러 떠나보낸 브린은 본청으로 들어가 방 안에 있는 자신의 흔적을 지웠다. 마법진을 연구하며 사용한 종이들과 옥으로 만든 증폭 마법진, 그 외에 휴대가 불편한 각종 마법진 및 마법 물품을 모두 가지고 나와 낚싯배에 실었다. 브린은 낚싯배를 강 가운데로 몰고 갔다.

콰광!

강 가운데 도착한 브린은 낚싯배에서 뛰어오르며 낚싯배에 파이어 볼을 날렸다. 배는 산산조각이 나며 가라앉았다. 브린은 물위를 걷는 마법인 워킹 서페이스 마법을 시전하여 뭍으로 돌아왔다.

브린은 방향을 북으로 잡고 뛰기 시작했다. 목적지는 남경이었다. 남경에는 장팔이 말한 황룡사가 있었고, 정명이 후치에게서 마나 호흡을 배웠던 석굴이 있다. 브린에게 있어 지금 가장 시급한 문제는 앞으로 닥칠 위험에서 자신을 지킬 만큼 강해지는 것이었다.

향주에서 남경까지는 걸어서 보름 이상이 걸리는 제법 먼 거리다. 브린은 처음 주의를 기울이며 이동했지만 사건이 있은 지 일주일이 지났는데도 아무런 위협이 없자 적들을 따돌렸다 안심하며 평화롭게 여행을 즐겼다. 이 세계 와서 처음 하는 여행이다. 혼자 여행하기에 여비는 충분했다. 말을 살까도 생각해 봤지만 이렇게 걸으며 천천히 여행하는 것도 오랜만이어서 지금의 평화를 즐기기로 하였다.

브린은 남경으로 이동하며 강둑에서 보았던 무림인들의 싸움을 되짚어보았다. 그들은 마나를 수식으로 가공하지 않고도 의지만으로 마법처럼 사용하였다. 마치 드래곤의 용언 마법과 비슷해 보였다. 헤이스트 마법 없이도 헤이스트 마법보다 빠르게 움직였고, 인첸트 마법 없이도 검을 날카롭게 사용했다. 물론 이전 세계의 기사들 또한 마나를 사용하여 빠르고 강하게 움직였다. 하지만 강둑에서 보았던 무림인들의 움직임은 최상위 기사의 움직임보다 더욱 빠르고 강하면서도 빈틈이 없었다.

정명의 호흡법을 통하여 이 세계의 마나 활용법에 대해 어느 정도 깨우쳤다 생각했는데 그것은 브린만의 착각이었다. 만일 지금 그들과 겨룬다면 죽음을 면키 힘들 것이다. 이전 세계에서 자신의 가슴에 깊은 검상을 입혔던 최상급 기사의 검을 삼십여 초도 받아내지 못했던 자신이다. 그런데 그보다 더욱 강해 보이는 무림인들의 검은 십여 초도 피하기 힘들어 보였다.

또한 이 세계에서는 이전처럼 먼 거리를 유지하며 마법을 사용할 수도 없는 처지다. 마법의 유효 사정거리인 6미터가 넘지 않는 가까운 거리에서 그들과 겨루어야 하는데 아무리 생각해 봐도 그들을 이길 가망성이 희박해 보였다. 이전에 결심한 것처럼 이곳의 무공이라는 것을 익힐 필요가 있었다. 물론 쉬운 문제는 아니었지만, 지금은 강해지는 것을 넘어서 살아남기 위해 무공을 배울 필요가 있었다.

브린은 깊은 생각으로 하루하루를 보내며 어느덧 남경의 서쪽 입구라 할 수 있는 작은 성읍인 홍문에 도달하였다. 홍문의 중심가에 위치한 깨끗한 객점의 이층에 방을 잡고 점심 식사를 하기 위하여 객청에 내려와 앉았다. 점소이를 불러 식사를 주문하고 무림인들의 싸움에 대하여 깊이 상고하고 있을 때 객점의 입구에서 정명을 부르는 소리가 들려왔다.

"정명 소협!"

브린은 자신도 모르게 고개를 돌려 보고는 그대로 굳어질 수밖에 없었다. 그곳에는 정문이 제자 한 명을 대동하고 자신을 바라보며 비릿한 웃음을 흘리고 있었다.

브린은 도망갈까 고민해 보았지만 정문이 문을 막고 서 있어 어려워 보였다. 또한 정문이 자신을 부른 이유가 무엇인지 아직 확실히 알 수 없기에 도망으로 인한 의심을 키우기보다 나중에 기회를 봐서 도망치거나 그를 제거할 마음을 가지고 엉거주춤한 자세로 일어섰다.

정문의 경계심을 낮추기 위하여 브린은 어수룩한 모습으로 인사를 건넸다.

"아! 그때 장팔 아저씨와 강둑에서 보았던 도사님이시군요."

"하하하! 본도는 정문이라 합니다. 향주에서 장 무후와의 일을 마무리 짓고 본 파로 돌아가던 중 이 객점에 들르게 되었는데 우연히 향주에서 용감한 모습을 보였던 정 소협을 다시 만나게 되어 반가운 마음에 이리 인사를 건네게 된 것입니다. 그때 그 용감하던 모습에 본도는 큰 감명을 받았습니다. 이리 만나게 되었으니 같이 식사를 하시지요. 하하하! 세상의 인연이란 참으로 신비로운 것이지요."

하지만 정문이 말을 하고 있는 사이 그의 다른 두 제자가 허겁지겁 객점으로 들어오는 모습이 보였고, 또한 그들 넷의 옷이 지저분한 것으로 미루어 매우 급히 움직였음을 알 수 있었다. 급한 가운데 저리도 자신을 여유롭게 바라보고 있다는 것은 서둘렀던 이유가 브린 자신에게 있다는 것을 어렵지 않게 짐작할 수 있었다. 또한 자신은 저들에게 이름을 직접적으로 알려준 적이 없었으나 정문은 자신의 이름을 정확하게 호명하였다. 여러 정황상 저들이 자신을 추적해 왔음을 깨닫게 된 브린은 정신이 번쩍 들었다.

브린은 몸을 빼기 위해 사위를 돌아보았다. 하지만 이미 정문과 그의 제자들이 퇴로를 점하고 있어 도망치는 일도 쉽지 않아 보였다. 브린은 속으로 한숨을 내쉬었다.

'휴, 시종 아이들에게 거짓 정보를 흘렸던 것과 저들이 소수라는 사실만으로 일을 너무 쉽게 생각하고 있었구나.'

정문은 자신을 수소문하였을 것이다. 전쟁통인 나라에서 팔다리 하나 정도 없는 장애인은 많았지만 자신처럼 한쪽 다리가 휘어 있고 흰색 옷을 즐겨 입으며 나이가 어린 절름발이 소년은 결코 흔히 볼 수 있는 사람이 아니기에 사람들 눈에 쉽게 띄어 수소문하기 어렵지 않다는 사실을 간과하고 있었다.

정문은 먹이를 앞둔 뱀처럼 비릿한 미소를 짓고 있었다. 브린은 정문과 싸워 도망치거나 이길 확률을 계산해 보았지만 아무리 생각해 보아도 답이 나오지 않았다. 우선은 천천히 시간을 벌며 도망칠 기회를 노려야 할 것 같았다.

"아, 정문 도장이셨군요. 단지 뚝방에서 한 번 마주친 것만으로도 저를 기억해 주시다니 영광입니다. 그런데 어딜 급히 가시는 중이셨나 봅니다."

브린이 말을 끝맺기도 전에 정문은 브린의 앞 빈 의자에 털썩 주저앉으며 인사를 건네왔다.

"하하, 이 노도는 그날 정명 소협의 의협심에 크게 감탄한 바가 있소. 그때 그곳에서 정 소협의 말 중에 틀린 것이 하나도 없었지만, 칼을 빼어 든 사람들 앞으로 나서서 옳은 말을 한다는 것은 누구나 할 수 있는 일이 아니지요. 장 무후와의 악연으로 정 소협과의 첫 만남에 작은 오해가 있었을 줄 압니다만 본노는 평소 정 소협처럼 의를 중히 여기는 분을 존경해 오고 있었기에 나이를 떠나 정 소협의 의협심에 오늘 술 열 말을 비워 본노의 존경을 보이고자 합니다. 하하하!"

브린은 정문의 말에 오늘 쉽게 빠져나가지 못할 것임을 직감했다. 하지만 쉽게 당할 수는 없는지라 어수룩한 면모를 보여 그를 방심하게 만들어 기회를 만들기로 마음먹고 말을 이어나갔다.

"소협이라고 칭하기도 부끄러운 야인에게 어찌 존경을 표한다 하십니까? 말씀을 거두시고 편히 생각하십시오. 그리고 한참 어린 나이에 말 높임을 당하니 부끄럽습니다. 말씀을 낮추셔도 되니 편히 하시지요."

"하하하, 아닙니다. 그럴 수야 없지요. 손에 칼을 든 사람 앞에서 당당함을 잃지 않는 이는 소협이 아니라 대협이라 칭해야 옳으나 정 소협의 나이가 어린 관계로 대협이라 칭하면 너무 어려워하실까 걱정되어 본도가 소협이라 부르는 것이니 결례가 아니라면 본노가 편한 대로 부르게 하여주십시오."

"그리하셔야 마음이 편하시다면 편한 대로 하셔도 좋습니

다. 그보다 장씨 아저씨는 그 후 어찌 되었는지요? 저는 바로
집으로 돌아가 후과를 알지 못하여 궁금합니다."

브린은 장팔의 죽음을 모르는 척 운을 떼었다.

"이 자리에서 장 무후의 이야기를 전하기는 그 분위기가
맞지 않는군요. 이층이 조용한 듯하니 자리를 옮기시지요."

이층을 보니 정문의 제자가 점소이들을 시켜 손님들을 전
부 일층으로 내려보내는 것이 보였다. 브린은 할 수 없이 정
문의 뒤를 따라 이층에 올라 중앙에 있는 탁자에 자리를 잡고
앉았다. 정문은 술과 안주를 시켰고, 잠시 후 술상이 차려지
자 브린이 먼저 입을 열었다.

"먼저 한잔 올리겠습니다."

브린이 엉거주춤하게 일어서며 잔을 내밀자 정문은 예의
그 비릿한 웃음을 흘리며 잔을 들어 올렸다. 정문은 잔을 받
으며 장팔의 부고를 말하였다.

"장 무후가 천하의 영웅임에 틀림없는 사실이나, 그분은
젊었을 적 패악한 곳에 몸담으며 많은 이들과 척을 지게 된
일이 있었소. 본도는 평소 장 무후의 호방함을 흠모해 왔으나
대의를 위한 일에 사심을 내세울 수는 없는 일이었으니 정 소
협은 놀라지 말고 들어주시오."

정문은 말을 맺고 단번에 술잔을 비운 후 탁자 위에 내려놓
았다.

탁!

브린은 다시금 엉거주춤하게 일어나 정문의 빈 잔을 술로 채웠다. 정문은 이야기를 계속하였다.

쪼르르륵.

"그 방죽에서 소협이 사라진 후 많은 일이 있었습니다. 많은 사람이 죽었고 서로가 서로의 생사를 장담할 수 없는 난전이 있었지요. 그 난전 속에서 전장의 소악귀로 불리던 장 무후님도 나이를 못 이기셨는지 그만 돌아가고 마셨습니다."

브린은 심히 놀란 표정을 지으며 정문의 술잔을 다 채운 후에도 계속 술병을 기울여 술이 탁자 위로 넘치게 하였다.

주르르륵.

그러나 술이 탁자 아래로 흘러 정문의 옷을 적셔야 정상이겠지만 정문이 어떤 술수를 부렸는지 술은 탁자 위에만 고여 있을 뿐 아래로 떨어지지 않았다. 정문은 손가락을 들어 술병을 살며시 치켜올려 쏟아지는 술을 멈추었다.

브린은 매우 당황한 모습으로 허겁지겁 일어나며 정문의 옷을 닦으려 하였다.

"제, 제가 너무 놀라 큰 결례를 범했습니다. 귀하신 분의 옷을 술로 적시었으니 이를 어찌하면 좋은지……."

일어서려는 브린을 정문은 어깨에 손을 얹어 다시 앉혔다. 앉힐 때 마나의 기운이 느껴지는 것이 자신을 시험하는지라 브린은 아무런 저항도 하지 않고 밀치는 힘에 뒤로 벌렁 나자빠지고 말았다.

콰당!

정문은 일어나 브린을 부축하며 말을 하였다.

"이런, 죄송하게 되었습니다. 제가 그만 힘 조절을 못하여 정 소협을 너무 세게 밀치고 말았군요. 서로가 결례를 범하였으니 없던 일로 하시지요. 다행히 옷은 젖지 않았지만 자리가 술로 젖어 옆으로 옮기겠습니다."

주르르륵.

정문이 자리를 옮겨 앉자 탁자 위에 고여 있던 술이 아래로 떨어져 내렸다. 처음 브린은 장팔에게 밀리던 정문을 쉽게 보고 빈틈을 노리면 승산이 있으리라 생각했다. 그러나 마나를 마치 숨 쉬는 것처럼 매우 자연스럽게 다루는 모습을 가까이에서 목도하고 나니 빈틈을 노리는 것이 생각처럼 결코 쉬운 문제가 아니었다. 브린은 긴장하며 장팔과 정문이 싸우던 모습을 되새겨 보았다.

만약 장팔이 아니고 자신이 정문과 겨루었다면 어찌 되었을까? 정문의 검은 초식 하나하나에 수없이 많은 변화를 보였다. 브린이 느끼기에 그 변화를 제대로 읽어내지 못한다면 일 초 만에 목이 날아갈 수도 있었다.

브린은 긴장으로 몸이 굳어졌다. 지금 자신의 처신에 따른 생사의 기로에 서 있는 것이다.

"안색이 너무 어둡습니다. 장 무후의 부고를 전하는 본인
도 마음이 매우 아픕니다만, 그것보다 더욱 중한 이야기가 있
어 이곳에 자리를 마련한 것입니다."

제10장

강한 자가 살아남는 것이 아니고
살아남은 자가 강한 것이다

브린은 정신을 가다듬고 정문의 다음 말을 기다렸다.

"장 무후와는 마을에서 둘도 없이 가깝게 지내셨다 들었습니다."

"소인은 물고기를 낚는 작은 재주를 선친으로부터 물려받았는데, 다행히 장팔 아저씨가 소인을 불쌍히 여겨 저의 보잘것없는 물고기들을 사주셨습니다. 소인의 곤궁함을 해결해주어 소인은 장팔 아저씨를 지금껏 은인으로 생각하고 있었습니다."

"장 무후님은 성격이 화통하시기는 하지만 불같은 성격 때문에 주변과는 화평하지 못한 걸로도 유명하였지요. 이야기를 들으니 장 무후님이 정명 소협을 특히 아끼셨나 봅니다. 하지만 그 아낌으로 인하여 정명 소협의 목숨이 위태롭게 되었으니 걱정되어 이리 자리를 마련하게 된 것입니다."

브린은 어수룩하고 매우 놀란 표정으로 되물었다.

"목, 목숨… 제 목숨이 위태롭다니요?"

"일전에 강둑에서 정 무후님과 소협이 같이 휴식을 취한 적이 있지요. 그리고 그때 소협께서 장 무후님께 허리띠를 전해 드린 것도 보았습니다. 기억하시는지요?"

브린은 올 것이 왔다는 생각으로 계속 연기를 이어가며 긴장하는 척 떨리는 목소리로 말을 이었다. 하지만 머리는 차갑게 식어 있었다.

"물, 물론 기억합니다."

정문은 품에서 동전을 하나 꺼내었다. 기괴한 문양이 음각되어 있는 브린이 만든 2배 마나 증폭 마법진이었다. 브린은 속으로 뜨끔하였지만, 겉으로 전혀 내색을 하지 않고 정문이 하는 양을 지켜보았다. 정문은 동전을 꺼내며 브린을 유심히 살폈지만 표정의 변화가 없는 것을 보고 말하였다.

"이 동전을 보신 적이 있습니까?"

"처음 보는 동전입니다. 그림이 매우 특이하군요."

"허리띠 안에 있던 동전입니다. 이 동전 위의 표식을 본 적이 있습니까?"

"난생처음 보는 그림들입니다."

"그 허리띠는 어디서 난 것입니까?"

브린은 정신을 가다듬었다. 자신의 대답에 따라 삶과 죽음이 갈리는 순간인 것이다. 브린은 겁먹은 표정으로 정문의 눈을 마주치지 못하고 말을 더듬으며 말을 이었다.

"그, 그것은 원래 장팔 아저씨 거였어요. 장팔 아저씨가 절대 비밀이라고 말하며 저에게 빌려주셨던 것인데 그날 강둑에서 돌려달라기에 돌려 드린 것뿐이에요. 전, 전 아무것도 몰라요."

"비밀이라면 무엇을 말하는 것입니까?"

"절대 말하지 않기로 맹세했는데……."

"그 맹세로 목숨이 날아갈 수도 있는데 말을 하지 않겠다는 것인가?"

퓨우우우—

정문의 호통 소리와 함께 그가 일으키는 기세가 느껴져 왔다. 그것은 살기였다. 범인이라면 그 자리에서 기절할 정도로 매우 강한 기운이 브린을 향해 폭사되어 들어왔다.

전쟁을 수도 없이 겪어온 브린에게는 위협은커녕 오히려 익숙하기까지 한 기운이었지만 지금 브린은 살아 남기 위해 연기를 할 수밖에 없는 입장에 놓여 있었다.

비굴한 모습을 보여야 한다는 것은 브린에게도 모욕적인 일이었지만 전장을 누비며 살기 위해 이보다 더한 일도 해본 브린이었다. 심지어 해적에게 잡히어 일 년이 넘는 기간 동안 노예 생활도 해본 브린에게 잠깐의 인내는 매우 쉬운 일에 속한다 할 수 있었다. 그리고 노예 생활을 하며 깨달은 것 한 가지는 이왕 비굴해지려고 마음을 먹었다면 철저하게 비굴해져야 한다는 것이었다. 어설픈 연기가 들통 나는 날에는 그 후 더욱 곤란한 상황에 처하는 경우를 수없이 보아왔기 때문이었다.

쿵! 쿵! 쿵!

순간적으로 마음을 정한 브린은 하얗게 질린 얼굴로 엎드려 바닥에 머리를 찧으며 잔뜩 겁에 질려 떨리는 목소리로 연기를 하기 시작했다.

"소, 소, 소인이 어느 분 앞이라고 감히 거짓을 고하겠고 무엇을 감추겠습니까? 무엇이든 사실대로 말씀드리겠습니다."

브린은 정문이 묻기도 전에 장팔과의 약속한 바를 술술 불기 시작했다. 물론 거짓말을 섞어서 말이다.

"장팔 아저씨는 사실 저의 친할아버님이 되십니다. 할머니와 젊으실 적에 연이 있어 저의 아버지를 낳았는데, 제가 어릴 적 아버님이 돌아가시어 저도 장팔 아저씨가 저의 할아버님이라는 사실을 몇 년 전 제가 거지 생활을 할 때 할아버님이 직접 저를 수소문하여 찾아오셔서 알게 된 것입니다. 저의 할머님 이름은 정연의고 아버님 이름은 정칠복으로 저의 성은 할머님을 따른 것입니다."

정문은 살기를 높이며 호통을 쳤다.

"흥! 장소악 일가는 몽고군에 의해 멸문지화를 당한 사실을 천하가 다 아는데 네놈이 감히 나에게 거짓을 고한단 말이냐?"

브린은 정문의 살기가 짙어지자 방광을 풀어 바닥에 오줌을 지렸다.

샤아아아~

그리고 침까지 질질 흘리며 말을 이었다.

"거, 거짓이라뇨? 제가 어느 분 앞이라고 감히 거짓을 고할 수 있단 말입니까? 할아버님이 저를 찾은 후 말씀해 주시길 사십여 년 전 당신이 큰 상처를 입고 향주 근처의 어촌에 쓰러져 있던 것을 저의 할머님 되시는 분이 발견하고 돌봐주셨다고 했습니다. 그리고 치료 도중 정을 통해 저의 아버님을 낳았다 알려주셨습니다. 그 후 전쟁에 휩쓸려 할머님을 찾지 못하시다가 훗날 어렵게 수소문하여 손자인 저를 겨우 찾았다 말씀해 주셨습니다. 절, 절대로 거짓이 아닙니다. 제발 목숨만 살려주십시오."

정문은 브린이 말을 하며 오줌까지 지리는 모습을 보자 어찌 저런 칠삭둥이 같은 놈이 장팔의 손자가 되는지 한심스러웠다. 호랑이의 씨앗이 개가 되었다는 생각에 화가 났지만, 은화의 비밀과 연관된 사람은 지금으로서는 눈앞의 칠삭둥이 같은 놈이었다.

정문은 브린을 술술 구슬려 비밀을 불게 만들기 위해 살기를 거두고 부드러운 음성으로 말을 이었다.

"본노는 소협이 걱정되어 물어보는 것일세. 만일 사실대로 말한다면 내 소협을 안전하게 보호해 줄 것이니 추호도 거짓이 있어서는 안 될 것이네. 그대의 목숨이 달린 일이야. 자네가 향주의 뚝 위에서 장팔에게 건네주었던 허리띠에 대하여 이야기해 보게."

정문의 말은 어느새 하대로 바뀌어 있었지만 브린도 정문도 신경 쓰지 않고 있었다. 정문이 보기에 브린은 진정 한심한 놈이었다. 정문은 처음 보였던 경계를 풀고 이제는 아무렇지도 않게 위협을 가하기 시작했다. 정문의 살기는 이미 가셨지만 브린은 엎드린 자세로 감히 고개도 들지 못하고 말을 이었다.

"제가 너무 궁핍하여 굶어 죽게 생겼을 때에 할아버님이 그 허리띠를 제게 채워주셨습니다. 그 허리띠를 차고 있으면 왠지 모르게 몸에 기운이 넘치고 생기가 돌아서 몸이 건강해지게 되었습니다. 일주일에 삼사 일간을 건강해질 때까지 그 허리띠를 찰 수 있게 하였는데 최근에 제가 병을 앓아 차고 있게 하였습니다."

소년의 말대로라면 허리띠의 비밀은 장팔이 알고 있을 것이다. 그런 그를 그렇게 허무하게 죽였다 생각하니 한숨이 나왔다.

"휴우—"

정문은 처음 이 동전들을 발견했을 때를 떠올려 보았다. 장팔이 죽고 무림인들은 반쯤 미친 단정 신니를 데리고 물러간 후 정문은 시독의 위험을 무릅쓰고 장팔의 시신을 뒤졌다. 평소 자신과 평수를 이룰 거라고 예상했던 장팔이 갑자기 강해진 것에는 이유가 있을 거라는 강한 의심이 들었기 때문이다.

정문의 검은 부러진 채 장팔의 등에 꽂혀 있었기 때뮤에 정문은 제자에게서 검을 건네받아 장팔의 몸을 이리저리 뒤척였다. 그 와중에 장팔의 허리띠가 잘리며 바닥에 떨어졌다. 그리고 그 안쪽에서는 놀랍게도 청명한 기운이 흘러나오고 있었다. 정문은 그것을 취하여 시독을 중화시킨 후 허리에 차 보았다. 그때의 놀라움이란 말로 표현할 수 없을 정도였다.

그 작은 허리띠에서는 엄청난 기가 뿜어져 나오고 있었다. 기사였다. 평생에, 아니, 고금을 통틀어 전혀 듣지도 보지도 못한 기사였던 것이다 정문은 그 허리띠를 차고 열 시진이 넘도록 기공 수련에 매진하였다. 평소보다 세 배 이상 빠른 성취를 이루자 정문은 이것을 장팔에게 건네줬던 흰옷을 입은 소년의 모습이 떠올랐다. 정문은 얼른 소년을 수소문해 봤지만 행방이 묘연하였다. 분명 이상한 냄새가 나는 느낌이었다. 정문은 제자들을 닦달해 정명을 추적하기 시작했다.

정명을 추적하며 하루가 지난 후 정문은 더 이상 허리띠에서 청명한 기가 방출되지 않는다는 것을 알 수 있었다. 다급해진 정문은 정명의 추적에 박차를 가하였고, 추적하며 일주일을 고심한 끝에 허리띠를 갈라 그 안에서 지금 손에 들고 있는 은화들을 발견할 수 있었던 것이다. 별별 수단을 동원해 은화를 작동시켜 보려 했지만 아무런 성과가 없어 낙심하고 있는 차에 은화의 실마리를 풀 수 있는 월척을 오늘에야 잡은 것이다. 하지만 소년의 말이 사실이라면 이 소년은 아무런 정보도 가지고 있지 못하였다. 하지만 지금으로서는 은화와 관계된 인물은 눈앞의 소년뿐이었다. 정문은 브린을 좀 더 지켜보기로 하고 말문을 열었다.

"하하하! 선재로다, 선재야. 대가 끊긴 걸로 알았던 장 무후의 집안에 이런 귀한 손이 남아 있다니. 자자, 정 소협은 그리 엎드려 있지 말고 일어나 앉게. 장 무후께서도 이런 훌륭한 손을 남기고 떠나셨으니 아마 편히 눈을 감으셨을 것이야."

자신의 손으로 죽여놓고는 저리 말하는 것을 들으니 참으로 악한 인물이라는 것을 느낄 수 있었다. 하지만 브린은 살아나가기 위하여 더욱 어수룩하게 연기에 매진할 수밖에 없었다. 일어나 자리에 앉으며 브린은 말하였다.

"헤헤헤, 장 할아버님도 저를 보시며 지금 죽어도 여한이 없다 종종 말씀하셨으니 아마 여한없이 돌아가셨을 거예요."

정문은 어수룩한 소년을 바라보며 비릿한 웃음을 입가로 흘리며 부드러운 음성과 함께 입을 열었다.

"혹 장 무후로부터 사사한 무공이 있는가? 그분의 무공인 청사창법이 실전된다면 무림으로서는 너무 슬픈 일이 아니겠는가? 만일 그분이 무공이나 다른 것을 남기었다면 무림의 후배로서 그것을 길이 보전하는 것이 장 무후님을 기쁘게 하는 일일 것이야."

"할아버님께서는 제게 무공을 가르치시지 않았습니다. 제가 아무리 졸라도 무공과 비슷한 것은 하나도 알려주려 하지 않으셨지요. 전 그게 항상 불만이었습니다."

"그럼 그 허리띠를 사용하는 방법은 배웠는가?"

"아닙니다. 허리띠는 장 할아버님이 일주일에 이삼 일을 저에게 빌려주셨는데, 청명한 기운이 다하면 장 할아버님께 다시 가져다 드렸고, 일주일 후 청명한 기운이 회복되면 다시 그것을 빌려 차곤 했습니다."

브린의 말에 정문은 낙담할 수밖에 없었다. 이 앞의 소년은 동전을 활성화시킬 방법을 모르고 있다. 하지만 아직 포기하기엔 일렀다. 그를 데리고 다니며 실마리를 풀 필요가 있었다. 자신의 손 위에 놓인 천운을 쉽게 포기하고 싶지는 않았다. 하지만 브린을 데리고 다니기 위해선 적당한 명분이 필요했다. 심각한 어투로 정문은 입을 열었다.

"허허, 이를 어찌하면 좋단 말인가?"

"무슨 문제라도 있으신지요?"

"본노는 정 소협과 말을 섞어 소협의 결백을 믿지만 다른 이들은 그렇지 못하니 어찌 답답하지 않겠는가?"

"결백이라니요? 제가 무슨 죄라도 지었단 말입니까?"

"죄라면 죄고 아니라면 아닐 수도 있지. 정 소협은 홍교에 대하여 얼마나 알고 있는가?"

"홍교에 대하여 많이 알고 있지 못합니다. 그런데 홍교가 저의 결백과 무슨 관계가 있다는 말입니까?"

"홍군은 당금 천하를 다스리시는 명의 황제 폐하를 돕던 무리였지. 하지만 황제 폐하가 곤경에 처하자 원과 내통하여 황제 폐하를 매우 위태롭게 하였네. 다행히 하늘이 황제 폐하를 보살피시어 목숨을 건지셨고, 지금 원을 몰아내고 나라를 세우시게 되신 거지. 홍교는 그 홍군 중에서 원과 내통하고 나라를 팔아먹은 파렴치한 무리를 일컫는 말인데, 안타깝게도 그들은 무공을 익힌 무림인들이 대부분이어서 무림의 문파로 알려져 있다네. 또한 파렴치한 그들은 황제 폐하보다 그들의 교주였던 황문선을 더 위에 두었던 이들이니 구족을 멸한다 하여도 할 말이 없는 놈들이지."

말을 끊은 정문은 브린의 눈치를 슬쩍 살핀 후 두 손을 맞잡아 위로 올려 황제에 대한 예를 보이며 말을 이었다.

"당금 황제 폐하께서는 그 덕이 천하를 감싸심으로 그들을 용서하시었네. 하지만 같은 무림인으로서 불충한 그들을 가만둘 수 없어 여러 문파가 모여 단죄하기로 한 것이지. 덕이 높으신 황제 폐하께서는 처음에는 반대했지만, 관이 무림의 일에 관여하지 않겠다는 선을 그으시어 우회적으로 무림인들이 정의를 세울 수 있는 기회를 마련해 주셨네. 장 무후는 그 홍교의 호법 중 한 명이었고 그리하여 무림인들이 그를 통하여 정의를 세우게 된 것이지."

"전 홍교니 무림이니 아무것도 모르는 일개 촌놈일 뿐입니다. 그런데 어찌하여 그런 이야기를 저에게 해주시는 겁니까?"

"뚝방에서 장 무후에게 이 동전들이 들어 있던 허리띠를 전해준 것이 정 소협이라는 것이 무림에 알려졌기 때문일세. 가장 큰 문제는 이 동전들은 과거 홍교가 사용했던 문양들로 음각되어 있다는 것일세. 그러니 자네가 아무리 홍교와의 관계를 부정한다 하여도 빠져나가기 힘든 상황에 놓여 있다는 말일세. 당금 무림에서 홍교인들은 공적으로 지목되어 내일의 명운도 알지 못하는 처지에 놓여 있네. 그런데 정 소협은 허리띠에서 나온 이 동전들로 인하여 무림에 홍교의 주요 인물로 지목되어 있으니 내 어찌 걱정을 하지 않을 수 있다는 말인가?"

"전, 전, 아무것도 모르는 어촌의 무지렁이일 뿐입니다. 어찌 저 같이 천한 것의 목을 무림의 귀하신 분들이 원하실 수 있단 말입니까?"

브린의 울음 섞인 음성에 정문은 고개를 천천히 가로저으며 말하였다.

"세상이 흉흉함을 탓해야겠지."

브린은 일어나 정문의 바지를 잡고 눈물콧물을 흘리며 애걸하였다.

"크으으윽! 꺼억~ 꺼억~ 도사님, 제발 살려주십시오. 흐으으윽! 전 죽고 싶지 않습니다."

정문은 짐짓 엄숙한 표정을 짓고 입을 열었다.

"방법이 없는 것은 아닌데⋯⋯."

"그것이 무엇입니까? 도사님의 말이라면 무엇이든지 따르겠습니다."

"진정 장 무후가 이 은화의 사용법에 대하여 일러준 것이 없는가? 청명한 기운이 나오게 만드는 방법 말이야. 그리고 장 무후가 혹시 정 소협에게 따로 부탁한 것은 없는가? 그것을 알아야 본도가 나서서 정 소협이 무림과 관계가 없는 일반

촌민임을 중재해 줄 수 있을 것이 아니겠는가?"

"그 은화는 지금 처음 보는 것이고, 그 허리띠는 한 주에 이삼 일이 지나면 청명한 기운이 떨어졌고, 그 기운이 떨어진 허리띠를 장 할아버님께 가져가면 그분이 다시금 일주일 후에 허리띠에 청명한 기운이 나게 만들어줬습니다. 그리고 장 할아버님이 저에게 물고기를 잡는 일 외에는 부탁하시는 경우가 전혀 없어 다른 일은 아는 바가 없습니다."

"허, 아쉽군. 일이 쉽지가 않겠어."

"제발 살려주십시오."

"그러하면 본도를 따라 화산으로 가보세. 그곳에 가면 본도의 사제가 있는데 머리가 매우 비상하여 다른 방도를 낼지도 모르니 말이야."

정문은 브린을 데리고 도시를 빠져나가 화산으로 향하였다. 편한 대로를 놔두고 깊은 산길로만 발을 옮기는 것이 브린이 쓸모없다 여겨지면 즉시 죽여 없애려는 생각을 가지고 있는 것 같았다.

브린의 생사를 고심하는 정문을 필두로 정문의 세 제자들은 브린을 지근거리에서 감시하며 뒤따르고 있었다.

제11장

생사지경
(生死之境)

생과 사의 경계.

산속을 헤집고 들어가던 정문이 걸음을 멈추었다. 브린은 긴장하여 마나를 끌어올릴 준비를 하였다. 적어도 혼자 죽을 수는 없었다. 긴장하는 브린의 눈앞에 산과 같이 거대한 사내가 사람 몸통 두 개를 합쳐 놓은 것보다 큰 도끼를 옆에 기대 놓고 바위 위에 앉아 있는 것이 보였다. 사내는 아무런 미동도 없이 눈을 감은 채 앉아 있었다. 멀리서 본다면 바위의 일부분이라 착각될 정도로 정적인 모습이었다. 정문은 그의 앞에 멈춰 서서 그를 한참 말없이 노려보다 입을 열었다.

"귀인의 수양에 방해가 된 것은 아닌지 모르겠습니다. 저

희는 갈 길을 가고자 하니 실례가 되지 않는다면 옆을 지나가
고자 하니 양해해 주십시오."

정문은 눈빛으로 제자들에게 신호를 보내고 그의 옆을 지
나치려 발을 뗴었다. 그때 그 바위처럼 굳어 있던 사내의 입
이 열리며 우레와 같은 고함 소리가 터져 나왔다.

"네놈이 화산의 정문이라는 놈이렷다?"

나서려던 발을 한 발 뒤로 물리며 정문이 입을 열었다.

"화산파의 장문을 맡고 있는 정문을 찾으시는 거라면 옳게
찾은 겁니다. 본도가 정문입니다. 형장께서는 이 산중에서 본
도를 오래 기다리셨나 봅니다."

바위 위의 사내가 가소롭다는 듯 짧게 코웃음을 친 후 자리
에서 천천히 일어섰다. 앉아 있을 때도 결코 작은 덩치가 아
니었는데 일어서자 마치 태산이 앞을 가로막은 착각이 일 정
도로 숨이 턱 막혀왔다. 사내는 일어서서 말없이 그의 발 앞
에 놓여 있던 보자기를 정문 쪽으로 걷어찼다.

툭.

보자기가 바닥을 구르며 저절로 풀리어 그곳에서 사람 머
리 세 개가 굴러 나왔다. 정명도 본 적이 있는 이들이다. 그들
은 향주 뚝방 위에서 맨 처음으로 나서 장팔을 핍박하다 팔이
잘린 독고세가의 둘째 공자 독고은과 그의 두 시종이었다.

챙! 챙! 챙!

　보자기 속에서 사람의 머리가 나오자 정문 뒤에 서 있던 그의 제자들이 일제히 검을 뽑아 들었다. 검 뽑는 소리가 적막한 산중에 울려 퍼지며 긴장감을 높였다.

　일촉즉발의 순간 앞으로 뛰어나가려는 제자들을 왼손을 들어 저지한 정문은 그 들어 올린 손을 내려 천천히 수염을 쓰다듬으며 말을 이었다. 매우 여유로운 모습으로 그 앞에 사람 머리 세 개가 놓여 있지 않다면 마치 친우와 덕담을 나누는 듯한 모습이었다.

　"본도가 무림에 적을 두고 하늘을 우러러 부끄럼없이 살았다 자부하는데 형장께서는 어찌하여 죄없는 도사 앞에 잘린 사람 머리를 들이밀어 겁을 주려 하시는 게요?"

　사내는 그의 옆에 기대이져 있던 어마어마한 크기의 도끼를 가볍게 들어 어깨에 짊어지고 바위에서 뛰어내려 정문의 앞에 섰다. 산과 같은 덩치에 비하여 몸놀림이 가볍고 경쾌한 것이 결코 쉬운 상대가 아님을 알아볼 수 있었다. 도끼를 어깨에 짊어진 태산과 같은 사내가 코웃음을 치며 큰 목소리로 대꾸하였다.

　"흥! 독에 중독된 자를 등 뒤에서 찌른 비열한 놈치고는 세 치 혀가 날카롭구나."

　"허허, 누가 누구를 상하게 할지 모를 난전 중에 최선을 다한 것이 어찌 잘못이란 말이오?"

"네놈은 여러 명이 한 명을 핍박하는 것을 난전이라 부르나 보구나. 하기야 원과의 피 튀기던 전쟁터에는 머리카락 한 올 내비치지 않았던 놈이니 난전을 알 리가 없지."

정문은 살기를 일으키며 호통을 내질렀다.

"형장은 누구시기에 본도를 이리 모욕하는 게요?"

살기를 일으키는 정문을 가소로운 듯 쳐다보며 사내가 입을 열었다.

"귀를 씻고 잘 새겨듣거라. 염라대왕 앞에 서거든 너를 보낸 사람이 누군지 정도는 아뢸 수 있어야 덜 억울하지 않겠느냐? 본장의 이름은 이광라고 한다."

정문은 잠시 골몰하다 수염을 쓰다듬으며 말을 이었다.

"장소악 장군을 모시던 천인장 소부귀 이광님이셨구려. 본도가 식견이 짧아 단번에 알아뵙지 못한 불찰을 용서하시오."

브린은 소악귀 장팔도 그렇지만 왜 산과 같이 거대한 사내들의 호 앞에 모두 소(小) 자가 붙는지 알 수가 없었다. 다만 소(小) 자 뒤의 부귀(斧鬼:도끼 귀신)라는 별호는 지금 앞에 서 있는 사내에게 꽤 잘 어울린다는 생각이 들었다. 브린이 이광의 호에 대해 생각하고 있을 때, 이광의 입이 열리며 우레와 같은 고함이 터져 나왔다.

"오늘 네놈이 본장에게 예를 차린다 하여 이곳에서 살아나갈 수 있을 것 같더냐?"

"본도는 단지 장 무후와 무림인 간의 다툼에 중재자로 나섰던 것뿐입니다. 만약 잘못이 있다면 본인의 목을 노리던 장 무후와 논검을 하여 그를 꺾은 것뿐이지요. 무림에서 상대의 목을 노릴 때는 본인의 목도 걸어야 함을 모르지는 않으시겠지요."

"물론 정당한 대결이었다면 산중 깊은 곳에 은거한 본노가 이리 어려운 발걸음을 하지 않았을 것이다. 여러 명이 한 명을 핍박한 것도 모자라 네놈의 입으로 정정당당한 대결이라 우기고 있는 그 결투에서 독을 사용하였으며, 특히 너는 그 독에 중독된 자를 등 뒤에서 찌른 파렴치한 놈이다. 내가 죽기 전에는 절대 이 자리를 벗어날 수 없을 것이다."

"그때 그 상황을 직접 두 눈으로 목도한 적도 없으면서 어찌 본도를 떠도는 소문만으로 모욕하려 하시는 거요?"

"서론이 길 필요 없다. 무인이라면 무인답게 네놈의 검으로 너의 정의를 보이면 그만이다. 네놈이 나의 부법을 꺾는다면 내 어찌 너에게 너의 간악함을 따져 물을 수 있겠느냐? 검을 뽑아 들어라!"

이광은 큰 기합 소리와 함께 보통 사람 몸통 두 개를 합쳐 놓은 듯한 크기의 거대한 도끼를 휘두르며 정문에게 달려들었다.

"이얍!!"

부웅부웅!

정문도 도대체 무게가 몇 근인지 가늠해 볼 엄두조차 나지 않는 거대한 도끼를 버들잎마냥 가볍게 휘두르는 이광의 부법을 경원시하지 못하고 신중한 자세로 검을 뽑아 마주 달려들어 갔다.

챙! 쿠앙!

파지지직!

둘이 맞붙자 검과 도끼에 불꽃이 일며 생사를 건 혈전이 펼쳐졌다. 혈전이 시작되자 정문의 제자들은 싸움에 온 정신이 쏠려 브린을 감시하던 눈을 거두고 말았다.

브린은 두 번 다시 오지 않을 이런 천재일우의 기회를 놓치고 싶지 않았다. 브린은 빠르게 마나를 일으켜 헤이스트 마법을 시전하였다. 헤이스트 마법이 완성되자 브린은 정문과 이광이 혈전을 펼치고 있는 곳의 반대쪽으로 죽을힘을 다해 달렸다.

타다다닥!

그때까지 신경도 쓰고 있지 않던 절름발이 병신이 굉장한 속도로 달려 도망가자 정문과 그의 제자들은 깜짝 놀랐다. 정문은 이광이 휘두르는 도끼를 피해 정명을 뒤쫓으려 했다. 이런 실속없는 싸움보다 정명을 잡는 것이 우선이었기 때문이다.

부우우웅!

그러나 이광이 부법으로 흙먼지를 일으키며 정문의 앞을 가로막았다.

"비겁하게 등을 보이지 말라. 무인이라면 무인답게 결판을 내자."

정문은 이광을 이길 자신이 있었다. 하지만 정명 때문에 정신이 분산되어 손발이 어지러워졌다. 마음이 급해지자 호각을 이루던 대결에서 정문이 점점 밀리기 시작했다. 정문의 제자들은 명이 없어 사부를 도와 이광을 물리쳐야 할지 정명을 쫓아야 할지 갈팡질팡하고 있었다. 정문이 도저히 이광을 떨쳐 낼 수 없자 제자들에게 소리쳤다.

"문성과 문우는 무슨 일이 있어도 저 병신을 잡아 화산으로 데려오너라. 실패할 경우 돌아올 생각도 하지 마라. 문석은 나를 도와 이자를 죽여라."

재앵! 채앵! 채잉!

정문의 두 제자는 바쁘게 정명의 뒤를 쫓기 시작했다.

"이 병신 놈아, 거기 서지 못할까?"

브린은 먼저 뛰기 시작했지만 뒤늦게 쫓아온 문성과 문우를 도저히 따돌리지 못하고 있었다. 육체에 무리가 갈 정도로 헤이스트 마법을 시전하여 뛰고 있었지만, 절름거리는 걸음걸이로는 도저히 그들의 추적을 피할 방법이 없었다. 시간이 지날수록 거리가 점점 좁아져 바로 뒤에서 추적자들의 숨소리가 들리는 듯했다. 브린은 다급해졌다.

슈우욱!

브린은 달리는 와중에 뒤에서 느껴지는 날카로운 검의 예기에 깜짝 놀라 고개를 앞으로 숙였다.

서걱!

앞으로 숙인 브린의 머리 위로 검이 아슬아슬하게 스치고 지나갔다. 검이 지나간 자리에 머리카락이 잘리며 흩날렸다. 고개를 숙이며 균형을 잃은 브린은 앞으로 넘어지며 한참을 구른 후 나무 등치에 부딪치고서야 겨우 멈출 수 있었다.

쿠웅!

"크으으으."

넘어진 충격에 온몸의 뼈마디가 아파와 브린의 입에서 저절로 신음 소리가 새어 나왔다. 브린이 넘어져 멈춰 서자 문성이 치고 나가며 브린의 앞을 가로막았다. 멈춰 선 문성의 입이 열리며 호통 소리가 들려왔다. 그의 호통 속에 살기가 넘치는 것이 쉽게 물러설 것 같아 보이지 않았다.

"간악한 병신 놈이 지금까지 무공을 숨기고 우리를 우롱하고 있었구나. 사부님께서 네놈을 데려오라 말씀하셨지 네놈을 온전히 모셔오라는 명을 내리신 바는 없다. 수고스럽지만 화산파를 모욕한 네놈을 그냥 둘 수는 없는 일! 사지 중 하나를 떼어내 훈계할 것이니 자리에 엎드려 사지 중 필요없는 곳을 아뢰거라. 내 고통을 느낄 순간도 없이 순식간에 잘라내

줄 것이다. 크흐흐흐."

문성은 브린을 향해 천천히 다가오며 비릿한 웃음을 흘렸다.

"크크크, 겁낼 것 없다. 이미 병신인데 팔다리 중 하나 없다 하여 크게 달라질 바가 무엇이더냐? 마음을 편히 하고 기다리거라."

천천히 다가오던 문성은 예비 동작도 없이 순식간에 발검을 하며 검을 일직선으로 뻗어 브린의 왼쪽 어깨를 향해 찔러왔다.

슈욱!

검끝에 살기가 느껴지는 것이 적당히 하고 끝낼 심산이 아닌 듯했다. 브린은 문성의 갑작스런 발검에 놀라 마법을 사용할 생각도 하지 못하고 몸을 옆으로 비틀었다.

샤아익.

하지만 문성의 검은 마치 브린이 몸을 피할 것을 미리 예견이나 한 것처럼 검면이 부드럽게 옆으로 뉘어지며 횡으로 그어져 들어왔다. 이전 세계에서는 경험해 보지 못한 검의 빠른 변화에 당황한 브린은 뒤로 물러섰다.

서걱, 푸악.

하지만 한발 늦게 피한 브린의 가슴골 아래로 예리한 검흔이 생겨나며 피가 튀었다. 불에 지진 듯한 따끔한 통증에 브린은 발이 꼬이며 뒤로 넘어지고 말았다.

뒤로 넘어진 브린은 가슴골 아래로 난 상처를 치료하기 위해 힐링 마법을 시현하려고 했다. 하지만 횡으로 그어지며 브린에게 상처를 입혔던 문성의 검은 검끝이 멈추지 않고 반 바퀴 원을 그리며 위로 치솟았다가 누워 있는 브린의 배를 향해 내리꽂히기 시작했다.

브린은 마나를 손바닥으로 보낼 틈도 주지 않고 이어지는 문성의 연환 공격에 크게 당황하지 않을 수 없었다.

'……!'

이전 세계 기사들의 검술과는 너무나도 다른 공격 방식을 직접 몸으로 체험하게 되자 보았던 것과는 다르게 이 자리에서 목숨을 잃을 수도 있다는 생각이 들었다. 브린은 몸을 옆으로 굴리며 문성의 검을 겨우 피해냈다. 뇌려타곤(미친 당나귀가 땅을 구르다)처럼 바닥을 뒹구는 브린을 보며 문성은 입가에 비릿한 웃음을 지었다.

태앵.

문성의 내려치던 검이 브린이 피한 자리의 땅을 때렸다. 하지만 매화검법 삼식 냉매섬개(冷梅閃開:빙매화가 꽃을 피우다)의 초의에 따라 검을 눕혀 바닥을 때렸기 때문에 검은 바닥에 박히지 않고 오히려 탄력에 의하여 한 자 정도 튕겨져 올라왔다. 문성은 그 튀어 오른 검의 탄성력을 이용해 브린이 피하고 있는 방향으로 손목을 둥글게 말며 흔들었다. 그러자 검끝이 둥글게 반원을 그리며 브린의 등을 긋고 지나갔다.

슈각!

브린은 등에서 느껴지는 통증에 죽을힘을 다해 몸을 굴리며 허겁지겁 일어났다. 문성은 가로 긋기를 하며 몸의 바깥쪽으로 크게 벗어난 검을 머리 위로 한 바퀴 돌려 가슴 앞쪽에 비스듬히 붙였다. 그리고 검을 쥐고 있는 오른손의 어깨를 앞으로 내밀며 브린을 향해 바닥을 미끄러지듯 접근해 오고 있었다.

슈리리릭~

문성의 검이 몸에 가려 어깨 뒤로 보이지 않았기에 어디를 노리고 찌르기나 베기를 해올지 예측할 수 없어 브린은 크게 당황하였다. 적을 기만하고 이득을 취하는 이런 식의 검술을 눈으로만 보았지 직접 당해본 적이 없어 당황하지 않을 수 없었다. 부림인들의 싸움 방식은 브린이 알던 기사들의 전투 방식과는 큰 차이를 보였다. 기사도를 숭상하는 기사들은 변칙적인 공격보다는 강한 힘을 이용해 상대를 제압하는 방식을 선호했다. 무거운 갑옷을 걸치고 정면으로 승부하는 기사들의 공격을 상상하며 그에 대비해 왔던 브린으로서는 너무 당황스러운 상황에 처한 것이다.

하지만 전장에서 잔뼈가 굵은 브린도 당황하고만 있을 순 없기에 연환되던 문성의 초식에 생긴 잠깐의 틈을 이용하여 손바닥의 노궁혈에 마나를 빠르게 모아 어깨를 내밀며 다가오고 있는 문성을 향해 파이어 볼을 날렸다.

슈아아앙!

경공을 제외하고 무공의 무 자도 모를 것 같던 브린의 손에서 엄청난 열기가 느껴지는 열양장법이 터져 나오자 문성은 대경하였다.

"타합!!"

하지만 장풍의 속도가 너무나 느렸다. 브린의 파이어 볼은 크기는 크지만 속도가 느리다 보니 기습적인 공격의 묘를 살릴 수가 없었다.

문성은 화산의 일대제자답게 빠르게 평정심을 되찾고 수천 번 연습한 대로 짧은 순간 회피 초식을 전개하였다. 몸을 왼쪽으로 한 바퀴 돌리며 아래로 납작 엎드려 검을 쥐지 않은 손바닥으로 바닥을 짚는 화산 칠절매화검법의 다섯 번째 초식인 낙매승풍(落梅乘風:떨어지는 매화가 바람을 탄다)이었다.

슈우우웅~ 샤라라락~

브린의 파이어 볼은 납작 엎드린 문성의 머리 위를 지나쳐 약 5미터 정도를 날아간 후 공중에서 흩어져 버렸다.

문성은 엎드린 상태에서 장풍이 터지며 발생할 충격파에 대비했지만 아무런 느낌도 없이 사라지자 일순 당황하며 초식의 연환 전개에 따라 한 손으로 팔 굽혀 펴는 듯한 자세에서 검을 잡은 오른손을 횡으로 그어 상대의 발목을 노렸다.

째애애앵.

브린은 파이어 볼을 피하며 같은 순간 자신의 발목을 노리고 들어오는 문성의 검에 크게 당황하며 뒤로 물러섰다.

원래대로라면 뒤로 물러서는 정명을 향해 문성은 엎드려 있던 자세에서 오른발을 겨드랑이 밑까지 올려 짚어 그 발을 지지 축으로 앞으로 튀어나가며 찌르기를 하는 칠절매화검의 두 번째 초식인 향류천리(香流千里:향기가 천리까지 퍼짐)를 연속해서 시전해야 옳았다. 하지만 어찌 된 영문인지 수천 번 연습해 오던 완벽한 기회의 연환 초식을 포기하고 일어서서 긴장된 모습으로 주변을 경계하기 시작했다.

문성은 지금 몹시 당황하고 있었다. 방금 보았던 브린의 장풍 정도의 크기와 열기였다면 엎드려 있던 자신을 폭발의 충격파로 날려 버렸어야 한다. 하지만 브린의 장풍은 아무런 폭발도 없이 공기 중으로 흔적도 없이 사라졌다.

의아해하고 있는 문성의 뇌리에 불길한 생각이 스쳤다. 장풍이 폭발을 일으키지 않은 이유는 암경을 숨긴 상승 무학의 장풍이었기 때문이리라. 암경을 숨긴 장풍이었다면 흔적도 없이 공기 중으로 사라진 충분한 이유가 될 수 있을 것이다. 문성은 흔적도 소리도 없이 다가오고 있을 암경에 대비하여 신경을 곤두세우고 주변을 경계하기 시작했다.

'……!'

하지만 아무리 오랜 시간을 기다려도 암경을 느낄 수가 없자 문성은 분노하였다. 제대로 익히지도 못한 장풍에 놀라 주변을 경계하던 자신의 추한 모습이 떠올랐기 때문이었다. 자신과 경쟁 관계에 있는 사형 문우가 나무 그늘에 기댄 채 입술에 비릿한 미소를 머금고 있는 모습이 눈에 들어왔다. 문성의 귓가에 문우의 비웃음이 섞인 목소리가 들려왔다.

피식~

"어디서 장법을 어깨너머로 배운 놈이었나 보군. 사제가 처리하기 벅차다면 말만 하게. 내 단칼에 그놈의 양팔을 잘라 내 사제가 당한 수모를 대신 갚아줄 것이니."

문성은 문우의 비아냥거림에 화가 머리끝까지 차올라 미쳐 버릴 지경이었다. 문성은 살기 어린 검을 펼쳐 브린을 거칠게 베어 들어갔다.

쌔애애앵!

브린은 문성이 당황해하며 주변을 경계하던 시간을 이용해 가슴과 등에 난 상처를 힐링 마법으로 치유했다. 힐링 마법이 시전되자 갈라진 상처에서 새살이 돋아나며 피가 멈추었다. 상처는 치유했지만 문성의 검의 매서운 맛을 본 브린은 긴장하지 않을 수 없었다. 더욱이 문우는 아직 검조차 뽑지 않고 뒤쪽 나무 그늘 아래 서 있었다.

지지지직.

브린은 기사들과의 근접전에서 위력을 발휘하던 전격계

마법인 라이트닝 볼트를 오른손에 준비했다. 문성의 검이 심장을 노리며 찔러들어 오자 브린은 앞으로 마주 달려들어 실드 마법을 전개했다.

쿵!!

아무것도 없던 공중에서 문성의 찔러오던 검이 막히며 불꽃이 일었다. 브린의 실드 마법에 검이 중간에 막히자 당황해하는 문성의 모습이 보였다.

문성은 검이 눈에 보이지 않는 막에 막혀 튕겨져 나오자 당황하지 않을 수 없었다. 만약 브린이 눈에 보이지 않는 기의 막으로 공중에서 자신의 검을 튕겨낸 것이 사실이라면 그것은 말로만 듣던 반탄강기가 분명했다. 일 갑자를 상회하는 내공이 있어야만 펼칠 수 있다는 반탄강기는 문성의 사부도 쉽게 사용할 수 없는 최상승의 무학 공부였다.

문성이 당황해하며 두 눈을 부릅뜨고 있을 때 브린의 오른손이 가슴 높이로 들어 올리는 것이 보였다. 너무 눈에 보이는 공격 방식에 문성은 놀란 마음을 진정시키고 평정심을 되찾았다. 문성은 칠절매화검법 사식 매영난세(梅影亂世:매화 그림자가 천지를 어지럽힌다)를 펼쳐 순식간에 몸을 낮추고 상대의 다리를 공격하였다.

슈욱!

브린은 놀란 문성의 얼굴을 보며 이번 공격의 성공을 확신했다. 하지만 브린은 라이트닝 볼트가 오른손에서 발사되는 순간 문성이 갑자기 눈앞에서 사라져 버리는 바람에 크게 놀랐다. 마치 마법의 블링크를 사용한 것처럼 순식간에 눈앞에서 사라지는 문성의 모습을 쫓기 위해 브린은 고개를 옆으로 돌리려고 했다.

서걱!

"크아아악!"

하지만 브린은 다음 순간 오른쪽 허벅지에서 느껴지는 극심한 통증으로 인하여 비명을 내지르며 쓰러지고 말았다. 문성이 눈으로 쫓을 수 없을 정도의 빠름으로 몸을 낮추며 브린의 허벅지를 베어버린 것이었다.

나무에 기대 느긋하게 둘의 싸움을 지켜보던 문우는 브린의 반탄강기를 목도하고 문성을 돕기 위해 검을 반쯤 뽑아냈었다. 하지만 문성의 매영난세에 당해 옆으로 쓰러지는 브린을 보고는 검을 다시 검집에 꽂아 넣었다.

탁!

그리고 느긋한 마음으로 나무에 등을 기대며 둘의 싸움을 지켜보았다.

제12장

워락
(Warlock)

브린은 문성의 검에 당해 옆으로 쓰러지며 그의 이어질 연환 공격이 두려워 몸을 한참 굴린 후에야 힘겹게 일어설 수 있었다.

"크흐흐흐."

하지만 문성은 뇌려타곤을 펼치며 힘겹게 일어서는 브린을 바라보며 비릿한 웃음을 흘리고 서 있을 뿐이었다. 그의 웃음 속에는 강자의 여유가 느껴졌다.

그 비웃음을 본 브린은 마음을 정해야 한다는 생각을 하게 되었다. 지금까지 무공의 세계에서 마법이 노출될 때의 파장을 염려해 향주 강둑 위에서 보았던 무림인들의 무공과 비슷한 마법만을 사용하려 노력해 왔다. 하지만 마법이 거리적 제약에 묶여 힘을 발휘하지 못하는 지금 그런 사치스러운 생각으로 목숨을 잃을 수도 있다는 생각이 들었다. 브린은 마음을 정하고 문성을 노려봤다.

브린이 속했던 브루노 학파의 모든 용병 마법사는 워락으로 시작한다. 워락은 주로 용병들 틈에서 저주와 근접 공격 마법으로 전투를 돕는 근접 마법사들의 통칭이다. 하지만 브린은 지저분한 용병들의 뒤치다꺼리나 하는 워락으로 마법사의 인생을 끝낼 생각은 없었다.

장거리 공격 마법을 본격적으로 익히기 시작하는 3서클에 오른 브린은 워락에서 워 메이지(War Mage:전장에서 장거리 공격 마법을 날리는 마법사들)로 전향을 했었다. 워락보다 대접도 좋고 돈도 많이 벌 수 있었기에 브린은 워 메이지의 삶에 매우 만족해왔다. 그래서 오랜 시간 워 메이지의 마법에만 집중을 해왔기에 워락의 전투 방식을 대부분 잊어버리고 있었다. 하지만 지금처럼 거리적 제약으로 장거리 마법을 사용할 수 없는 상황이라면 굳이 워 메이지의 전투 방식을 고집할 필요가 없다고 느꼈다. 어렵겠지만 오래전 워락으로 활동했을 때의 전투 방식을 떠올리며 싸우는 것이 오히려 나을 것 같다는 생각이 들었다.

브린은 다리에 난 상처를 힐링 마법으로 치유한 후 정신을 가다듬고 워락(Warlock)의 전투태세를 취했다.

콰아아악!

브린은 왼손의 노궁혈에 마나를 보내 왼손을 1서클의 스톤 핸즈 마법으로 돌처럼 단단하게 만들었다. 이제 왼손은 검을 막는 방패가 될 것이다. 물론 6서클의 아이언 스킨(몸을 철처럼 단단하게 만든다)을 시전하면 좋겠지만, 지금은 5서클 이상의 마법 수식을 모르고 있기에 낮은 서클의 워락 시절 가장 많이 사용해 손에 익은 방법을 사용하기로 한 것이다.

남은 오른손에는 범위 마법 중 가장 처음 등장하는 5서클의 플레임 파이어 마법을 준비했다. 마나를 준비하고 수식으로 계산을 끝낸 후 문성의 반응을 기다렸다.

문성은 비릿한 웃음을 머금고 브린에게 천천히 다가왔다. 아마 저 느릿한 걸음 속에 빠름을 숨기고 이전처럼 순간적인 발검을 할 것이다. 브린은 몸에 무리가 갈 정도로 스트랭스와 헤이스트 마법을 극성으로 끌어올렸다.

극성으로 끌어올린 마법 때문에 온몸에서 통증이 느껴져 왔지만 그것을 무시하고 브린은 문성을 향해 뛰어들어 갔다.

브린은 뛰어들며 문성의 빠름을 눈으로 좇을 수 없었음을 상기해 내고 5서클의 타임 브레이커 마법을 극성으로 끌어올 렸다. 눈에 무리가 가며 세상이 붉은색으로 물들었다. 타임 브레이커가 극성으로 끌어올려지자 문성의 움직임이 반 이상 느려진 것을 실감할 수 있었다. 하지만 여전히 빠른 움직임이었기에 방심할 수는 없었다.

채앵!

문성이 오른손으로 검의 손잡이를 잡는 모습이 눈에 들어왔다. 문성의 검이 뽑혀 심장을 노리고 찔러 들어오는 순간 브린은 고개를 숙여 문성의 왼쪽으로 앞구르기를 했다.

사각.

문성의 검은 그런 브린의 머리 위를 지나치며 머리카락 몇 올을 잘라내었다. 브린의 잘려진 머리카락이 아직 바람에 날리기도 전에 문성의 왼쪽 뒤편으로 구르던 브린의 오른손이 땅바닥을 강하게 내려치며 시동어를 외쳤다.

쾅!

"Flame Fire!"

브린이 내려친 땅을 중심으로 붉은 불꽃이 일며 원형으로 퍼져 나갔다.

"헉!"

문성은 브린이 있는 왼쪽 뒤편 땅으로부터 열기가 올라오자 크게 놀라 위로 솟구쳤다. 문성이 뛰어오른 발아래로 아슬아슬하게 불꽃이 스쳐 지나갔다.

파악!

괴이한 술수를 목도한 문우가 나무 그림자 속에 숨어 있다가 튀어나오며 브린을 향해 일직선으로 검을 찔러왔다. 브린은 왼손에 모아두었던 마나로 뛰어오른 문성을 향해 플레임 랜스(불꽃의 창을 만들어낸다)를 쏘려 준비하다 빠르게 찔러들어 오는 문우의 검을 보고 모아두었던 마나로 4서클의 미러 이미지(분신을 만들어낸다) 마법을 시전해 문우를 향해 쏘아 보냈다.

"Mirror Image!"

문우는 갑자기 자신의 검으로 뛰어들어 심장이 관통당하는 브린의 모습을 보고는 사부의 호통 소리가 생각이나 깜짝 놀라며 뒤로 크게 물러섰다.

샤라라락.

하지만 심장이 꿰뚫려 죽은 설로 여겼던 브린이 눈앞에서 연기처럼 사라지자 문우는 매우 당황스러웠다. 브린의 괴이한 술법으로 인하여 싸움은 잠시 소강상태에 접어들었다. 문우가 브린의 뒤에 내려선 문성을 향해 큰 소리로 말했다.

"괴이한 환술을 부리는 놈이니 조심해라!"

브린은 문우의 말이 끝나기 전에 문성을 향해 뛰어들었다. 전투 방식을 잘 모르는 문우보다는 문성을 먼저 해결하고 문우를 제거할 생각이었다. 브린은 5미터 이내에 들어온 문성에게 5서클 저주 마법 계열인 홀드 마법을 날렸다.

문성은 브린이 쏘아낸 홀드 마법이 실린 손톱 크기만 한 흰색 구체를 마주하고 그것을 검으로 쳐내려 했다.

파삭.

하지만 문성의 검에 닿은 그 흰색 구체는 순식간에 깨어지며 사라졌고, 대신 손끝이 찌릿하며 순간적으로 온몸이 마비되어 옴을 느낄 수 있었다. 몸이 마비되어 버린 문성은 연이어 브린의 손에 맺어진 엄청난 열기의 창을 보고 대경하지 않을 수 없었다.

하지만 브린은 얼어 있는 문성을 향해 정확히 조준하여 플레임 랜스를 날릴 수가 없었다. 미러 이미지를 마주했던 문우가 처음과 달리 브린이 만든 분신의 심장을 찌르는 대신 어깨를 노렸고, 그 찔러 넣은 칼끝에 아무런 감각이 전해지지 않자 환영을 그대로 무시한 채로 그것을 통과해 브린의 등을 향해 일검을 찔러들어 왔기 때문이다.

슈우욱!

환영에 속지 않고 그대로 찔러들어 오는 문우의 검에 다급해진 브린은 몸을 비틀어 스톤 핸즈에 의하여 단단해진 왼손으로 문우의 검을 옆으로 쳐냈고, 그 때문에 방향이 틀어진 플레임 랜스가 문성의 오른쪽 볼을 아슬아슬하게 스쳐 지나갔다.

지지지직!

하지만 스쳤다고는 하나 엄청난 열기를 머금은 플레임 랜스의 화력 앞에 온전할 수는 없는 일이었다. 문성의 오른쪽 볼과 어깨 부위는 엄청난 열기에 녹아 들어갔고 그 통증 때문에 홀드 마법이 깨지며 문성의 입에서 고통에 찬 비명 소리가 터져 나왔다.

"크아아악!"

몸이 자유로워진 문성은 괴성을 내지르며 몸을 오른쪽으로 한 바퀴 빙글 돌려 땅을 짚었다. 문성의 몸에서 다시 한 번 낙매송풍이 시전된 것이다. 납작 엎드린 문성의 검이 종전처럼 브린의 발목을 노리며 그어져 왔다.

사아아악!

하지만 아무리 무공에 문외한일지라도 같은 수에 두 번 당할 브린이 아니었다. 브린은 뒤로 물러서기보다 앞으로 뛰어나가며 문성의 등 위로 뛰어 올랐다. 그리고 환히 내려다보이는 문성의 등을 향해 아이스 랜스를 쏘아 보냈다.

퓨우우웅.

브린은 모르고 있었지만 낙매송풍은 상대가 등 위로 뛰어오를 때 더욱 위협적인 초식으로 변하게 되어 있었다.

팡!

문성은 마치 브린이 그의 등 위로 뛰어오를 것을 예상이나 한 듯 왼손으로 바닥을 굴렀다. 그리고 그 반동을 이용해 몸을 옆으로 뉘어 솟구쳐 올렸다. 그의 오른손에 있는 검은 문성의 움직임에 따라 자연스럽게 브린의 옆구리를 노리며 횡으로 그어져 들어왔다. 칠절매화검 삼식 향류승천(香流昇天:향기가 하늘로 오른다)이 펼쳐진 것이었다. 브린의 아이스 랜스는 문성의 물이 흐르는 듯한 자연스러운 움직임에 그의 앞섶을 스쳐 바닥을 때렸다.

5서클의 아이스 랜스가 터지면 반경 10미터 정도는 그 폭발의 여파로 얼어버리는 게 일반적인 일이다. 그러나 이곳은 마법의 효과가 너무 미약해 큰 폭발이 일어나지 않고 얼음 알갱이 몇 개가 튀어 오르며 문성의 옆구리를 때리는 수준에 그쳤다.

쿠앙! 파바바박!

하지만 그 작은 차이가 브린의 목숨을 구했다. 옆구리의 충격 때문에 문성은 초식을 완성할 수 없었고, 브린은 문성의 검을 아슬아슬하게 피하며 바닥에 내려설 수가 있었다.

세 명의 공방은 순식간에 이루어졌고, 큰 폭풍우가 지나간 자리에 잠시의 정적이 흘렀다. 그 정적 가운데 서 있는 세 명 중 문성의 상태가 가장 좋지 못하였는데, 그의 오른쪽 얼굴과 어깨는 화상으로 흉측하게 변해 있었으며, 왼쪽 옆구리는 얼음 파편으로 인해 피를 흘리고 있었다.

하지만 공방의 득실을 떠나 지금 가장 불리한 상황에 놓인 사람은 브린이었다. 만일 시간을 끌다가 정문이 이광을 누르고 지금이라도 이곳에 도착한다면 살아서 이들의 손아귀에서 벗어날 가망성이 전무했기 때문이었다. 또한 지금까지 무리하게 시전하고 있는 스트랭스, 헤이스트, 타임 브레이커 등의 마법이 몸에 심각한 무리를 주기 시작하여 몸의 이곳저곳에서 고통에 찬 비명 소리가 들려오고 있었다.

브린은 지금의 상황을 빨리 끝내기 위해 비장의 수를 꺼내들기로 마음먹었다.

파지지직!

4서클의 콜 더 웨폰을 시전하자 브린의 오른손에 2미터가넘는 거대한 투 핸드 소드가 솟구쳐 올랐다. 푸른빛이 도는반투명한 검이 브린의 손 위에 나타나자 문성과 문우는 놀라심장이 입 밖으로 튀어나올 뻔했다.

무림에는 전설처럼 전해지는 경지가 있는데 그중 기로 검을 만들어내는 경지를 심검지도라고 한다. 문성과 문우는 눈앞에 나타난 투명한 기의 검을 보고 심검지도의 경지를 떠올렸다. 하지만 다시 생각해 보면 어찌 심검지도의 경지에 오른무인과 겨루어 지금까지 살아 있을 수 있겠는가? 아마 괴이한환술을 부리는 놈이니 저 투명한 기의 검 또한 자신들을 농락하려고 심검을 흉내 내어 만들어낸 환술에 불과할 것이 분명했다.

문성은 우습게 보던 절름발이 병신 놈에게 당한 것도 화가나는데, 심검을 흉내 내어 자신을 농락하려 하고 있다고 생각하자 도저히 화를 억누를 수가 없었다. 문성은 큰 소리로 고함을 내지르며 브린에게 달려들었다.

"크아아악!! 내 너의 사지를 모두 잘라낸 후 몸통과 그 위에 얹어진 머리통만을 들고 사부님에게 데려갈 것이다!"

경솔하게 뛰어드는 문성을 보고 문우는 말리려 했다. 그러나 말릴 틈도 없이 뛰어들어 가는 문성의 뒷모습을 보고 할 수 없이 검을 고쳐 든 문우가 브린의 왼쪽을 노리며 달려들어 갔다.

브린의 콜 더 웨폰으로 만든 마나 소드는 짧은 시간에 많은 양의 마나를 소모했기에 지체없이 문성을 향해 마주 달려들었다.

문성은 브린에게 뛰어들며 그가 알고 있는 최고의 초식을 펼쳤다. 얼마 전 깨달은 이십사수매화검법의 제일식 매화노방(梅花路傍:매화가 길옆에 피어 있다)을 펼치자 문성의 검이 가슴 앞에서 수십 개로 불어났다. 환검을 펼치는 문성의 눈에 자신감이 비쳤다.

샤샤샤샥~

마주 달려들던 브린은 문성의 환검을 보고 깜짝 놀랐다. 문성의 검이 마치 마법을 부린 것처럼 수십 개로 불어난 것이다.

브린은 놀란 가운데 마음을 진정시키고 정신을 가다듬은

후 2서클의 디텍트(Detect) 마법을 시전했다. 디텍트 마법은 금속을 탐지해 내는 데 큰 효용이 있었다. 환영처럼 보이던 문성의 검 가운데 규칙이 생겨나며 일직선으로 찔러들어 오는 하나의 검이 브린의 두 눈에 맺혔다. 브린은 그 검을 향해 콜 더 웨폰으로 만든 마나 소드를 아래서 위로 쳐올렸다.

부웅~

문성은 브린이 환검 속 진검을 정확히 찾아내고 그것을 향해 검을 휘둘러 오자 놀라지 않을 수 없었다. 자신도 얼마 전 어렵게 완성한 환검이다. 브린의 경지가 자신이 경원시할 만한 수준을 뛰어넘었다 판단이 선 문성은 환검을 버리고 익숙한 진검으로 승부하기로 마음먹었다. 환영이 사라지며 문성의 가슴 앞에 하나의 검이 나타났다. 그 검을 브린의 마나 소드가 아래서 위로 쳐올렸다.

쾅!

브린이 휘두른 마나 소드의 충격에 팅겨 날아갈 걸로 예상했던 검은 문성이 손목의 힘을 빼고 머리 위로 살짝 들어 올리자 머리 위를 가볍게 한 바퀴 돌아 빠르게 제자리로 돌아왔다.

휘리리릭~

칠절매화검의 마지막 초식인 암향부동화(暗香不凍花:은밀한 향기는 꽃이 얼지 않았음을 의미한다)였다. 브린의 검보다 빠르게 제자리로 돌아온 문성의 검은 브린의 오른쪽 어깨를 노리며 일직선으로 찔러들어 왔다.

슈욱!

브린은 문성의 검을 튕겨낸 뒤 이차 공격으로 들어 올린 검을 내려치려고 하다가 빠르게 제자리로 돌아와 자신의 오른쪽 어깨를 노리며 찔러들어 오는 문성의 검을 보고 대경하며 몸을 옆으로 틀었다. 하지만 공격을 온전히 피하기에는 거리가 너무 가까웠고 그런 브린의 오른쪽 어깨 위로 피가 튀어올랐다.

츄악!

브린이 검상을 입자 익숙하지 않던 콜 더 웨폰의 마나 소드가 흩어져 버렸다.

"크으으윽!"

다음 순간 브린은 왼편에서 문우의 검이 연이어 자신의 왼쪽 손목을 노리며 찔러들어 오는 것을 보았다. 브린은 문우의 갑작스런 공격에 놀라 그의 검을 스톤 핸즈 마법이 걸려 있는 단단한 왼손으로 틀어쥐려 했다. 하지만 문우의 검은 그런 브린의 손아귀를 나비처럼 가볍게 피하고 뱀처럼 교묘하게 팔을 타고 올라와 왼편 어깨를 꿰뚫고 물러났다. 이십사수매화검 이초식 매화접무(梅花蝶舞:매화꽃에 나비가 날아와 춤을 추다)였다.

털썩!

양쪽 어깨에 피를 흘리며 브린은 무릎을 꿇었다. 그런 브린을 보고 문성이 달려들어 끝을 내려 했다. 그 모습에 문우가 서둘러 문성의 앞을 가로막으며 말을 이었다.

"뒤로 물러서게, 사제. 승패가 갈렸으니 저놈을 사부님께 데려가면 될 것이네."

"사부님께 데려가기 전 저놈의 사지를 모두 잘라내야 합니다."

살기로 번들거리는 문성의 두 눈을 마주한 문우는 그를 설득할 수 없음을 깨닫고 뒤로 한 걸음 물러섰다. 양쪽 어깨에 피를 흘리며 힘겹게 일어서고 있는 브린을 향해 문성이 다가왔다.

"이 간악한 병신 놈아, 내 네놈의 사지를 모두 잘라내 몸통과 그 위에 얹어진 머리만 들고 사부님께 데리고 갈 것이다. 크크크. 죽지 않도록 조심해서 다뤄줄 것이니 걱정 붙들어 매거라."

하지만 문성과 문우가 간과한 것이 있었으니, 아무리 깊은 상처라도 브린에게 시간만 주어진다면 그것을 치료할 힐링 마법이 있다는 것이다.

브린은 쪼그려 앉아 양손으로 각기 반대쪽 어깨를 감싸고 힐링 마법을 시전했다. 오른쪽 어깨는 빠르게 나았지만, 문우의 검에 관통됐던 왼쪽 어깨는 그 상처가 깊어 좀 더 많은 시간이 필요할 것 같았다. 하지만 지척까지 다가온 문성을 보자 그럴 시간이 없음을 느끼고 브린은 도박을 하기로 마음먹었다.

브린은 다가오는 문성을 향해 오른팔을 들어 올렸다. 오른팔을 들어 올린 브린을 보고 문성의 비아냥거리는 소리가 들려왔다.

"크하하하! 오른팔부터 잘라주라는 말이더냐? 오냐! 내 너의 소원을 들어주어 오른팔부터 시작해 차근차근 사지를 모두 잘라내 줄 것이다! 걱정 붙들어 매거라!"

브린은 많은 피를 흘려 정신이 혼미한 가운데도 남아 있는 모든 힘을 짜내 앞으로 튀어나갔다.

파악!

그리고 들어 올린 오른손에서 하얀색 구체를 발사했다.

슈우웅.

이 하얀색의 불투명한 구체를 보면 이전 시대의 모든 지적 생물체들은 약 5초간 눈을 가려 시력을 보호했다. 그래서 4서클의 비교적 고차원 마법인 데 비하여 효율이 떨어져 쓰이는 빈도가 매우 적었다.

하지만 저들과의 근접전에서 정면 승부로는 승산이 없으니 저들이 이 하얀 구체가 터질 때까지 바라봐 주기를 바랄 뿐이었다. 하얀 구체를 만들어낸 브린은 바닥에 납작 엎드려 왼손으로 두 눈을 가렸다.

문성과 문우는 브린이 바닥에 엎드리는 것을 봤지만 일어서려다 체력이 다해 앞으로 넘어진 것이라 여겼다. 대신 브린이 만들어낸, 천천히 공중을 부유하고 있는 처음 보는 하얀색 구체에 온 신경을 집중했다.

쩌억~ 찡! 슈우우웅~

잠시 후 그 하얀 구체가 갈라지며 하늘의 태양마저 삼켜 버릴 만큼 강렬한 빛이 사방으로 퍼져 나갔다. 4서클의 플래쉬 밤 마법이 시전된 것이다. 처음 라이트 마법을 시전할 때도 느낀 거지만 이곳의 마나는 빛과 관련된 마법에 특히 강한 힘을 실어주는 것 같았다. 엎드려 두 눈을 가리고 있는 브린의 손가락 사이로도 강력한 빛이 새어들어 왔다.

원래 플래쉬 밤 마법은 8서클의 블라인더 마법처럼 눈이 멀게 만드는 수준이 아닌, 강한 빛으로 잠시 동안 시력을 상실하게 만드는 목적으로 만들어진 마법이었다. 하지만 블라인더 마법보다 훨씬 강력한 플래쉬 밤 마법의 빛은 짧은 시간에 문성과 문우의 시력을 앗아가기에 충분했다.

"크아악! 내 눈! 내 눈… 눈이… 눈이 보이지 않아!!"

깊은 숲 속에서 화산파 두 제자의 고통에 찬 절규가 울려 퍼졌다.

다행히 브린이 도박처럼 사용한 마지막 수가 먹혀들었다.

이전 세계에서 워낙 성공률이 낮아 잘 사용하지 않던 마법으로 의외의 효과를 보자 브린은 살았다는 안도감에 긴 숨을 몰아쉴 수 있었다. 문성과 문우는 두 눈을 감싸고 고통에 몸부림치며 바닥을 뒹굴었다.

브린은 힘겹게 일어나 문우에게 다갔다. 브린은 문우의 정수리에 대고 슬립 마법을 시전했다. 슬립 마법은 홀드나 슬로우 마법처럼 작은 구체를 쏘아 보내는 대신 정수리에 손을 대야지만 발현할 수 있는 마법이었다.

문우는 두 눈을 잃은 비통함 때문에 정신이 없어 우왕좌왕하는 사이에 잠이 들고 말았다.

브린은 잠든 문우를 하늘을 향해 똑바로 눕힌 뒤 왼손을 그의 심장 부위에, 오른손을 그의 단전 부위에 올렸다. 그리고 왼손에 스틸 라이프와 오른손에 스틸 마나 마법을 시전하여 그의 마나와 생명력을 빼앗았다. 문우의 안색이 창백하게 변해가며 그 반대 여파로 브린의 혈색이 좋아져 갔다.

문우의 생명력과 마나를 흡수한 브린은 그가 죽은 것을 확인하고 일어섰다. 일어설 때 단전에 약간의 통증이 느껴졌지만 무시하고 문성에게 다가갔다. 문우의 생명력과 마나를 흡수하는 동안 문성은 일어나 미친 사람처럼 허공에 대고 칼질을 해대고 있었다.

“이 간악한 병신 놈아! 내 너를 갈아 마셔 버릴 것이다! 어디 있느냐? 용기가 있다면 다시 겨뤄보자!"

브린은 난폭한 칼질에 감히 다가서지 못하고 5미터 정도 거리에서 그를 향해 플레임 랜스를 날렸다. 플레임 랜스의 강한 열기가 느껴지자 문성은 납작 엎드려 그 열기를 피해냈다. 그리고 그 열기가 느껴졌던 방향을 향해 개구리처럼 튀어 오르며 일검을 질러 들어왔다. 하지만 브린은 그의 움직임을 모두 보고 있었다.

브린은 문성의 찌르기를 피해 오른쪽 옆으로 살짝 비켜서서 그의 왼편을 향해 파이어 볼을 날려 버렸다. 튀어 오르다 파이어 볼에 직격당한 문성은 순식간에 온몸이 불타오르며 고통스런 비명 소리와 함께 바닥을 뒹굴기 시작했다.

"이 간악한 병신 놈아! 내 귀신이 되어서도 너를 따라다니며 칠공에서 피를 쏟으며 죽게 만들 것이다! 크아아아!"

한참을 뒹굴며 저주를 퍼붓던 문성이 잠잠해졌다. 죽은 것이 분명했다. 브린은 정문이 쫓아올지도 모른다는 생각에 빠르게 그 자리를 벗어났다.

브린이 사라진 자리에는 한 구의 시체가 하늘을 바라보고 평안하게 누워 있었고, 또 다른 한 구의 시체가 시커멓게 탄 채 엎드려 있었다. 엎드린 시체의 손과 발이 심하게 오그라든 것으로 미루어 굉장히 고통스런 죽음이었음을 알 수 있었다.

브린이 사라진 지 얼마 지나지 않아 그 자리에 정문이 모습을 드러냈다. 나타난 정문의 머리는 산발이 되어 있었고, 옷 이곳저곳에 다량의 피가 묻어 있었다. 그의 모습으로 미루어 큰 격전을 치른 후 정신없이 이곳으로 달려온 것이 분명했다.

정명과 제자들이 격전을 벌인 장소를 돌아보던 정문이 끔찍한 모습으로 죽어 있는 문성을 내려다보았다. 정문이 입술을 깨물었다. 그의 입술 사이로 피가 흘러내렸다.

"크아악!! 병신 놈아!! 네놈을 갈가리 찢어 죽여 버릴 것이다!"

자신을 철저하게 가지고 논 사실을 알게 된 정문의 절규가 숲 속을 울리었다. 피를 토하며 절규하는 정문의 눈에 진한 살기가 흐르기 시작했다.

파악!

정문은 서둘러 브린이 사라진 방향으로 몸을 날렸다.

제13장

악귀(惡鬼)의 유훈

브린은 목숨을 보전하기 위해 정신없이 숲 속을 달리고 있었다. 다행히 브린은 추적을 따돌리는 방법을 많이 알고 있었다. 발자국을 없애기 위해 워킹 서페이스(물위를 걷는 마법) 마법으로 땅 위를 달렸다. 나뭇가지가 부러지거나 풀숲이 누워 방향을 가리키는 것을 피하기 위해 바위 위로 걸음을 옮겼다.

잠을 잘 때도 나무 위에 올라가 잠을 잤고 모닥불은 절대 사용하지 않았다. 멀리서도 사람의 그림자가 보일 수 있는 능선은 되도록 피하고 그 능선을 바로 아래쪽에서 비스듬히 걸으며 이동 동선을 최대한 줄이기 위해 노력했다. 모두가 이전 세계에서 사부에게 배운 추적술을 피하는 방법이었다.

다행히 정문의 추격을 뿌리친 브린은 한 달여를 숲 속에서 헤맨 끝에 남경 근처에 도착할 수 있었다. 한 달간이나 숲 속을 헤매며 숨어 지내다 보니 브린의 몰골이 말이 아니었다. 하루라도 빨리 사람 사는 곳에 들어가 식사와 목욕을 하고 싶었다. 하지만 브린은 바로 도시로 들어가지 않았다. 예전과 같이 경솔한 행동으로 정문을 불러들일 수는 없었기 때문이다. 다시 그를 만난다면 살아 그 자리를 벗어날 자신이 없었다. 최대한 조심할 필요가 있었다. 그의 악한 성정을 생각하면 절대 자신을 살려두지 않을 것이다.

브린은 변장을 하기 위해 산골 초옥에서 노파의 헌옷 한 벌을 훔쳤다. 브린은 남경 초입에서 노파로 변장하기 시작했다. 머리 위로 빛바랜 갈색 보자기를 눌러썼다. 회색빛의 저고리를 위에 걸치고 검은색 무명 통치마를 허리에 두른 후 구부러진 왼쪽 다리를 긴 치마 안쪽으로 숨겼다.

그리고 브린은 눈을 감고 3서클의 체인지 셀프(Change Self:자신의 얼굴과 목소리를 변형시킨다) 마법을 시전하였다. 마법적 마나를 머금은 브린의 왼손이 얼굴을 위에서 아래로 쓱 내리 문대며 지나갔다. 손이 지나간 자리에는 나이를 가늠할 수 없을 정도로 추하게 늙은 노파의 얼굴이 나타났다. 잠시 후 브린의 검은색 머리카락이 뿌리에서부터 하얗게 물들었다.

브린은 머리카락 끝을 손가락으로 잡아당겨 백발로 변한 것을 확인한 후 목을 열어 말을 해보았다.

"아… 아… 아!"

가래 끓는 노파의 음성이 울려 퍼졌다.

체인지 셀프 마법은 얼굴과 목소리, 머리색 등을 변형시키지만 완벽하지는 못했다. 드래곤들이 사용하는 폴리모프 마법을 흉내 낸 것으로 인간이 사용하는 가장 초급의 변장 마법이었다. 8서클에 올라가면 셀프 트랜스폼이라는 마법을 통해 자신의 육체의 외형을 변형시킬 수도 있었지만 그 또한 폴리모프처럼 완벽하게 개체 자체를 변형시킬 수는 없었다.

더욱이 체인지 셀프 마법은 얼굴 위에 이미지를 덧씌우는 간단한 눈속임에 지나지 않았기에 마나에 민감한 기사나 마법사 앞에서는 쉽게 들통이 나는 단점이 있는 저급 마법이었다. 하지만 이 세계에서 체인지 셀프 마법을 알고 있는 사람은 없을 것이니 변장을 위해 한번 사용해 봄 직한 마법이었다. 물론 마나에 민감한 무림인들을 조심해야겠지만 말이다.

변장을 끝낸 브린은 완벽한 시골 노파의 모습으로 남경을 향해 걸어갔다. 허리를 구부정하게 구부리고 오른손으로 등짐을 졌다. 왼손에는 길에서 주운 나뭇가지를 지팡이 대용으로 짚으며 걸음을 옮겼다. 지팡이를 짚고 구부정하게 걸으니 절뚝거리는 왼발을 감출 수 있어 좋았다.

멀리서 엄청난 위용을 자랑하며 높이 솟은 성벽이 눈에 들어왔다. 천하를 평정한 명 태조 주원장이 머무는 남경이어서 그런지 성벽의 위용부터가 남달랐다.

브린은 성문 시위로부터 간단한 질문 몇 가지를 받고 남경 남쪽의 상방문(上方門)을 통해 남경 시내로 들어갔다. 넓게 펼쳐진 도로 위로 수없이 많은 사람이 북적이고 있었다. 남경 성내를 보니 당금 황제가 머무는 천하의 중심이 바로 이곳이구나 하는 생각이 절로 들었다.

브린은 옆에 지나가던 청년 한 명을 불러 세워 말을 걸었다.

"이보게, 젊은이, 길 좀 물음세."

청년은 노파로 변한 브린을 돌아보고 공손하게 대답했다.

"할머니께서 어디를 가려 하시오?"

"남경에 황룡사라는 절이 있다는데 아이가 없는 아들 내외를 위해 그곳에 불공을 드릴까 하고 찾아가는 길이네."

"아, 승룡사를 말씀하시는 거구려? 하하, 그거라면 아주 쉽소. 저기 보이는 저 붉은 돌산의 중턱으로 가면 승룡사라는 절이 있을 거요."

"아니, 나는 황룡사를 물었는데 어찌 승룡사를 가르쳐 주는 것인가?"

"승룡사가 황룡사이기 때문이오. 원래 절 뒤에 있는 용이

승천하는 듯한 바위 때문에 승룡사라 이름 지었던 절이 산의 이름이 황산이다 보니 황산 위의 승룡사로 부르다가 종국에는 황룡사로 불리게 된 절이오. 그러니 황룡사로 가려면 승룡사로 가는 것이 맞소."

청년의 친절한 설명에 고개를 끄덕이며 고마움을 표시한 브린은 승룡사를 향해 발걸음을 옮겼다. 청년이 알려준 대로 길을 따라 걷다 보니 멀리 황산 위로 웅장한 절이 한눈에 들어왔다. 브린은 근처에서 깨끗한 객점을 수소문해 방을 하나 잡은 뒤 황룡사를 향해 걸음을 놀렸다.

황룡사는 명의 수도가 남경으로 정해진 후 황실의 후원으로 그 세가 날로 번창하며 현재 천하에서 둘째가라면 서러워할 정도의 큰 절이 되어 있었다.

황룡사 일주문에 도착하자 붉은색으로 채색된 거대한 나무 기둥 두 개가 눈에 들어왔다. 그 기둥 위로 붉은색으로 채색된 공포(문 위에 가로 놓인 보)가 가로질러 올려 있었다. 공포 위로 팔작지붕이 웅장하게 뻗어 있는데, 다른 절에 비하여 두 배 이상 커 보이는 웅장함이 특히 돋보였다. 그리고 팔작지붕 아래로 금빛 현판이 하나 걸려 있었는데, 그 현판에는 마치 용이 지금이라도 하늘로 승천할 것 같은 웅장하며 날렵한 필채로 승룡사(昇龍寺)라 양각되어 있었다.

일주문의 뒤쪽으로 끝이 보이지 않을 정도로 긴 돌계단이 늘어서 있었는데 그 초입에 향을 파는 접객승들이 삼삼오오 모여 있었다. 그리고 그 앞으로 향 다발을 사기 위한 인파가 북적이고 있었다. 현 천하의 중심 수도에 있는 유명한 사찰답게 활기가 넘치는 풍경이었다. 브린은 일주문을 지나 가까이 있는 접객승으로부터 향 한 다발을 사서 돌계단을 올라갔다. 돌계단 끝에 나 있는 산문을 지나자 피안교가 눈에 들어왔다. 그것을 건너 대웅전이 보이는 절의 앞마당에 도착하였다.

대웅전 앞으로 향을 태우며 소원을 비는 사람들의 행렬이 끊이지 않고 이어지고 있었다. 브린도 북적이는 인파에 섞여 향 한 다발을 태운 후 옆에서 마당을 정리하고 있는 지전(知殿) 스님에게 합장을 하고 말을 건넸다.

"스님, 사람들이 황룡사의 뒤뜰에 가면 유명한 소나무 한 그루가 있는데, 앞으로 크게 기운 것이 상서롭게 보인다 하여 꼭 찾아보고 불공을 드리라 했습니다. 혹시 어디 있는지 알려 주실 수 있는지요?"

"하하, 이곳 승룡사에 처음이신가 보군요. 청수여래님을 모른다니 말입니다. 저쪽 대웅전 뒷길로 돌아가면 사람들이 북적이는 곳이 있을 겝니다. 그곳에서 보살님이 찾으시는 청수여래님을 보실 수 있을 겁니다."

브린은 지전 스님과 합장으로 인사를 나눈 후 그가 알려준 대웅전의 뒤뜰로 돌아갔다. 뒤뜰로 들어서자 지전 스님이 말했던 청수여래가 한눈에 들어왔다. 많은 사람들이 그 주위를 돌며 염불을 외우는 것이 아주 유명한 소나무인 것 같았다. 브린도 염불을 외우는 사람들 틈에 섞여 소나무 주위를 돌며 그것을 주의 깊게 관찰했다.

그 오래된 소나무는 대웅전을 향해 앞으로 크게 기울어 있었는데, 허리 중간 부분이 구부러져 나무의 꼭대기가 땅에 닿을 정도였다. 그리고 그 양옆으로 큰 나뭇가지가 두 개가 길게 뻗어 마치 대웅전을 향해 허리를 구부리고 큰절을 올리고 있는 사람의 형상을 하고 있었다. 특히 장팔이 말한 대로 나무의 뒤편에 큰 뿌리가 두 갈래로 갈라져 땅 위로 올라와 있었는데, 그 갈라진 뿌리가 마치 사람의 다리처럼 보여 온전히 절을 하고 있는 사람의 모습처럼 보이게 만들고 있었디. 문제는 나무의 모양이 너무 상서롭다 보니 사람들의 행렬이 끊이지 않고 이어진다는 것이었다.

'행렬이 끊이지 않으니 땅을 팔 기회가 없구나. 사람이 없는 저녁때를 노려야 할 것 같다.'

브린은 그곳을 빠져나와 산문 뒤쪽에 있는 숲에 몸을 숨겼다.

'……'

깊은 밤 인기척이 끊긴 후 브린은 조심스럽게 숲 속에서 나와 대웅전 뒤뜰로 숨어들어 갔다. 낮에 보았던 향화객들이 붐

벘던 장소는 늦은 저녁 풀벌레 소리만 요란한 암흑의 공간으로 변해 있었다. 브린은 노송의 뒤편으로 돌아갔다. 그리고 소리를 낮춰 마법 주문을 외웠다.

"Dig."

디그(땅을 판다) 마법이 시전되자 소리없이 흙이 뒤로 물러나며 땅속이 드러나기 시작했다. 마법을 세 번 정도 시전하자 땅속 이주척(40~50㎝) 정도 아래에서 투박한 나무 상자 하나가 나왔다.

브린은 주변을 한 번 돌아본 후 숨을 죽이며 상자의 뚜껑을 열었다. 상자 안에서 비단으로 곱게 싸인 네 권의 책자와 두꺼운 갑사 천으로 둘둘 말려 싸여진 사모(뱀 모양의 창)의 창날 부분이 나왔다. 사모의 창날은 중간 부분이 부러진 채 고이 모셔져 있었다.

철컥!

부러진 창날의 위아래를 맞춰보자 그 중간 부분에 악귀(惡鬼)라고 음각된 글씨가 보였다.

'홍화루에서 무림인들이 말하던 장팔 아저씨의 애병 철사모의 창날 부분인가 보군. 창날이 상하지 않고 매끈하게 부러져 있는 것이 장 아저씨가 무림을 은퇴하며 스스로 창날을 부러뜨려 이곳에 봉한 게 분명하구나.'

상자 안을 확인한 브린은 주변을 두리번거려 사람이 없음을 확인하고 디그 마법으로 판 땅을 잘 골라 흔적을 없앤 뒤 상자를 들고 황룡사를 빠져나왔다.

브린은 밤길을 조심히 이동하여 낮에 잡아두었던 객방으로 숨어들어 갔다. 브린은 주변의 기척을 살피며 조심히 샤도우 미러(Shadow Mirror:어둠 속에서 사물을 볼 수 있게 해준다) 마법을 시전하며 상자를 열었다.

브린은 상자에서 비단에 싸인 네 권의 책자를 꺼내 들었다.

맨 위의 책에는 제목이 적혀 있지 않았는데, 내용을 살펴보니 장팔의 일기인 것 같았다.

'이건 나중에 보기로 하고 두 번째는 무엇인지 한번 살펴보자.'

두 번째 책의 표지에는 붉은 글씨로 청사창법(靑蛇槍法)이라 적혀 있었다. 책장을 넘기자 현란한 창술 초식들이 기술되어 있었다.

'앞의 일기와 필체가 일치하는 것이 장팔 아저씨가 필사한 책인가 보구나.'

세 번째 책의 표지에는 천무동(千舞動:천 가지 춤의 동작)이라고 쓰여 있었다. 책장을 넘기자 그 첫 장에 손을 올려 춤을 추는 사람의 그림이 그려져 있고 그 밑에 동공(同功)이라 적혀 있는 것이 눈에 들어왔다.

두 번째 장에는 혈도의 이름이 빼곡히 적힌 인체도가 있었

고, 다음 장에 그 혈도의 정확한 위치를 서술한 도표가 나와
있었다. 그다음부터는 춤을 추는 사람의 모양이 나왔는데, 그
밑으로 동작의 정확한 설명과 시가 적혀 있었다. 새로운 방식
의 마나 연공법을 접한 브린은 흥미롭게 책자를 살펴보았다.

마지막 책자에는 표지에 천영보(千影步:천 가지 그림자 걸음)
라고 쓰여 있는 것을 보고 보법의 이름임을 알 수 있었다. 첫
장을 열자 그곳에 힘이 있는 필체로 교주준의교시(教主峻意教
施:교주가 높은 가르침을 베풂)이라는 글이 쓰여 있는 것이 눈에
들어왔다.

'장 아저씨가 교주라 부르는 이는 황문학 교주가 틀림없
다. 그렇다면 이 보법이 황 교주의 무공이라는 말인가?'

당금 무림에서 가장 강한 인물로 정평이 나 있는 황 교주가
사사한 무공이라는 생각이 일자 절로 흥분됨을 감출 수 없었
다.

'후우~'

브린은 심호흡을 하며 흥분을 가라앉히고 다음 장을 넘겨
보았다. 그 안에는 양팔을 넓게 벌린 사람이 발걸음을 옮기는
모양이 그려져 있었고, 그 사람 아래쪽으로 발자국이 위에서
본 모양으로 그려져 있었다. 각 발자국 옆에는 숫자가 쓰여
있었는데 다음 장을 넘기자 숫자에 따른 시가 적혀 있는 것이
눈에 들어왔다. 총 육십사 구절의 시가 적혀 있었는데, 앞장

의 발자국 숫자와 일치하였다. 발을 옮길 때의 느낌을 시로써 표현한 듯 보였다. 시 속에 간간이 혈도들의 이름이 거론된 것으로 보아 이 시는 기의 흐름과도 연관이 있어 보였다.

정신없이 책을 살피는 가운데 밖에서 소란이 일었다. 아직 사위가 어두운 인시인데 남경 거리의 곳곳에서 고함 소리와 발걸음 소리가 끊이지 않고 들려왔다. 브린은 상자에 책과 장팔의 부러진 창날을 잘 싸서 넣은 후 침상 아래에 밀어두었다.

브린이 상자를 숨기고 있을 때 묵고 있는 객점의 객청에서 소란스러운 소리가 들려왔다.

쾅! 우당탕탕!

여러 명의 발설음 소리와 함께 큰 소리로 고함을 치는 남자의 목소리가 들려왔다.

"시간이 없다! 다른 곳도 돌아보아야 하니 빠르게 움직여라!"

남자의 말이 끝나기가 무섭게 여러 사람이 이곳저곳으로 뛰어다니는 소리가 들려왔다. 그리고 연이어 방문을 열어젖히는 소리가 들려왔다.

벌컥!

잠시 후 브린이 머물던 방의 방문이 열리며 두 명의 관군이 들이닥쳤다. 그 두 관군은 노파의 모습을 한 브린을 무시한 채 침상과 창문을 빠르게 조사한 뒤 나가 버렸다.

"이상 무!"

브린은 그들이 열어놓고 나간 방문을 닫기 위해 문 쪽으로 걸어갔다. 객점은 난입한 관군들에 의하여 아수라장이 되어 있었다. 잠시 후 소란스럽게 방을 조사하던 관군들은 이상이 없자 썰물 빠지듯 빠르게 물러갔다.

객점에서 한바탕 소란이 있은 후에도 남경 시내는 새벽녘까지 소란스러움이 계속되었다. 아마 무슨 일이 나도 큰일이 난 것이 분명했다. 브린은 어수선한 분위기에 잠도 자지 못한 채 뜬눈으로 밤을 지새웠다. 그리고 성문이 열리는 진시(7~9시)에 맞추어 객점을 나섰다.

객점을 나서며 브린은 커다란 보자기를 하나 점소이로부터 얻어 그것으로 상자를 싸맨 후 목 뒤로 둘러매었다. 성문까지 가면서 본 남경의 모습은 매우 어수선하였다. 이곳저곳에 관군들이 몰려다니며 사람들을 닥치는 대로 조사하고 있었다. 구부정한 허리에 큰 보자기를 목에 두른 브린은 영락없는 시골 할멈의 모습이었기 때문에 별다른 제재를 받지 않고 성문까지 다다를 수 있었다.

성문에서 수문 시위들이 출입하는 자들을 철저히 조사하는 것이 눈에 들어왔다. 전날 들어올 때 본 풍경과는 사뭇 다른 흉흉한 기세였다.

웅성웅성!

평소와 다른 남경의 어수선한 분위기에 놀란 사람들이 소곤거리는 소리가 귓가에 들려왔다.

"어허, 새벽녘부터 남경의 분위기가 왜 이리 흉흉하게 변했단 말인가?"

"아니, 자네는 소문도 못 들었나?"

"무슨?"

"어제 형부에 무림인들이 난입해 그곳에 갇혀 있던 죄수를 파옥해 데리고 달아났다는 소문이 남경 시내에 파다한데 여태껏 그것도 몰랐단 말인가?"

"어허, 황제가 머무는 남경에서 파옥 사건이 발생했다니 이거 큰일이 벌어졌구만. 도대체 그간 큰 도적놈들이 누구를 빼내기 위해 그런 큰일을 벌였다 하던가?"

"소문으로는 홍군 출신의 유명한 장군이라 하는데 관군들도 쉬쉬하고 있으니 괜히 나서다가 큰일 치르기 전에 자네도 입조심하게."

"……"

두 나그네의 말소리를 듣고 브린은 남경이 발칵 뒤집힌 이유를 짐작할 수 있었다. 브린은 적이 당황하지 않을 수 없었다. 생각지도 못한 위험이 브린을 위협하고 있는 것이다. 지금 브린의 등짐에는 부러진 창날이 들어 있는 상자가 있다.

책은 품속에 갈무리했기에 특별한 의심을 받지 않겠지만, 등짐에 있는 부러진 창날은 노파가 가지고 다니기에는 심히 의심스러운 물건임에 틀림이 없었다. 평소라면 대충 둘러댈 수 있겠지만 이런 어수선한 분위기에서는 관군들에게 좋은 빌미가 될 수 있는 물건이다.

이렇게 철저하게 성문에서 짐을 검사하는 줄 알았다면 브린은 아마 창날을 객점에 버리고 나왔을 것이다. 브린은 창날이 들어 있는 상자를 처리하기 위해 서 있던 줄을 벗어나 조용히 뒤로 돌아섰다. 줄에 서 있다 뒤 돌아서는 브린을 이상하게 생각한 병사 하나가 큰 소리로 브린을 멈춰 세웠다.

"어이, 거기 할멈, 멈춰!"

브린은 속으로 크게 놀랐지만 태연한 모습을 하고 뒤로 돌아섰다. 브린을 멈춰 세웠던 병사가 다가왔다.

"거기 등에 진 보따리 풀어봐."

브린은 가래 끓는 노파의 목소리로 입을 열었다.

"아이고, 나리, 무슨 일이 있으십니까?"

"잔말 말고 등짐이나 열어봐."

브린은 등에서 식은땀이 났지만 침착하게 등짐을 내려 보자기를 풀었다. 브린은 최대한 느리게 행동하려 노력했다. 느릿한 브린의 동작에 화가 난 병사가 상자의 뚜껑을 거칠게 열어젖혔다.

"어이쿠!"

브린은 병사의 거친 행동에 앞으로 넘어지는 척 연기를 하며 얼른 상자에 안에 손을 집어넣었다. 그리고 부러진 창날을 감싸놓은 갑사 천에 손을 대고 인비지블(Invisible:사물을 투명하게 만든다) 마법을 시전하였다.

병사는 분명 상자 안에서 무언가를 두루마리 같은 것을 본 것 같았는데 눈앞에서 순식간에 사라지자 당황하지 않을 수 없었다. 브린은 능청스레 상자에서 안 보이게 된 창날을 감싼 갑사 천 두루마리를 꺼내 등 뒤로 돌려 일어서며 뒷짐을 졌다.

휘릭휘릭.

병사는 상자에 손을 넣어 휘저어봤지만 아무것도 걸리지 않자 의아해하며 일어섰다.

저쪽 뒤에 서서 흉흉한 기세도 병사들을 닦달히고 있는 자신의 상관이 눈에 들어왔다. 순간 확 짜증이 이는 것이 느껴졌다. 어제저녁 오랜만에 돌아온 저녁 순찰 비번에 기분이 좋아져 밤새워 술을 마셨던 생각이 떠올랐다. 그리고 갑작스런 전군 비상 소집에 마시던 술상을 내팽개치고 끌려와야 했던 자신의 처량했던 모습이 떠올랐다.

그 기억 이후 지금까지 쉬지도 못하고 혹사당하고 있는 자신의 신세가 처량하게 느껴졌다. 과로 때문에 헛것을 봤다고 생각한 병사는 짜증이 물씬 묻어나는 목소리로 브린을 향해 질문을 던졌다.

"남경 사람인가?"

"아닙니다, 나리. 저 아래 무이촌의 촌로입니다."

브린은 병사의 질문에 대답하며 갑사 천을 상자 안에 넣고 뚜껑을 닫았다. 그리고 천천히 보자기로 상자를 싸맸다. 상자를 싸고 있는 브린에게 병사가 다시 질문을 던졌다.

"남경에는 언제 왔고 무슨 용무를 봤으며 어디로 돌아가는가?"

"남경에는 어제 왔습니다. 밭에서 재배한 옥수수가 조금 있어 그것을 팔고 지금 마을로 돌아가는 길입니다."

말을 마친 브린은 상자를 등에 진 후 병사에게 다가가 손에 동문 몇 개를 쥐어주었다. 손에 느껴지는 동문의 감촉에 병사는 흐뭇한 미소를 지으며 큰 소리로 통과를 외쳤다.

"이상 무! 통과!"

성문을 나서며 브린은 놀란 가슴을 쓸어내렸다.

"휴~"

브린은 남경을 빠져나와 천천히 걸음을 옮겼다. 뒤쪽에 추적자가 붙었는지를 살펴보기 위함이었다. 성문에서 급한 와중에 마법을 사용한 것이 계속 마음에 걸렸다.

브린은 삼 일간 천천히 이동하며 뒤를 세심히 살폈다. 하지만 아무런 이상도 발견할 수 없었다. 추적자에 대한 불안을 떨쳐 버린 브린은 인적이 없는 곳에서 숲 속으로 뛰어들었다.

타다다닥.

그리고 헤이스트 마법을 사용해 미친 듯이 달리기 시작했다. 숲 속을 달린 지 삼 일이 되던 날 브린은 머물 만한 장소를 찾을 수 있었다. 계곡 옆에 제법 깨끗한 동굴 하나를 발견한 것이다. 브린은 그 동굴 주변을 정리하고 그곳에 자리를 잡았다.

브린은 품속에서 비단에 싸인 네 권의 무공 비급을 조심히 꺼내 들었다. 그것을 바라보는 브린의 눈빛에 희망이 비쳤다. 만일 이것들을 온전히 익힌다면 더 이상 도망 다니지 않고 당당하게 무림을 활보할 수 있을지도 몰랐다.

브린은 만일에 대비해 책자를 모조리 외우기로 마음먹었다. 브린은 5서클의 메모라이즈(Memorize:암기력을 향상시켜 본 것을 그대로 외우게 하는 정신계 마법) 마법을 시전하였다. 그리고 장팔의 일기를 제외한 세 개의 무공 비급을 암기했다.

메모라이즈 마법은 내용을 암기한 후 그 내용을 머릿속에서 지워 버리기 전까지 계속해서 정신력을 소모하는 마법이기 때문에 정신력의 여유가 있다거나 혹은 특별히 중요한 내용을 암기해야 되는 경우가 아니면 잘 사용하지 않는 마법이다. 하지만 아직까지 자신의 향상된 정신력의 한계를 시험해

본 적이 없는 브린이었기에 이번 기회를 통해 자신을 시험해 보고픈 욕구가 생겨 특별히 메모라이즈 마법을 펼쳐 비급의 내용을 외우게 된 것이다.

메모라이즈 마법으로 책장을 빠르게 넘기어 세 권의 무공 비급을 머릿속에 집어넣은 브린은 눈을 감고 책의 내용을 떠올려 보았다.

놀랍게도 메모라이즈 마법으로 외운 무공 비급의 내용은 책장에 나 있던 작은 얼룩 하나까지도 선명하게 눈앞에 떠올랐다. 정신력을 사용하는 마법의 특성상 이전에는 상상도 할 수 없을 정도의 선명한 이미지를 기억해 낼 수 있음에 브린은 신이 났다.

"하하하하!"

다 외운 세 권의 무공 비급을 상자에 넣은 브린은 이번에는 장팔의 일기를 꺼내 들었다.

'장 아저씨의 일기는 메모라이즈 마법으로 외울 필요까지는 없을지 몰라도 무림에 관한 정보들이 들어 있을 것이니 한 번쯤 읽어두는 것도 나쁠 것 같지 않군.'

브린이 일기의 첫 장을 넘기자 그곳에 뜻 모를 글귀가 쓰여 있었다.

"후회는 인생 최고의 축복이자 최악의 저주이다."

그 아래 장팔의 주석이 달려 있었다.

"후회는 죄를 뉘우침에서 나오니 자신의 죄를 깨닫게 된 것을 축복이라 말할 수 있으리라. 그러나 후회를 통해 죄를 깨닫고 그 죄에 대한 고뇌가 삶을 갉아먹기 시작했으니 다른 한편으로는 저주이다."

장팔의 애환이 녹아 있는 듯한 글귀였다. 하지만 정확히 무엇을 후회한다는 것인지 알 도리가 없었다. 브린은 궁금증을 이기지 못하고 다음 장을 펼쳐 보았다.

지정(至正) 11년(1351년) 경인년(庚寅年) 윤칠월 이일.

황하의 범람으로 전국 각지에 기근이 들어 백성의 삶이 피폐해진 가운데 원 황실은 정쟁에만 매달리니 천하가 도탄에 빠져 있도다. 전국 각지에 민란이 이는 가운데 홍교의 식구들이 민란에 가담하여 황 교주가 근심하더라.

동년 윤칠월 칠일.

홍교 외문당주 고명운이 민란의 주동자로 북경에서 처형되었다. 홍교는 이제 원 황실과 한 하늘 아래 살 수 없는 처지에 놓였다. 황 교주는 홍교의 교도 중 무공이 뛰어난 자 이만 명을 선발하여 머리에 붉은색 띠를 매게 하고 홍군이라 칭하여 합비에 군을 집결시키라 명하였다.

동년 윤팔월 십이일.

합비에 모인 홍군과 원 황실의 중앙군이 크게 붙었으나 본군은 대패하고 남창으로 후퇴하였다. 후퇴 가운데 복주 군관 출신인 위문휘가 기지를 발휘해 큰 피해를 모면하며 후퇴할 수 있었다.

동년 윤구월 일일.

황 교주가 위문휘에게 후퇴한 일만 칠천의 홍군을 통솔하게 하고 남창 초입에서 황실 중앙군과 전투를 벌여 크게 패퇴시키다.

동년 윤구월 이일.

위문휘를 홍군 총대장에 임명하고 홍교의 호법위장의 직위를 하사하시다. 전국 각지의 홍교 식구들 가운데 홍군으로 쓸 만한 자를 모집하라 명하시다.

그 후 원과의 전쟁에 관련된 일기 내용이었기에 특별히 흥미를 끌 만한 내용은 없었다. 브린은 빠르게 책장을 넘기다 일기 마지막 장에 쓰여 있는 글을 읽게 되었다.

지정(至正) 18년(1358년) 정유년 사월 육일.

오늘 무림을 떠나기 위해 사부가 남기신 사모의 창날을 부러뜨렸다. 황 교주가 나와 막우위의 눈앞에서 입적하신 지도 일주일이 지났다. 그때만 생각하면 글을 쓰고 있는 지금도 피를 토할 만큼 화가 치민다. 하지만 황 교주가 입적하실 때 그분과 복수 불허를 맹약하였기에 나는 오늘 사모의 창날을 부러뜨리며 그분의 뜻에 따라 복수를 접을 것을 다짐하였다.

앞으로 원과의 전쟁은 위문휘 대장군이 책임지고 잘 처리해 나갈 것임을 알기에 걱정이 없다. 다만 홍군을 떠나가며 이는 걱정 한 가지는 남경에서 보았던 백련교 출신 주원장의 포악함을 위문휘 대장군이 너무 안일하게 생각하는 게 아닌가 하는 것이다. 남경 전투에서 몽골과 관련된 자 십만 명을 노인, 어린이 가리지 않고 심지어 임산부까지 모두 효수한 주원장의 잔악함을 말리지 못한 죄는 평생을 두고 후회해야 하는 업보로 남게 되었다.

그리고 무림을 떠나며 마음속에 걸리는 한 가지 일은 막우위의 복수에 관한 일이다. 황 교주의 입적을 같이 지켜본 막우위가 오늘 저녁 나를 찾아와 무림에 남아줄 것을 부탁했다. 그와 술잔을 기울이며 많은 이야기를 나누었고, 그의 속마음을 엿볼 수 있었다. 술에 취한 그는 술잔을 높이 들고 원과의 전쟁이 끝나는 날 황 교주의 죽음에 관련된 모든 자에게 책임을 물을 것이라 하늘에 대고 맹세를 했다. 전쟁 후 무림에 불어닥칠 혈풍의 서곡을 듣고 있는 것 같아 가슴이 답답했다.

그 순간 황 교주님이 마지막으로 남긴 말이 내 귓가를 맴돌았다.

천년만년 사는 사람은 아무도 없네. 어차피 죽을 운명, 한 삼십 년 먼저 간다고 달라질 것은 없다는 말일세. 나를 위해 다른 사람들이 피를 흘리는 것을 원치 않네. 진정 나를 위한다면 내가 염라대왕 앞에 섰을 때 나의 뒤로 나 때문에 죽은 이들이 줄을 서지 않게 해주게. 이미 지옥에 떨어질 만큼 충분한 업보를 쌓았는데 그곳의 시간을 늘리는 업보를 더하고 싶지는 않네. 그대들은 내가 죽은 후에 다른 이를 지옥에 있는 나의 앞에 보내지 마시게.

장팔의 일기는 황 교주의 유언을 마지막으로 끝나 있었다. 브린은 장팔의 애환이 깃든 인생사를 읽고 그의 심중에 남아 있던 후회가 무엇인지 어렴풋이 짐작할 수 있을 것 같았다.

장팔의 일기를 읽으며 그를 떠올리자 가슴이 찡해왔다. 아마 정명의 자아가 장팔을 떠올리며 심중에서 눈물을 흘리고 있기 때문이리라. 브린은 장팔의 일기를 곱게 접어 상자에 넣고 눈을 감았다.

'이럴 때일수록 강해져야만 한다. 더욱 독하게 마음을 먹고 무공에 정진하여 더 이상 도망 다니지 않고도 당당하게 살

아갈 수 있는 강자가 되어야만 한다.'

마음을 다잡은 브린은 눈을 감은 채 천영보 비급을 머릿속에서 펼쳐 보았다. 무수한 발자국이 눈앞에 펼쳐지며 브린을 무공의 세계로 인도하였다. 브린은 자리에서 일어나 그 발자국들을 따라 걸음을 옮기기 시작했다.

하지만 몇 발자국을 채 옮기기도 전에 브린은 상념에서 깨어나 멍하니 자신의 왼발을 바라볼 수밖에 없었다.

'제기랄.'

그곳에는 바깥으로 크게 휘어 기형적으로 변한 왼발이 자리하고 있었다. 브린은 불편한 왼발을 바라보며 깊은 한숨을 쉬었다. 자신의 왼발로는 도저히 제대로 된 천영보를 펼칠 자신이 없었다. 큰 실망감이 밀려왔다.

그나마 비급을 통하여 알게 된 기혈의 운용법이 브린의 실망한 마음을 달래주고 있었다. 브린은 정명의 기억으로부터 혈도를 통해 마나를 모으는 방법을 알고 있었지만 혈도를 통해 마나를 운용함으로 마법과 같은 힘을 얻을 수 있다는 사실을 새롭게 알게 되었다.

비급의 시구를 떠올리며 천영보를 옮기는 사이 등 뒤의 명문혈로 시작해 다리의 혈도를 따라 마나가 흐르는 것을 느꼈다. 그러자 몸이 가벼워지고 다리의 힘이 세진 것을 느낄 수 있었다.

'혈도를 통해 마나를 운용하는 것만으로도 이렇게 빠르게 마법적 힘을 만들어낼 수 있다니…….'

브린은 왜 자신이 문성과 문우에게 크게 당하였는지 깨달을 수 있었다. 지금 브린이 알고 있는 마법은 아무리 빨라도 수식을 통한 마나의 변화를 이끌어내야만 하기에 시간적 제약이 분명 존재한다. 극도로 발달한 정신력으로 순간에 가까운 시간 내에 마법을 발현할 수 있다 한들 시간적 제약 없이 의지가 일면 바로 마법과 같은 힘을 일으킬 수 있는 무공과는 큰 차이가 생겨나는 것이다. 고수로 올라가면 올라갈수록 그 차이는 극명하게 갈릴 것이 분명했다.

만약 이 세계에서 마법의 거리적 제약이 해소된다면 미미한 시간적 차이는 문제될 게 없겠지만 그렇지 않고서는 이 세계에서 브린이 알고 있는 마법은 분명 커다란 약점을 안고 있음이 분명해졌다.

'의지 마법을 사용할 수 있다면 마법 캐스팅 딜레이 시간을 없앨 수 있을 텐데…….'

이전 세계에도 이 세계의 무공처럼 시간적 제약 없이 마법을 발현할 수 있는 존재들이 있었다. 드래곤의 용언 마법, 리치의 정신 마법, 정령의 정령 마법, 그리고 마왕의 암흑 마법은 의지가 곧 마법을 발현시키는 시간적 제약이 없는 마법들로 알려져 있었다. 더욱이 이러한 의지 마법들은 브린이 이 세계에서 접한 무공들과는 차원이 다른 파괴력을 지니고 있었다.

마법 한 방에 자연의 조화를 깨버릴 수도 있고 마법 한 방에 왕국을 멸망시킬 수 있는 위력이 있었다. 그러한 위력을 경험해 왔기에 이 세계에서 접한 무공을 무시하는 생각을 가졌었는지도 모른다.

하지만 지금 브린은 의지 마법을 구사할 수 있는 존재가 아닌 한낱 인간일 뿐이었다. 그리고 브린이 익히고 있는 마법은 보편적 인간 마법사가 익히고 있는 수식 마법이었다.

'내가 죽음을 경험하며 리치와 같은 정신력을 가지게 됐다고 하여 완벽한 리치가 된 것은 아니다.'

지금 브린이 가진 7서클 정도의 마법적 이해를 통해 당장 10서클의 정신 마법을 사용한다는 것은 불가능한 이야기였다.

브린은 의지 마법에 대한 아쉬운 마음을 달래며 천영보를 접고 천무동 책자의 내용을 머릿속에서 떠올려 보았다. 비급의 내용을 떠올리자 비급의 그림 안에서 사람이 튀어나왔다.

비급의 그림에서 튀어나온 사람은 장팔의 모습을 하고 있었다. 비급에서 나온 장팔은 춤을 추기 시작했다.

두둥실~ 덩실덩실~

장팔은 춤을 추며 낮고 잔잔한 목소리로 시를 읊었다. 비급에서 보았던 시다. 브린도 장팔이 읊는 시와 춤을 따라 하기 시작했다. 춤은 브린의 마음을 금세 사로잡았고, 브린은 자신을 잊고 춤에 빠져들어 갔다. 단전에 고이 잠들어 있던 마나가 꿈틀거리며 용트림을 쳤다.

우르르룽!

마나들은 이전에는 가보지 않은 새로운 길을 개척하며 앞으로 나아갔다. 작은 흐름은 이내 큰 물결이 되어 브린의 몸속을 강물처럼 도도히 흐르기 시작했다. 흐름이 거세어지던 가운데 춤을 따라 흐르던 마나가 몸을 한 바퀴 돌아 단전으로 돌아왔다.

크르르룽!

그런데 몸을 한 바퀴 돌아 단전으로 돌아온 춤의 마나는 단전에 원래 남아 있던 마나와 화평하지 못하고 서로를 노려보며 배격하기 시작했다.

'크으으윽.'

단전으로부터 서서히 통증이 올라올 때쯤 장팔은 추던 춤을 멈추고 서글픈 표정으로 브린을 내려다보기 시작했다. 브린도 춤을 멈추었다. 장팔의 눈은 통증이 이는 브린의 단전 위에 머물렀다. 장팔이 브린의 단전을 응시하는 가운데 통증이 점점 거세지며 온몸으로 퍼져 나갔다.

"으아아악!"

참을 수 없는 고통이 온몸을 지배하자 브린의 입이 저절로 열리며 고통에 억눌린 비명 소리가 숲 속에 울려 퍼졌다. 브린의 비명 소리에 장팔이 매우 걱정스러운 눈빛으로 브린의 눈을 한 번 마주친 후 연기처럼 사라져 갔다.

'……!'

브린은 크게 당황하였다. 분명 무언가 잘못된 게 분명했다.

쿠구구궁!!

몸속의 마나가 브린의 의지에서 벗어나 마치 초원을 달리는 야생마처럼 브린의 몸속을 헤집고 돌아다니기 시작했다. 잔잔한 물결처럼 흐르던 마나들은 이제 파도가 되어 브린의 혈도에 충격을 가하고 있었다.

"쿨럭쿨럭!"

입 주위로 검붉은 피가 흘러내리며 기침이 나왔다. 어찌 된 영문이지 알 수 없는 현상에 브린은 마음이 다급해졌다. 브린은 급한 대로 아까 장팔이 추었던 춤을 다시 추기 시작했다. 하지만 춤이 다시 시작되자 파도는 해일이 되어 브린의 혈도를 사정없이 부수기 시작했다.

우르릉! 쿠궁, 쾅쾅쾅!!

온몸이 발기발기 찢어지는 듯한 극심한 통증 가운데 브린은 급한 대로 익숙한 정명의 마나 호흡법으로 날뛰는 마나들을 달래기 위해 정좌를 하고 앉았다. 브린의 노력에 작은 흐름이 생겨나 날뛰던 마나 가운데 일부가 단전으로 들어와 안정되었다. 하지만 그 일부를 제외한 대부분의 마나들이 여전히 온몸을 돌아다니며 닥치는 대로 혈도들을 부숴대고 있었다.

"크아아악!"

엄청난 통증에 저절로 입이 열리며 신음 소리가 터져 나왔다. 이제는 날뛰는 마나들이 흐르던 혈도의 길을 벗어나 모든 규칙을 무시한 채 온몸을 찢어발기기 시작했다. 칠공에서 피가 흐르며 온몸이 부풀어 올랐다. 금세 터져 버릴 것 같은 압력에 브린은 울퉁불퉁한 풍선 모양이 되어 있었다. 머리카락과 이빨이 빠지고 이제는 온몸의 모공에서 피보라가 일기 시작했다.

츠츠츠츠~

강한 정신력이 없었다면 아마 진즉에 인세에서 맛보지 못한 극심한 통증으로 정신을 잃고 말았을 것이다. 하지만 정신을 잃는 순간이 죽음의 순간임을 브린도 직감적으로 느끼고 있었다.

금세 터져 버릴 것 같은 모습의 브린은 최후의 도박을 해보기로 마음먹었다. 죽기 아니면 살기였다. 죽음과 삶 양자택일의 길이 주어지니 결심이 빠르게 섰다.

브린은 자신이 알고 있는 외부로 기를 분출할 수 있는 모든 혈도를 열었다. 발바닥의 족심, 용천, 등의 명문, 머리의 천문과 신정, 양손의 노궁, 그리고 손끝의 팔문까지 자신이 알고 있는 진기를 몸 밖으로 배출시킬 수 있는 혈도들을 열었다.

쿠앙! 우르르르! 콰앙! 쾅! 푸앙!

엄청난 양의 마나가 소용돌이치며 브린의 몸 밖으로 뿜어져 나왔다. 그 마나의 소용돌이는 마치 작은 마나 폭풍을 연상시키며 주변을 초토화시키기 시작했다. 강한 돌풍에 나무는 뿌리째 뽑혀 나가고, 계곡의 자갈과 물은 중력을 거스르며 위로 솟구쳐 올랐다.

거기에 더하여 마법사 브린의 무의식중에 발현된 마법적 마나 변형은 각종 속성을 동반하며 거대한 돌풍을 만들어내고 있었다. 물, 불, 바람, 흙의 속성에 더하여 전기, 얼음, 암흑 등 속성과 속성이 충돌하며 생긴 새로운 속성들이 주변의 땅과 나무들을 난타하기 시작했다.

푸슈슈슈!

엄청난 폭풍우가 계속될수록 금세 터질 것 같던 브린의 몸이 점점 줄어들어 이전의 체형으로 돌아가고 있었다. 하지만 빠진 머리카락과 이빨, 그리고 온몸이 피에 전 브린의 모습은 방금 죽은 흉측한 시체를 연상시키기에 충분했다. 마나 폭풍이 지나가고 흉측한 브린의 모습이 드러났다.

털썩!

브린은 폭풍우가 끝난 시점에 자세를 유지하지 못하고 정신을 잃은 채 앞으로 쓰러져 버렸다. 가슴의 호흡이 느껴지지 않는 것이 브린의 모습은 죽은 자의 것과 다르지 않아 보였다.

『마법사 무림기행』 2권에 계속…

[브린]

40대 중반의 용병 마법사.
이 글의 주인공이다.
죽기 직전 이상한 마법이 걸린
아티펙트를 사용함으로 인하여
뜻하지 않게 마법의 세계에서
무협의 세계로 넘어와 모험을 한다.

2012. 2. 5.

[정명]

무협 세계로 넘어온 브린에게 몸을 빼앗겨 버린 10대 거지 소년.
과거 거지패들에 맞아 한쪽 다리가 불구가 되었다. 어릴적 고아가
되어 기억이 거의 남아 있지 않지만 그중 내공 심법의 전반부를
알고 있는 것으로 미루어 패망한 무가의 자손일 가망성이 높아
보인다.

2012. 2. 5.

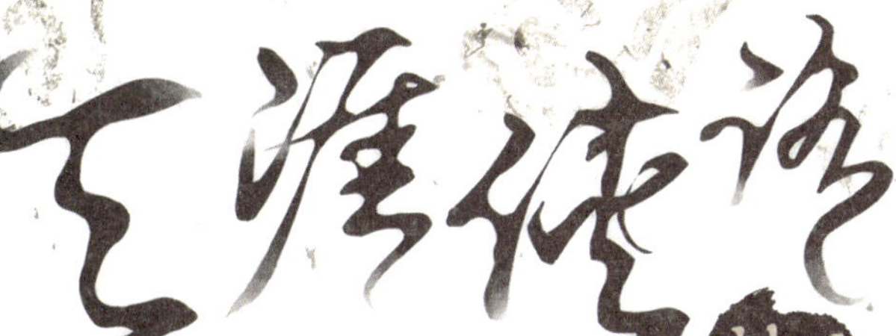

촌부 新무협 판타지 소설
FANTASTIC ORIENTAL HEROES
천애협로

2011년 대미를 장식할
준.비.된. 작가 정민교의 신무협이 온다!
『낭인무사(浪人武士)』

"죄수 번호 사천이백삼, 담운!"
"……!"
"출옥이다."

만두 하나.
고작 그 하나에 이십 년 옥살이를 한 소년, 담운.
그 답답하고 억울한 마음을 풀어낸다!

무림맹! 구대문파! 명문세가!
겉만 번지르르한 놈들은 다 사라져라!
겉과 속이 다른 너희들을 심판하러 내가 왔다!

Book Publishing CHUNGEORAM

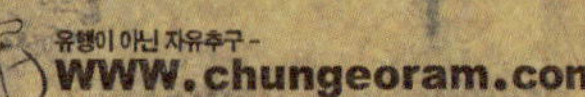

유뱅이 아닌 자유추구 –
WWW. chungeoram.com